软件产业的竞争是人才的竞争

人才的竞争是教育的竞争

教育的竞争是教育改革的竞争

高丽华 著

软件精英
是这样炼成的

RUANJIAN

JINGYING

SHI ZHEYANG

LIANCHENGDE

高丽华：计算机世界报社资深记者，IT业著名评论人。1971年作为文艺骨干参军，后在部队提干。1982年转业到江苏省电子工业厅，曾任机关党委委员、团委书记、江苏电子报常务副主篇等职。1988跻身IT传媒领域，撰写了《我们距离信息化还有多远》、《寻访计算机外企的中国雇员们》、《Internet冲击波》、《面对联合大潮的思考》、《发自中关村的SOS》等一系列深度报道，获得读者广泛好评，引起的反响超出了计算机界。其中1997年撰写的《Internet冲击波》系列报道长达49集，是国内最早关注并系统宣传互联网的文章，系列报道《寻访计算机外企的中国雇员们》连载期间，多家报刊要求转载，许多读者一集一集地等着看。

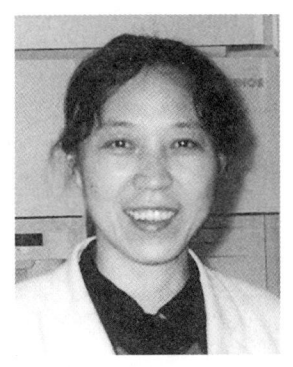

1998年开始连续四年在计算机世界周报开设"丽华专栏"，就这期间与IT相关的重大事件和焦点热点话题发表了200多篇评论，在业界影响深远，被誉为"IT领域第一专栏"。曾多次对话中外IT业界顶级领袖，多次受跨国公司邀请赴海外采访。作品以言论、述评和系列报道居多，兼有散文和杂文，视角独特，笔锋犀利，文风朴实，多次获得部、省和中国产业报协会好新闻奖。曾应《中国记者》杂志之邀，以《相信情商》为题撰文回顾自己作为"老三届"一员的拼搏和心路历程，发表后感动了不少人。出版过《败将之鉴》、《电脑与网络》、《超越中国制造——软件领军城市大连的崛起》等著作。

前　言

这是一部探究软件人才教育改革与软件精英成才之路的书。

作为人才大国与教育大国，中国发展软件产业理应有着最为得天独厚的条件——人力资源。可现实远比逻辑复杂。人们在IT招聘和就业市场的两端时常看到：一头是因"无米下锅"（招不到足量适用人才）而心如火焚的软件企业，另一头却是背负着全家积蓄和期望寒窗苦读，毕业后却求职无门的计算机专业大学生们。这一现象本身就说明，中国的高等教育到了必须改革的时候。

本书以"国家示范性软件学院"的创立和发展为主线，以对包括两院院士在内的100多位高校师生、政府官员、企业领袖、软件精英等的第一手采访为素材，生动描述了21世纪头10年发生在中国高等教育领域里一场仍在继续的改革。

作者以报告文学的手法，为读者全景式展示了这一领域改革的进程，资料丰富而翔实，原生态叙述与理性分析并重，读来既趣味盎然又发人深思。

"用最优秀的专家讲最先进的东西"、"给教学穿上'红舞鞋'"、"微软工程师的一堂'做中教'"等给出了教育管理体制与教学改革的操作路径。"从一位毕业生的'文化告白'说起"、"'大学行政化'的文化辨析"、"'大学还是企业'？"等写出了改革进入深水区的艰难和漫长。"'从影后和影帝做起'？"、"沟通是哲学意义上的一种技巧"、"让优秀成为性格和习惯"、"'情商'不只是职业阶梯"等，则把笔触从"学校"延伸到了"职场"，对软件精英职业生涯中的问题作了生动的探讨和阐发,给出了成功的范本。全书揭示了一个规律:软件产业的竞争是人才的竞争,人才的竞争是教育的竞争,教育的竞争是教育改革的竞争——"教育创新也是核心竞争力"。

马克思有言:"一步实际运动比一打纲领更重要。"对于进入新世纪以来便备受争议、频遭批判的中国高等教育改革而言,目前最重要的也许不是高声责难,而是实际行动。也正是在这个意义上,"国家示范性软件学院"已经和正在进行的改革,包括成就和经验,问题和阻力,才特别值得探究和关注。

目 录

011 引子

  "教育创新也是核心竞争力"

第一章

015 膨胀的高等教育，短缺的软件人才

017 （一）大扩招背景下的软件人才荒

017 1. 扩招，扩招！

019 2. 软件产业变局

023 3. 副部长的刺激：计算机企业见不到计算机专业的学生？！

027 （二）"惑"在何方

027 1. 从清华学子的困惑说起

030 2. 符合企业标准的人才还不到1%？

034 3. 最好的高校都搞综合性研究是个很大的误导

036 4. 糟糕的SCI指标体系

039 5. 呼吁大学群落的"生物多样性"

第二章

043 软件学院试水高等教育改革

045 （一）新世纪中国高等教育改革需要突破口

046 1. 一个"可能总理都摆不平的问题"？

049 2. "中国的试点文化是有它的合理性的"

052 3. "软件学院承载着一种历史使命"

054 （二）教育"特区"问世

054 1. "从未有一个文件打破那么多教育禁区"

056 2. 评审那天"爆了棚"

058	3. 有形之手	097	3. "指挥棒"变身
060	4. "足可以写一部电视剧"	100	4. 考虑10年以后的竞争力
063	5. "我们不必花钱"	103	5. 绕不开的学科建设
066	6. 很多事情要拉开一定距离才看得清楚	106	6. "保留两种意见让大家去评判"
		108	7. 中国式"住宿学院"？
069	(三)"造势也由人"	111	8. 与学生"神交"的老师
069	1. "双栖型"学者走上前台		
071	2. "理事长"	115	(二)"不办学，办管理"
076	3. 官员们	116	1. 用最优秀的专家讲最先进的东西
078	4. 院长们	118	2. 来自好莱坞的系主任
		119	3. Nice is a circle
081	(四)学生"下线"	122	4. 动动教授的奶酪
081	1. 出人意料的就业率	124	5. 给教学穿上"红舞鞋"
084	2. "就业明星"		
086	3. "薪水也是一把尺子"	126	(三)靠特色活着
088	4. "后劲"几何？	126	1. 与计算机学院抢饭碗就失败了
		128	2. "奥运会开幕式上最紧张的观众"
		130	3. 一个学院一条路
	第三章	134	4. 大学不是"流水线"
091	不一样的二级学院		
		136	(四)国际化之路
093	(一)不只是扩招和收费那么简单	137	1. "进圈子不需要理由"
093	1. 既生瑜何生亮？	140	2. "你的母语必须是英语"
096	2. "闹到了教育部"	143	3. 在印度的日子里

第四章

147　重提"工程师的摇篮"

149　（一）瞄准软件工程师
150　1. 为工程师正名
153　2. 硕士的"工学"与"工程"之争
155　3. "目标导向"和"精品课程"
158　4. Computer + X
160　5. 此"工程"已非彼"工程"

164　（二）另类的课程别样的教法
164　1. 直面三大挑战
168　2. "做中学"登场
170　3. 微软工程师的一堂"做中教"
173　4. "成就感"从何处来？
175　5. "折衷、交叉"也是一种模式

177　（三）另一种"顶天立地"
177　1. 实训VS实习
181　2. 素质教育，"着力点"不再是个问题
183　3. 孔子76代传人的"餐行健"
185　4. "为企业"还是"为产业"？

第五章

189　改革的"深水"，发展的"蓝海"

191　（一）不差钱，差制度
192　1. 有限的"特区"
194　2. "我要是那个处长我也不愿意"
196　3. "上面的圈不圆底下的圈再怎么也圆不起来"
198　4. "一校两制"的是是非非
201　5. "如果要等所有条件都到位那就什么也别做了"

205　（二）更新文化传统是最大的难题
206　1. 从一位毕业生的"文化告白"说起
208　2. "教育改革也要从文化的角度反思"
212　3. 软件学院需要什么样的"文化名片"
216　4. "大学行政化"的文化辨析

220　（三）企业化运作之思
222　1. "大学还是企业"？
224　2. 理事会和董事会
227　3. 软件学院教育改革也要体现公平

第六章
231 软件精英的职业生涯

233 （一）职业规划中的几个"入门级"问题

233　1. 一辈子做个程序员？
237　2. "要挣钱，学软件"？
239　3. "从影后和影帝做起"？
242　4. "方向比努力更重要"

245 （二）"后英雄时代"软件精英的几种职业能力

246　1. 青睐循规蹈矩的人
248　2. 重提"螺丝钉精神"？
249　3. "沟通是哲学意义上的一种技巧"
252　4. "不怕没有专业知识就怕没有领域知识"

254 （三）先做人后做事

255　1. "人才一定是先做人再做事"
258　2. "商道即人道"
261　3. 让优秀成为性格和习惯
263　4. "情商"不只是职业阶梯

267　附录　37所国家示范性软件学院名录
269　后记

引子 "教育创新也是核心竞争力"

> 软件产业的竞争是人才的竞争,
> 人才的竞争是教育的竞争,
> 教育的竞争是教育改革的竞争。
>
> ——题记

在新世纪中国产业发展的版图上,软件即便不是最耀眼的明星,也位居扩张最快色彩最艳的板块之列。

据工业和信息化部提供的数据,进入新世纪以来,中国软件产业年均增幅超过30%,总规模从2000年的不足300亿元(约合36亿美元)发展到了2008年的7 572.9亿元(约合1 100亿美元),占世界软件产值的份额也由2000年的1.24%上升到了2008年的11.1%。[1] 2009年我国软件产业完成软件业务收入9 513亿元(约合1 390亿美元),较之2008年又增长了25.6%。毫无疑问,近年来中国软件产业的高速发展,正"改变着21世纪全球软件产业的版图"。

但中国科学院院士、北京大学软件与微电子学院理事长杨芙清在调出这组数据的同时却一再强调:这并不标志中国已经成为软件产业强国了。因为"规模是一回事,水平又是一回事"。后者涉及自主技术、创新能力等核心竞争力,而这依然是我们的弱项。

中国工程院院士、原教育部高等教育司司长张尧学(2009年7月调任国务院学位委员会办公室主任)说得更直截了当:核心竞争力不是GDP。举例来说,清朝康熙年

---

[1] 参见《中国软件产业年鉴2009》,中国软件行业协会2009年版。

间,中国的 GDP 占到了世界的 1/3,乾隆辞世的 18 世纪末,中国在世界制造业总产量中所占的份额仍超过整个欧洲 5 个百分点,大约相当于英国的 8 倍,俄国的 6 倍,日本的 9 倍。可此后没多久就衰败了,鸦片战争后从一个世界经济规模最大的国家,变成了一个惨不忍睹的半殖民地半封建的弱国。相比之下,第二次世界大战后的德国和日本,"经济遭受了严重的破坏",可短短十几年时间里,又成了世界一流的强国。

"这说明了一个什么问题呢,只能说明核心竞争力不是 GDP。你的 GDP 很高,如果没有核心竞争力,你可以直线衰落下去,反之,你的核心竞争力很强,GDP 低也没关系,很快就会追上来。"张尧学说。

张尧学就此强调,软件产业的竞争不是 GDP 的赛跑,而是核心竞争力的较量。

按照"核心竞争力"概念的提出者、美国经济学家普拉哈拉德和哈默的解释,核心竞争力是一种长期积累的、独有的、稀缺的、竞争对手难以模仿的资源,可以给企业带来"持续利益"。

毫无疑问,这样的资源首先和直接地指向高新技术,特别是核心层面的高新技术。哪个企业哪个国家能持续不断地推出高新技术,并转化为引领市场的产能,它就拥有了不容置疑的核心竞争力。

可高新技术的背后又是什么?是人——拥有自主创新能力的人。正是在这个意义上,张尧学说"核心竞争力不是 GDP 而是人才"。

而人才是维系于教育的,自然人不经过良好的教育不可能成为人才。近代教育理论的奠基人夸美纽斯说过,"只有受过一种合适的教育之后,人才能成为一个人"。哲学家康德也强调,"人只有靠教育才能成为人,人完全是教育的结果"。现在人们经常反省"中国是人口大国但不是人才大国",或"中国是人力资源大国但不是人力资源强国",根源之一正在于教育的欠债和滞后。

也正是在这个意义上,教育改革和创新才被不少学者和官员纳入核心竞争力的范畴。近年来"两会"代表多次发出的"人才强国,教育为先"的呼吁,生动不过地表达了国人对教育创新作为核心竞争力的认可。

这一呼吁背后的逻辑便是：国家的竞争是人才的竞争，人才的竞争是教育的竞争，教育的竞争是教育改革的竞争。

　　此一逻辑，对软件这样的知识产业尤为适用。因为这类产业几乎完全靠人的知识和技能存活，以至于有人放言，软件领域里"人才就是一切，机器无关紧要"。可以不夸张地说，中国软件人才教育改革的走向，软件精英培育的质量和规模，决定着中国软件产业的未来。

第 一 章

膨胀的高等教育，短缺的软件人才

1999年开始的高校大扩招,让中国在不到10年的时间里成了世界上普通高等教育在校人数最多的国家。但在持续扩招的背景下,一段时间里人们看到的中国IT职场的一个情景却是:高校大扩招与软件人才荒齐飞,软件企业招不到人与计算机专业毕业生找不到工作并存。一头是因无米下锅而心如火焚的用人单位,另一头是背负着全家人的积蓄和期望寒窗苦读,毕业后却求职无门的大学生们。由此传递给教育部门的一个信息是:扩招是高等教育的发展,高等教育的发展却不只是扩招。

（一） 大扩招背景下的软件人才荒

软件产业的竞争既然是人才的竞争，这个产业的发展就不能不依赖于教育的发展。基于这样一个逻辑关系，1999 年开始的中国高等教育"大扩招"，与 2000 年启动的中国软件产业大发展之间的关系是：高校大扩招提供软件大发展所需的人才，软件大发展消化高校大扩招带来的就业压力，二者良性互动，相得益彰。

可惜现实远比逻辑复杂，偶然性远比必然性丰富。在持续扩招的背景下，一段时间里人们看到的一个情景却是：高校大扩招与软件人才荒齐飞，软件企业招不到人与计算机专业毕业生找不到工作并存。由此传递给教育部门的一个信息是：扩招是高等教育的发展，高等教育的发展却不只是扩招。

1. 扩招，扩招！

在中国高等教育的发展史上，1999 是个注定要被载入史册的年份。这一年的 6 月 25 日，国内各主要媒体用通栏标题发布了一则"从国家计委、教育部获悉"的消息："今年全国高等教育招生大幅增加"。这则牵动了亿万民众特别是上千万考生和家长的消息宣告，当年秋季普通高等教育招生规模，"将从去年的 108 万扩大到 156 万人，增幅超过 44%"。同时，成人高等教育安排扩招 10 万余人，再加上电大普通班和对民办高等教育机构学历文凭考试的招生安排，当年秋季全国高等教育招生的实际总规模接近 270 万。

教育部门事后认定的数据显示，1999 年全国普通高校实际招生数为 159 万，比计划扩招数还多出了 3 万，使得这一年的招生总数比上一年骤增了 48%。如此之大的招生数量和增幅，且政策出台如此之急，实施动作如此之快，民众反响又如此之热烈，这一切都让 1999 年成为了中国高等教育发展史上的一块里程碑，甚至创下了世界高等教育发展之最。

历史上，重大事件的决策和操作几乎都会引发争议，高校大扩招也不例外。如果说有何特殊性，那就是相关争议的话题——特别是扩招与大学生就业，扩招与教育质量，扩招与教育收费，以及与收费相关的教育产业化、教育公正性等等——因关乎太多人的利益而备受关注。

以最受关注的"扩招与大学生就业"的争论为例，按照经济学家胡鞍钢的说法，21 世纪中国面临的最大挑战是高失业。而近年来就业市场上最受关注的又莫过于大学生就业难。从"零工资就业"的辛酸，"名校生养猪"的争论，到大学生技校回炉的"自觉"，教育部严查就业率造假的举动，再到那幅流传甚广的"生生不息，届届失业"的毕业生自嘲的对联，无不让人体味到劳动力市场对大学生的挤压，反映着大学生就业形势的严峻。

谈及个中缘由，不少人首先归罪于高校扩招，其次才是就业渠道、用工制度、专业设置、教育理念、产业结构、就业培训等方面的问题。但也有不少人鲜明地提出，扩招不应成为大学生就业难的"替罪羊"。这当中一个最直白的理由，莫过于一位新浪网友所说：不管扩不扩招，要找工作的人的总数是不变的，限制乃至取消扩招，只会让社会上充斥着大批非大学生失业人口和大量廉价劳动力而已。原教育部学生司司长、中国农业大学党委书记瞿振元也指出，不是说扩招了才有这些人的就业问题，"他们早已出生了，等着就业呢"。摆在高中毕业生面前的问题不过是：马上就业，还是上了大学再就业。

亚洲开发银行驻北京代表处首席经济学家汤敏被认为是"高考扩招的推手"。1998 年 11 月，他和夫人左小蕾上书中央，建议 3 年内把中国高校招生规模扩大一倍。所陈述的理由中就明确包括发挥大学"就业蓄水池"作用，推迟初次就业时间，缓解就业压力在内。

本书无意介入相关问题的质疑和争辩。但可以肯定的是，第一，无论大扩招的运作中有何失当或不足，中国高等教育的"大众化"都是由此而始的，而大众化是中国高等教育发展的必由之路，也是中国经济社会发展的必然要求。

第二，无论争辩各方的话语有何失据甚或偏执，大扩招后中国高等教育的改革和发展都会从中受益，这是最值得称道的事情。毕竟，对于中国高等教育而言，扩招是发展，发展却不只是扩招。

举例来说，当高等教育通过持续扩招走向"大众化"、"去精英化"时，当超过 1/3 的适龄青年通过高等教育走向就业市场的时候，教育与产业的大对接就成了迫在眉睫的事情，由此引发的高等教育改革也必须提速，否则无论产业发展还是高等教育的发展都会陷入困境，更遑论教育质量的提高和大学生就业问题的解决了。

下面我们将会看到，新世纪迅速崛起的中国软件产业，正是特别需要高等教育与之对接的领域。而历史已经证明，中国高等教育的改革和发展注定会从这儿推开一扇窗子。

2. 软件产业变局

如果按产业需求给中国高校扩招的受益者排个序，软件产业无疑应是这一序列中最大的赢家。因为软件是典型的人才导向型产业，软件及信息服务业的发展高度依赖人才的质量数量和分布。

中国古代典籍喜用"逐水草而居"描述游牧民族的生产方式，司马迁《史记·匈奴列传》便记载，以畜牧为生的匈奴人"逐水草迁徙，毋城郭常处耕田之业，然亦各有分地"。

相比之下，软件企业则是"逐人才而居"，人才是软件矿藏中真正的金沙。在合格的软件企业家看来，淘金软件其实就是淘金人才。因而教育发达的地方，通常也是最适合软件企业发展的地方。

而恰恰在高校大扩招的第二年即2000年，中国软件产业开始了前所未有的变革。

这一年的6月，国务院印发了对中国软件产业影响深远的"18号文件"。这份题为《鼓励软件产业和集成电路产业发展的若干政策》的文件要求：通过政策引导，鼓励资金、人才等资源投向软件产业，力争到2010年使我国软件产业研究开发和生产能力达到或接近国际先进水平。

作为"国内除汽车产业外，唯一一个产业扶持性政策"的文件，18号文件在其13章53款的内容中，涉及软件产业的达11章39款之多，所提出的优惠扶持政策，惠及软件产业投资融资、税收、技术、出口、收入分配、人才培养等方方面面。2002年7月，国务院又下发了作为18号文件延续和细化的《振兴软件产业行动纲要》（简称47号文件），对软件产业发展的目标、思路、工作重点、政策措施等作出了更加具体的规定。这些政策对软件产业支持力度之大、覆盖面之广，连业界人士都有些始料不及。

政策春风所及，中国软件产业迅速升温。

2001年4月10日，笔者作为IT专业媒体的记者来到江苏省昆山市，参加信息产业部在这里召开的"全国软件工作会议"。

昆山是邻近上海的一座江南小城，京剧《沙家浜》的故事就发生在这一带。可参加会议的代表们从上海机场一路赶来，感受最深的并非"芦花放稻谷香岸柳成行"，而是掩映于芦花岸柳稻田间那一大片蒸腾着的软件园区工地。昆山是当时中国软件产业变革的前奏和缩影，信息产业部把一个全国性软件产业峰会放在这样一座县级小城召开，暗示着一种示范效能。顺便指出，如今的昆山无论地区生产总值（2009年为1 750.08亿元）、财政收入总量（320亿元），还是人均GDP和人均地方一般预算收入，都是当之无愧的"中国第一县"，连续多年位居全国各县（市）之首。

事实上，信息产业部的"软件产业工作会议"每年都开，但18号文件发布后第10个月召开的这次会却涌动着一股前所未有的热流——振兴软件产业的热流。会上听到最多的一个词就是"机遇",有人甚至用上了"百年不遇"这样的字眼。

时任信息产业部副部长的娄勤俭此后谈到,18号文件出台的背景,就是中国软件产业需要大发展。而理解这个背景,不能不谈及当时中国软件产业发展的两大差距。

第一是与国内其他行业的差距,特别是与"中国大制造"的巨大落差。

如果以1984年9月中国软件行业协会的成立作为中国软件产业正式问世的标志,那么新时期中国软件产业的历史之长,完全可以与"中国大制造"相媲美。但即使不列举数字人们也能直观地感受到,二者发展的步子和受重视的程度全然不可同日而语。

最迟到20世纪末,世界主要国家对"中国制造"影响力的感受,已经可以用"无所不在"甚至"震惊"来形容。一个广泛流传的实例是:美国女作家萨拉·邦焦尔尼2004年所收到的39件圣诞礼物中,竟然有25件是"中国制造"。

国家权威机构发布的数据显示,本世纪初我国制造业增加值在国内生产总值中一直占有40%以上的比重,我国的财政收入一半来自制造业,20世纪90年代以来,制造业出口占总出口比重一直维持在80%以上,创造了接近3/4的外汇收入。相应地,全国各地争项目,争投资,争做"制造高地"的声势也一浪高过一浪。

而同期的中国软件产业仍处于起步阶段。不要说影响世界,即使国内软件市场,2/3以上也被舶来品占据,其中系统软件市场几乎没有国内企业的立足之地,国产支撑软件只是凤毛麟角,应用软件面临国外企业的沉重挤压,核心技术以及具有自主知识产权的软件产品严重缺乏。

产业规模也很小。中国软件行业协会的统计数据显示,1999年的中国软件产业总额为441.5亿元,占国内GDP的比重仅为0.54%,其中出口不足3亿美元。事实上,国内直到90年代末期才有独立的软件产业统计数据发布,而且"发布了也没有几个人当回事",因为太少了。譬如2001年被首批命名为"国家软件产业基地"的大连,1998年的软件产值还只有区区两个亿,大连当地官员都称"几乎没什么统计价值"。

第二是与国外同行,特别是与印度、韩国、爱尔兰等软件业后发国家的差距。

软件被认为是计算机系统的"灵魂",其历史与作为"躯体"的计算机硬件同样长久。1969年IBM公司决定给软件和硬件分别定价，开创了软件作为独立产业的先河，1970年全球软件产品的销售额约为2亿美元。此后出现的众多软件公司特别是1975年成立的微软公司，创造了一个软件大众化的时代，迅速拓展了软件产业的市场，1988年至2000年，全球软件及软件服务市场连续13年保持10%～14%的高速增长，2000年全球软件及服务业总收入已达5 960亿美元，是1970年规模的近3 000倍。

但在这块迅速膨胀的优质产业蛋糕中，中国所占份额明显偏小，竞争力明显偏弱。据中国软件行业协会提供的数据，2000年我国软件产业销售额为71.7亿美元，占全球软件产业总额的1.2%，仅相当于美国的1/40，日本的1/8，也低于爱尔兰的1.5%，印度的1.48%，韩国的1.39%。

竞争力方面，由于自主创新能力弱，不要说无力与发达国家和跨国公司抗衡，即使与印度、韩国等周边国家比也有不小的差距。以出口为例，2000年我国软件出口约4亿美元，仅是印度的1/15。

中国软件产业发展的这两大差距，不仅影响我国经济的发展，还严重威胁着我国的信息安全和核心利益。不难想见，在包括国防和军事领域在内的国际竞争中，一个核心信息技术上完全依赖输入的国家，其处境会是怎样的。

新世纪软件产业的发展，还承载着中国产业从低端到高端，从制造到创造，从加工到服务大转移的希望。

事实上，国人对中国经济命系"大制造"的隐忧，从20世纪末就已经开始了。人们所忧虑的，不只是"中国制造"的技术水准、赢利能力和环境承载力，更在于产业发展方向——当现代服务业取代制造业掀起全球产业转移"第二波"时，中国该如何选择今后产业发展的路径？

答案可以有很多。但就全球产业转移的大趋势和中国自身条件而言，一个明白不过的答案就是发展软件和信息服务业。中央高层看到了这一点，有远见的企业家看到了这一点，包括教育界在内的众多有识之士也看到了这一点。于是，以18号文件的出台为标志，中国软件产业在新世纪开始了前所未有的变局。

不难想见，当世纪之交中国高等教育的大发展，"遭遇"人才需求最旺盛的中国软件产业大变局时，注定会发生某些应该发生的故事。

3. 副部长的刺激：计算机企业见不到计算机专业的学生？！

2000年12月7日是农历"大雪"，北方早已进入隆冬，南国广州却绿意依旧，初冬的阳光给"建筑风格酷似北大"的华南理工大学北校区抹上了一层和煦的暖色。礼堂里，一个全国性的高等教育会议正在召开，主要发言人是时任教育部副部长的吕福源（2003年3月出任商务部首任部长）。

"我记得这个会议是研究如何提高教学质量的，背景是教育部发布了提高教学质量的12条意见。我们本以为副部长会讲些'12条'的东西，他也讲到了一些，但话题很快就转到计算机专业学生的就业问题上。"时任国防科技大学副校长的齐治昌教授回忆说。

事情虽已经过去了9年，但67岁的齐治昌对吕副部长的这次讲话仍记忆犹新：会议气氛随着吕福源讲话的转向变得沉重起来，因为他提出了一个"让我们这些做教育的人倍感失败"的问题："怎么在计算机企业见不到我们计算机专业的大学生？"

作为教育部党组副书记，吕福源说他会前曾到一些计算机企业做过调研，"转了很多企业，越转越觉着有点不对劲"，因为在这些企业中"几乎没有看到一个高校计算机专业毕业的学生"。那些企业的计算机技术人员大多是改行过来的，而当时全国设有计算机系的高校已经多达五六百所，计算机专业在校生有40多万。"怎么国民经济主战场上却见不到我们的学生？这个问题就严重了。"吕福源说这些话时语气沉重。

在吕福源的履历表上，任职教育部前一栏上写的是"机械工业部副部长"，主管汽车产业。对比先后任职的这两个岗位，吕福源的感受是都挺难的。他曾在一次讲话中透露，自己任职机械工业部那几年，全国汽车产业的地方保护主义很严重，"上海只卖桑塔纳，天津就只卖夏利"，矛盾很大，主管此项工作"有点坐在火山口上的感觉"。调到教育部来，"以为相对来说日子会好过一点儿，结果发现问题也很多"。计算机企业见不到计算机专业的大学生，就是突出的一个。

此后的事实证明，吕福源感受到的这一产业人才需求和大学人才培养"两张皮"的现象，还只是冒了个头。

以软件人才的供求为例，中国软件行业协会副理事长兼秘书长胡崑山撰文指出，在大学持续扩招背景下的2002年，中国软件人才状况仍未摆脱长期以来形成的"缺口较大、结构失衡"的状况，人才短缺与结构不合理现状并存。主要表现在系统分析师、项目技术主管、编码程序员等软件人才严重短缺。

而与此同时，却有大量计算机专业学生就业无门。人事部公布的2003年我国人才市场招聘与求职专业情况的数据显示，当年计算机专业的招聘数量为14.8万名，求职数量为39.6万名，明显供大于求。

这种企业招不到"好用"的大学生，大学生找不到"赏识"自己的雇主的事情，并不限于计算机和软件领域。举例来说，在金融业持续火爆的这些年，一方面是大量金融机构苦于招贤无门，另一方面却是人们对名牌大学金融系毕业生当保安甚至当搓澡工的消息已见怪不怪了。

在中央教育科学研究所研究员储朝晖博士看来，这种现象才是大学生就业难的主因。储朝晖分析，大学生就业难"不是一个简单的数量问题"，不是毕业生太多了，而是大学教育走偏了，不能满足市场对人才的需求，教出来的学生"社会上不能接纳他"。

2007年搜狐教育频道在"产学合作问题调查"中分析了"大学生就业难的原因"，其中属于"学生学习不努力"的原因占10%，"企业不给无经验的学生以机会"的占27%，"学生和家长对就业期望太高，不肯屈就"的占10%，"学校教学体系陈旧、与社会脱节"的占到了53%。教育的问题可见一斑。

事实上，至迟到2005年，大学生就业难和工资低已被认为是"中国社会当前面临的最大危机之一"，并正式进入了中央高层的议题。这一年的6月，中共中央办公厅和国务院办公厅发布了《关于引导和鼓励高校毕业生面向基层就业的意见》，强调高校毕业生就业"是一个涉及全局的重大问题"，要求在充分发挥市场配置高校毕业生人才资源的基础上加大政府宏观调控力度，努力建立与社会主义市场经济体制相适应的高校毕业生就业的长效机制。

近几年的"两会"上，大学生就业更是成为热点和焦点话题，解决相关问题甚至成了2009年全国政协会议的"一号提案"。

大学生就业难，计算机专业的大学生就业更是"难上加难"。由麦可思（MyCOS）中国大学生就业研究课题组撰写、社会科学文献出版社出版的2009年就业蓝皮书《2009年中国大学生就业报告》显示，2007年和2008年毕业生"就业率最低"的10个专业（全国高校共500多个本科专业）中，计算机科学与技术专业都榜上有名，并且还排在了第一第二的位子上。而与之形成鲜明对照的却是，"企业对人才需求最强烈的也是计算机专业"。

"两个之最"并存，如此强烈的对比说明了什么？安博教育集团首席执行官黄劲告诉笔者：这并不都是毕业生太多造成的，也不全是金融危机惹的祸，而是人才的能力知识与企业的需求发生了错位。"追根寻底，是教育出了问题。"

这样的评价或许有些偏激。大学生就业难的因素不可能是单一的，把问题一股脑儿推到教育机构身上并不公平。但教育的反思和改革却是必不可少的。

黄劲曾在美国做了十多年软件并成为硅谷企业的技术的高管，2000年回国创业的主攻方向就是软件人才教育，因为她看到了国内软件人才的"巨大差距"，而这个"巨大差距"也正是人才教育市场的"巨大潜力"所在。

"回来之后最大的感受就是，那些年国内的大学生多是研究型的，喜欢单独作战，不懂工程规范，不懂团队合作，而这个时候的国际软件产业早已进入到大工程与大团队研发阶段，企业最需要的是工程人才，但国内那几年几乎见不到软件工程硕士，工程人才奇缺，懂工程又懂专业的复合型高级人才更是缺上加缺。"

有件事或可为黄劲这番话提供佐证：1998年微软在中国设立研究院，需要招聘

100个软件工程师。这可是全球最大的软件公司在中国招聘,广告甫一打出就引来了万余名应聘者,其中不乏名牌大学的博士、硕士,但筛选结果却是"合格的不多",挑来选去只勉强凑了50名。

就软件人才的数量来说,随着这些年高校的扩招和计算机专业成为热门专业,每年都有大量计算机专业的毕业生涌向社会,用黄劲的话说就是"培养的已经太多了"。虽然这些年软件企业一直在喊"不愁订单愁没人",可到头来这些怀揣"最热门专业"文凭的大学生,却少有受到对口企业欢迎的。这倒不是软件企业"叶公好龙",而是这些大学生到了企业不能马上干活,需要再培养上一年半载方能"上手"。更让企业头痛的是有些学生一旦能够上手干活,却又因羽翼丰满而"跳槽",让培养他们的企业有一种"为他人做嫁衣"的感觉,"应届毕业的大学生不能要"也因此成了这些年职场上的一句流行语。

相应地,高校毕业生的工资水平也明显下降。根据《2009年中国大学生就业报告》提供的数据,在2008届大学毕业生中,"211"院校的本科毕业生半年后的月收入是2 549元、非"211"本科院校为2 030元、高职高专为1 647元,而2007届大学毕业生分别为2 949元、2 282元、1 735元,2008届平均月收入下降幅度为14%、11%、5%,本科毕业生收入下降特别明显。

一头是因无米下锅而心如火焚的用人单位,另一头是背负着全家人的积蓄和期望寒窗苦读,毕业后却求职无门的大学生们——这是当下中国IT职场上的一个死结。"我在南京晃荡了两个多月,已经弹尽粮绝了,再找不到工作只好回老家种地了。"在南京国际博览中心的人才交流会上,一位大学生向记者倾诉:自己参加了十几场招聘会全都"没戏",递交出去的数十份简历也是石沉大海,"几乎所有单位的招聘条件都要求必须有两年以上工作经验,这不是断了我们这些应届毕业生的路吗"?

（二）"惑"在何方

与职场上的死结相连接的，是校园里的困惑。信息技术的日新月异把一个很棘手的难题甩给了教育，那就是人才培养体制和教学改革的相对滞后。

1. 从清华学子的困惑说起

"90年代我在清华执教的时候，大学生就业难问题还没有出现，可那时我就发现，大部分学生已经怀疑所学课程是不是有用，并因此而为自己的前途担忧了。他们甚至直接向我们这些当老师的发问：我学的这些东西毕业后管用吗？清华的生源和教学条件都是国内最好的，清华的学生都有这样的困惑，对自己今后的职业生涯不自信，其他学校的学生更可想而知了。"

这是时任教育部高等教育司司长的张尧学在清华大学接受采访时说的一段话。他说学生对自己所学的知识迷茫困惑，没有自信，这对教育机构不能不说是件天大的事情，任何一个有良知的教育者都不能不反思和检讨。

曾任教育部高等教育司司长8年之久的张尧学，另一个身份是清华大学教授、博士生导师、中国工程院院士。1990年他从日本留学回国后便进入清华大学任教，1993年被聘为教授，主要研究方向是网络与操作系统，1995年之后先后出任原电子工业部计算机与信息化推进司副司长、教育部科学技术司司长等职，期间虽政务缠身，清华大学教授和博士生导师的担子却从未卸下。他在2004年出版的散文集《又见木兰》中描述："从1990年春开始，14年过去了，尽管工作有所变动，但我一直在清华园的一角，从事我的教学，从事我的科研。无论寒暑，无论是周末还是节假日，在教书育人的同时，更乐得探索科学技术中未知的奥妙。"这也让他对大学存在的问题和学生的想法了如指掌。

"学生的困惑主要源自教学内容的陈旧。"张尧学说。譬如 90 年代已经流行 Windows95、98 和 Linux 了，新技术新应用非常活跃，可我们的课堂上还一遍遍重复着早期那些个原理和算法，"社会上流行的东西教科书里见不到，学生们自己在计算机中搞的那些东西在学校里学不到"。这也难怪，很多新的正在用的东西"老师自己都不知道"，只好热衷于讲那些"基本原理"了，而真正知道 Windows 这些操作系统是怎么设计的老师"全世界也没几个"。张尧学说，基本原理、内核的东西当然是要讲的，但应当压缩，省出时间讲一些前沿的、趋势或方向性的东西，出来用得上的东西。实际情况却是这方面知识讲得太少，原理性的东西讲得太多。这是一个很大的问题。

"我经常反思我们大学的课程结构，反思我们的培养目标"，从中察觉到的最大问题之一就是"产业上最缺什么人才我们并不清楚"。这与我们的机制有关系，我们的机制没有办法根据产业变化快速调整教学内容，因为这涉及教育理念和教育文化问题，涉及专业设置和机构编制问题，还涉及老师的知识结构和工作习惯，甚至于老师的饭碗问题。"他认为现行这些都是对的，高等学府就应该这样，他要把开的课一直讲下去，你要说他讲的不行，要他换一种内容换一种讲法，是很难很难的。"在一个很长的时间里，"也没有人去总结这些个东西谁对谁不对，没有多少人试图去改变大学的传统和文化"。

2006 年夏，中国电子学会在南京举办了一个"中国高校 IT 院长论坛"。本是个教学论坛，但与会者话题最为集中的却是高校专业设置与教学改革的滞后。信息产业部电子信息产品管理司司长肖华告诉与会的院长们："最近有两件事让我们对人才问题伤脑筋"，一件是司机关的四个处室招聘公务员，这些处室的业务多数涉及半导体、元器件等基础产业，可相关专业的人才少之又少，"应招者中竟没发现一个合适专业的人才"，最后只好选了几个相近专业的毕业生。第二件是一次在网上组织产业发展的讨论，大家列出了几个急需发展的专业，后来发现，发展这些个专业的最大难题，竟然是大学里找不到培养对口人才的专业，"真不知我们高校的专业是怎么设置的"。

黑龙江大学电子工程学院副教授朱勇认为，造成这些问题的根源在体制："IT新技术层出不穷，相关专业的设置和教材的改革却无法同步跟进。你想设一个什么新的专业，教育部不批，你一点招都没有。教材的内容也要根据教育部的教学大纲来确定，而教学大纲是两年一次规划，不是你想怎么改就怎么改的。"

但产业这边的改变却是"革命性的、加速度的"。南京大学副校长张荣打出的PPT显示：早先的技术发展通常要经历四个步骤，第一步做基础研究，把原理弄清楚；之后进入实验阶段，把技术问题搞明白；第三步是与应用结合，解决"用在哪儿"的问题；最后才是做成产品推向市场。四个步骤前后衔接，"基本上是一种线性轨迹"，从一个点沿着一个方向逐步推进。

"而IT创新周期的缩短完全改变了这种轨迹，技术进步方式也随之发生了革命性变化。"张荣说。第一，基础研究与应用产品之间的反馈机制加快，使得很多基础研究不再囿于技术驱动，而是一起步就瞄准了应用目标。第二，基础技术一旦突破，一下子就冲到了"产品"这条线上，并迅速向其他产品渗透，溢出效应与交叉效应十分明显。以LED白光照明半导体器件为例，研发这种器件的初衷并非用于白光照明，而是发光器件，但是发光器件做出来以后人们发现它还可以解决白光照明问题，在解决白光照明时又发现可以用到太阳能电池和其他许多核心电子器件上，"溢出"和"交叉"使白光照明半导体迅速发展为一个很大的产业。伴随着这种"溢出"与"交叉"，还相继涌现出一批新兴学科和新兴产业。

这位大学副校长的结论是：技术进步方式的这种"革命性变化"，对人才知识结构和大学的学科设置、组织管理都提出了新的要求。

一边是一日千里的发展，一边是步履蹒跚的改革，落差便不可避免地拉大了，学子们的"困惑"也不可避免地产生了。

2. 符合企业标准的人才还不到 1%？

2008 年夏，中国陕西西安市的一个高校培训楼。

夜已很深，城市早已进入梦乡，可这栋楼里还有几位学员断断续续地敲击着键盘，目标是完成老师布置的一个题为"写出一个操作系统"的课外作业。虽然室内有空调，他们还是一副燥热难耐的样子，看样子是被作业难住了。

这几位学员虽然年轻，其身份却是大学教师，他们是到西安来参加美国卡内基·梅隆大学的教师培训班的。卡内基·梅隆大学向中国输出其软件教学课程，第一步便是先培训教师。

培训结束后，几个筋疲力尽的年轻人终于登上了返程的航班。回到学校见到同事的第一句话就是："从没这么累过，完全是动手去做，简直就是魔鬼训练。"

北京交通大学软件学院院长卢苇（示范性软件学院建设工作办公室副主任）对此种现象既感意外又不感意外。意外的是这批教师去参加卡内基·梅隆大学的培训，所学课程竟然都是他们在学校教学的课程，有人教这些课的时间甚至长达 7 年，"内容熟得都能背出来"，怎么当学生反倒不合格了？不意外的是这些教师上大学的时候，他们的老师就是从书本到书本地教，很少要他们动手，而"美国人的教学模式是 1∶1，即老师讲一个操作系统，你就得动手做一个操作系统出来"，中国学生到了美国老师门下，遇到麻烦也就在情理之中了。

身为软件教师，却做不出老师布置的一个小小的编程作业。老师动手能力如此之弱，学生的情况便可想而知了。这就是时下中国高等教育的现况，难怪人们把刚从大学毕业的学生称为"半成品"。

有三组数字印证了"半成品"的说法：

一是《麦肯锡季刊》2002 年对 83 名跨国人力资源部门经理、人力资源公司和人力资源中心负责人的一份调查。调查结果显示：大学毕业生中，跨国公司可以雇用的达到其质量标准的工程师数量与各国工程师人才数量的比例，中国仅为 10%（发达国家一般为 50%，最高的国家是比利时，为 80%）。

二是瑞士洛桑国际管理开发研究院发布的《国际竞争年度报告》。该报告称 2002 年度在世界各个国家和地区的竞争力排序中，中国研究与开发人员总数占第 2 位，而企业雇到合格工程师的容易程度却排到了最后一位。

三是中国社会科学院发布的《中国人才发展报告》。该报告称我国的智力资源优势并没有得到充分的发挥，智力浪费情况触目惊心，仅 2005 年，我国人才浪费总规模超过 2 500 万人，由此导致的经济消耗和经济损失超过 9 000 亿元。

然而笔者在北京采访联合国教科文组织产学合作教席主持人、北京交通大学查建中教授时，又听到了一个更让人吃惊的数字：1%——"符合企业标准的人才其实还不到 1%。"

查建中告诉笔者，2009 年初他在西安交通大学做报告时，有一位当地的教授与他交流，说自己做了 10 年这方面的研究，有大量的调查，发现"真正合格的，被产业界认可的大学毕业生只有 1%"。后来查教授在央视的一个访谈节目中找到了印证此数字的一个实例，"那是广东的一家大企业，每年大概有几万人求职，最后也就是 1%能达到企业的要求"。

在 2009 年 6 月 17 日大连的一场 IT 人才教育高校与产业的对接会上，东软集团总裁刘积仁透露的一个数字让人们看到了企业的压力：东软为培训人才"花掉了上亿的钱"。"上亿"是这样计算出来的：因为刚毕业的学生不能马上就用，东软需要对招聘的学生花一年左右时间进行培训，"培训一个人，按照东软的标准差不多 10 万块钱就没有了"。过去五年东软扩大了六七千人的规模，现在是 15 000 人，"上亿"就是这六七千人的培训费。刘积仁坦言："教育的状况让我们企业感到很难受。"

中国的高等教育，特别是 IT 人才的教育是怎么走到这种地步的？

2009 年 3 月 23 日，长沙岳麓山下湖南大学集贤宾馆，全国软件工程教学指导委员会副主任、国防科技大学教授齐治昌就这个问题接受了采访。

67 岁的齐教授那天是从 10 公里之外赶到岳麓山下的。他听说笔者上午 9 点半之前在湖南大学还有一个采访，中午便要离湘，便建议笔者改变行动路线："你从湖大到我这里，路程不顺，赶飞机来不及，还是我去你那里吧。"

上午9时半，这位著名软件专家准时敲开宾馆房门。见笔者一脸的过意不去，他摆手笑笑："你写的这本书很有意义，我也应该为这件事做点什么。"

"高校的计算机教育出现的这些问题，有它的历史原因，我们不能用今天的环境，今天的物质基础来看待30多年前的事情。"齐教授说。

齐教授是"文革"前毕业的最后一届大学生，1965年毕业于中国科技大学应用数学系，分配到"哈军工"。1978年全国恢复高考后，从科研岗位抽调到新成立的软件教研室从事计算机软件教学工作，先后任国防科技大学教务长、副校长，40多年的计算机教学科研生涯让他见证了计算机教育发展的全过程。

话题从31年前说起，齐教授回忆道："1977年恢复高考以后，我转到教学领域，接受的任务就是教授计算机软件。"那个时候我们也不知道国外的计算机教育到底是什么样子。我介入计算机系统软件是1970年。那年陈火旺院士从英国回来组织了一个读书班，我们一块学KDF9 ALGOL60编译器。学完没多久，当时的国防科工委就组织了一个会战——要在我们系研制的441B Ⅲ型计算机上研制一个Fortran语言编译器。1972年到1975年，我们小组在陈院士领导下完成了这个编译器。那时你要问什么是编译器，我们还能说得明白，但是要把它编成教材，再成为一门课程，就远远不够了。于是我们就把国外大学的计算机教育计划和教材找来，按国外的教学计划大家分工，"某某备离散数学的课，某某备操作系统的课，某某备数据库的课，某某备算法的课"，一门一门地啃下来。头一遍讲得结结巴巴，第二遍可能就好一点，第三遍就基本上像那么回事了。

当时的条件非常艰难。"文革"封闭了那么多年，国外的很多计算机课程，我们连名字都没听说过。那年头找教材也不像现在这么容易，"新华书店一般都是在楼上搞一个房间，挺神秘的，进那个屋子买书要凭工作证"。一直到80年代初，国内计算机教学基本都处于这样的局面。

1981年，国家实行了学位条例制度，计算机作为一级学科出现在专业目录上，规范了培养本科生、硕士生和博士生的标准。当时一个很现实的问题是，我们国家以前没有实行过学位制度，那么你培养的研究生，特别是博士生，在国外能不能够得到承认？你的学术水平到底怎么样？这是很突出的一个问题。特别是"文革"耽误了那么长时间，"文革"前的研究生教育规模很小，而且那时也没有硕士、博士一说，就叫研究生。现在一下子这样大范围实施学位条例，计算机又是一个新兴的学科，困难可想而知。

于是很多老先生都投入到了相关理论基础和教学框架的研究与搭建中，"基本是从计算机科学起步，希望学术水平能够达到与国外大致相当的水准"。20世纪80年代整个的十年，我们国家计算机教学的情况基本就是这样的。

当时还有一大困难，就是我们的硬件条件很差，计算机基本依靠进口。这些洋机器在高校非常宝贵，学生想在机器上做点实验很困难。国防科技大学的科研项目比较多，学生能用到PDP11/70、WAX11/780这样的小型机，这在当时算是很不错了。全国大多数学校基本是最简单的Basic语言和Debase数据库。即使这种水平有些学校也保证不了。

不过那时有一种理念，就是认为搞理论搞教学相对投入是比较少的，譬如不需要建太多的实验室，更何况早期那套教学模式是老师在上面讲，学生在下面听，"50个学生是听，100个200个也是听"。长此以往，似乎这就变成了一个顺理成章的教学模式。

表面上看，我们是参照美国ACM（美国计算机协会）的教育计划来组织教学，其实对人家的东西只学了一半。譬如人家有一个编译原理的课，理论课是3个学分，紧接着要让学生写一个简单的编译器，也是3个学分。这就是说对学生听课和动手的考核是一比一的。我们把前面理论课的东西学会了，对需要动手的那一部分，由于国内的硬件条件所限，绝大多数学校都"省略"了，顶多做一点小小的算法实现就完事了。

"算下来，我们对国外的东西是'拿来一半，丢掉一半'"。丢掉的那一半，正是大学教育中实践那一块，需要动手的那一块。

"每个时代都有自己的局限，从这个角度看，我们不能苛求前人。拿来人家理论教学的一半，舍弃动手实践的另一半，这也是不得已而为之。问题在于接下来的这些年，计算机在国内铺天盖地地普及了，普及到了每个学生的桌面上，普及到了每个人的指尖上，可是我们的教学模式却依然没有大的改变。"齐治昌说。

复旦大学软件学院院长臧斌宇说得更直白："30多年前我们把动手实践那一半丢下以后，后来就干脆忘掉了，认为天经地义就该这么教的。"

"天经地义"，意味着重理论轻实践的教学模式在之后的岁月中已经演变成了一种文化层面的传统力量。而一件事情一旦形成传统，就会产生一种惯性，压迫着试图改变这种传统的力量。

3. 最好的高校都搞综合性研究是个很大的误导

儒家经典《礼记》中有"君子慎始，差若毫厘，缪以千里"的名句。先贤之所以要求人们"慎始"，是因为起步时对方位的判定至关重要，若一开始便出现方位上的偏差，此后的行为将会与目标渐行渐远，此即所谓"差若毫厘，缪以千里"。

现实中，很多失误的确是在确立目标之初酿下的。

1990年第一届计算机科学技术教学指导委员会成立，成立仪式在广州中山大学举行。当各路科学泰斗和学术精英为此走在一起，指点谋划这个新兴学科的教学方向的时候，齐治昌教授发现了一个让他生疑的细节：这个新成立的机构名称中怎么会有一个括号——"计算机科学技术（理科）教学指导委员会"？

"为什么要有这个括号？是要强调计算机学科'姓理'？强调计算机学科的学术性？"齐治昌发问。

"这个问题现在回想起来挺尖锐的。可当时并没有人回答。"齐治昌说这个括号"折射出一种理念"——学术至上的理念,其潜台词是:在计算机教育中,学术与研究才是主导性的东西,至于操作和应用,则是低一个层次的东西了。

问题还在于,这样一种理念并非仅仅存在于计算机学科。相反,存在于计算机学科中的这一理念,倒是集中反映了当时人们对高等教育性质和目标的认识。

与这种理念相对应的,便是高校普遍存在的"重理(科)轻工(科)"的倾向,几乎所有的大学都以向综合性、研究型大学发展为荣。"我们国家的高等教育有个很大的倾向,就是都往学术研究方向去发展,最突出的就是现在全国最好的学校,国家顶尖的、最宝贝的三十几个学校都搞综合性的、研究型的大学。"中科院院士周兴铭说。

在周兴铭看来,国家最好的高校都去搞综合性学术研究"是个很大的误导"。因为工程实用型人才的培养被大大削弱了,而这部分人才恰恰是国民经济建设主战场所大量需要的。美国麻省理工学院(MIT)那么著名的学府至今仍定位于"学院",而我们很多学院这些年却纷纷升级为"大学"。全国最好的高校都冠以"研究型大学"的称号,以至二、三流的学校也以"研究型大学"为目标,"这使我国高水平的大学中研究型大学所占比例已经大大高于发达国家"。

中国科学院院士、英国诺丁汉大学校监、原复旦大学校长杨福家也谈到,1891年创办的美国加州理工学院从未想过要更名升级为"大学",诺贝尔奖获得者有31个来自该学校,中国遗传学创始人谈家桢院士、中国航天事业创始人钱学森院士、中国物理学泰斗周培源院士、中国原子核物理学奠基人之一赵忠尧院士也都毕业于此。

在东软总裁刘积仁看来,那么多高校把培养目标瞄准研究型人才,不仅与产业的需求相悖,与目前高等教育的大众化趋势也拧着劲。作为我国培养的第一个计算机应用专业博士,刘积仁说他上大学那阵(20世纪70年代末),上大学是少数人的事。"我读硕士的时候,全东北大学一共才有32个硕士。而今天东北大学差不多有接近一半的人会去读硕士,教育走向了大众化。在这种情况下,教育的目标与方法都应该跟着调整,今天我们大量需要的是实用型、工程型人才。"

教育部高等教育司理工教育处副处长、示范性软件学院建设工作办公室主任吴爱华把 2008 年全国本科、专科以及硕士、博士的招生和毕业的数据算了一下，得出一个结论：每年只有 1.7% 的大学生有接受博士教育的机会，这意味着只有 1.7% 的学生属于那种毕业后有可能搞学术的，其余的那 98.3% 的学生不管他是什么专业，最后大都要在企业中找到自己的位置。这说明：在高等教育走向大众化以后，研究型大学过多无论对学生还是对社会都不是好事情。

查建中称这种倾向是"被无限拔高的泡沫目标"，最后导致教育完全脱离了经济发展的需求，脱离了社会的需求。

查建中用手指敲打着桌子说道：你说你培养科学家，可你能培养出科学家来吗？什么叫科学家？科学家和工程师其实是一类人的总称。我认识一些贝尔实验室的人，他们在美国的一些名校获得了本科、硕士乃至博士学位，然后进到公司，从最低的助理工程师做起，变成工程师、高级工程师，一步一步地往上走，慢慢有了发明创造能力，最后才发展成了专职做发明创造的人，这就是科学家。而我们国内有些人却把工程师看成一种中级职称，没有地位，谁混几年都是工程师，所以不屑从工程师做起，大家都要做科学家。研究型大学也都不屑于说培养工程师。当年我在清华上学的时候，清华人自豪地说自己是工程师的摇篮。现在没有人说了，因为清华变成综合性大学了。

杨芙清也表达了同样的观点："高校争相成为研究型大学不一定是好事。我经常举的一个例子是南京工学院，这个学院在国际上都很有名，外国人把它看成是中国的麻省理工学院，可是现在改名叫东南大学了。看似升级为综合研究型大学，但'南京工学院'的名牌效应没有了，特色看不到了。"

4. 糟糕的 SCI 指标体系

总目标一旦偏离轨道，后面的二级三级目标（譬如学科建设评估体系以及学位条例),也将离目的地越来越远。

SCI(科学引文索引)指标体系,自20世纪60年代初问世便成为国际通行的一种对自然科学基础研究成果的评价指标,一度是判断一个学校一位教师科研水平的标杆。国内高校对进入SCI的文章大多设有奖励,有的大学发一篇文章奖励2万元。但如同东南大学软件学院院长邓建明所说,对于研究型大学,要求教师注重发表论文天经地义,如果对所有的教师都这样要求,大家都以SCI指标论英雄,就走偏了。何况SCI也在变味,"最初这个SCI是真材实货,后来弄弄就变味了。"有的"不过是通过某种途径进来而已,包括在国内召开的一些会,主办会的人总能将几篇弄到SCI里头去"。现在国外已经不怎么看重SCI了,但国内仍然强调SCI的数量。邓建明的结论是"这个指标体系很糟糕"。

"有些国外杂志为了赚钱,你只要到我这里来投稿,交钱,我可以全部是SCI检索。这已经有商业的氛围了,并不是那么纯洁了。"杨芙清告诉笔者。"我是最反对用SCI作为评价的首要标准的,现在很多学者都同意我的看法。"

在2009年的中国科协年会"科学道德建设论坛"上,SCI崇拜症遭到了与会专家集体炮轰。中国工程院副院长杜祥琬院士认为,必须建立科学的评价指标体系,改变重数量轻质量的倾向。"老子一生就写了一篇《道德经》,只有5 000字,现在只能算一篇论文,按照现在的学位标准可能连硕士学位都得不到。这就启发我们反思,对定量和定性的评价该如何掌握。"

著名数学家杨乐院士对20多年来我国科研体制思路进行了梳理。他认为科研管理的模式偏重于定量化,过分强调了SCI的影响因素,"这可以作为某一因素,而不是决定性因素"。在杨乐看来,科技界的高水平学者,如果每五六年能够做出一项推动国家进步的项目,比每年都发表若干篇SCI论文更有意义,所以必须转换观念,使科研树立正确的目标。[1]

---

[1] 雷宇:《两院院士会诊学术不端集体批评SCI崇拜症》,《中国青年报》2009年9月17日。

尽管饱受诟病,但高校的学科建设以论文论英雄的评估体系依然多年不变。如此的导向带来的是教学质量下降。因为教师们都忙于申请课题,撰写论文,以应付各种评估验收。"科研成了评估的主要标准,教学也就退而求其次,有时甚至陷于'对付'状态。"中科院周兴铭院士说。

71岁的周兴铭院士那天是在上海的家中接受采访的。其间他拿出三份资料,分别是近期他在《中国科学院院士建议》发表的文章,以及在《国家中长期教育改革和发展规划纲要(2010—2020年)》(简称《规划纲要》)征求意见时的发言。他把这些文稿郑重地交给笔者,"高校这种倾向到了必须改变的时候了,希望舆论好好呼吁一下。"

装订得整整齐齐的文稿透出了一位院士的严谨与责任感。身为国防科技大学教授的周兴铭还是上海同济大学软件学院院长,能挤出时间接受采访实属不易。

谈起"以论文论英雄",周兴铭的评价是"很荒谬":国防科技大学研制的银河系列计算机是中国高性能巨型机研制技术突破的标志,"银河计算机系列的学术带头人领头搞一个操作系统都成功了,但他的论文却拿不了博士学位,理由居然是'学术性不够'"。

周兴铭说工程的东西不同于学术研究性的东西,它强调采用成熟技术满足需求、解决问题,而基础研究看重学术上超前的新的东西,所以"搞工程的人很难拿到学位"。要拿学位必须是看国外最新发表的论文来写文章,是否有用能用并不重要。我们一年五万多个博士生大多是这样拿的学位。其实有很多博士生跟着导师做项目、写程序,出了不少成绩,"但这些成绩在拿学位的时候你都得放在一边",导师再给你半年或一年时间写一篇文章,发表了才算数。

这样的培养路径很难做到产学对路。近几年国家级科技成果奖,高校占60%,这个数字其实并不值得自豪,因为我们的成果转化率很低——全国每年3万多项国家科技成果,只有15%~20%转化并批量生产,其中只有5%形成产业。而美国高校的科技转化率达80%。

这种糟糕的评估体系使工程型人才在高校站不住脚(当不了教授),也就无法定下心来搞教学，受损失的自然是学生。周兴铭对比说，很多到国外深造的学生，第一感受就是国外老师对学生的指导比中国老师负责得多。英国高校设"高级讲师"，一个老师一辈子当讲师，致力于教学生，其工资和地位不比教授低。但中国的教师，即使是基础课、公共课的教师，也要去争课题，搞研究，发表文章，否则升不了职称，当不了教授。

早就听说杨芙清教授是位乐天派，可当笔者就高校现行的学科建设评估体系等话题对她进行专访时，这位在不少记者笔下"总是面带笑容不知疲倦"的老人却透出了些许倦意，她说自己"带博士后比带博士还累，因为两年要完成4篇论文"。

"是体制迫使年轻人走独木桥，盯着论文的。"杨芙清分析说，虽然高考问题已经有所好转，2009年考大学的人数有所下降，职业教育得到重视了，但很多人毕业以后仍然要走独木桥，比如硕士、博士，博士以后是博士后，然后是副教授、教授，还有"杰青"（杰出青年）、"千百万工程带头人"、"长江学者"，等等，一步一步的台阶都等在那里。我告诉年轻人"不要太看重这些"，但是有什么用？社会的评估体系就是看重这些，甚至变成了衡量一个团队的硬性指标，你说年轻人不这么走该怎么走？

重论文轻实践、重学术科研轻工程应用的倾向还造成了很坏的社会风气，"很多人看一个学校好坏只是看排名，不看它的培养结果"（查建中）。中科院资深院士、中国计算机事业的拓荒人张效祥老人对此种现象深恶痛绝，他在一次会上大声喝问："难道一个葛洲坝水电站工程还比不过几篇论文？！"

5. 呼吁大学群落的"生物多样性"

全国人大代表、复旦大学党委书记秦绍德在2009年"两会"期间接受专访时表示，我国高等教育在快速发展的同时，已出现了结构失衡和非理性定位现象，这种现象突出地表现在学校定位和专业设置的趋同化上。

趋同化主要表现在扎堆往"研究型大学"上靠。举例来说，全国2 000多所高校中，2007年具有博士学位授予权的大学已有310所，占总数13.4%。专业设置的趋同化更为严重，譬如上海各类高校中"开设国际贸易与经济专业的本科院校比例超过80%"。相比之下，美国高校，可授博士学位的大学只占6%（这6%中的一半才是真正的"研究型大学"），可授学士学位的大学也不过才占18%，两年制社区学院（类似我国职业教育）和专科类型院校却超过大学总数的60%。

秦绍德就此提出，中国高等教育应当引入生态学中"生物多样性"理念，建设一个"规模较大、结构合理的高等教育系统"，国家要明确国内高校的合理结构，对各校定位进行正确引导，控制各种类别院校的数量和比例。"趋同化的结果必然导致高等教育生态的破坏，不利于高等教育的可持续发展。"

中科院院士、复旦大学前校长杨福家也表达了相同的主张："学校应该像个交响乐队"，"不同学校应该发不同音，不同学科要求不同学位"。

现在的问题是，"如果你把北京和四川一些大学的师资与生源的差别拿掉，那么它们的教学内容与教学方式几乎是一样的。"北京工业大学副校长侯义斌说。

相比之下，美国的大学则是各有特色。譬如哈佛出来的学生大多是管理式人才，麻省理工（MIT）以培养技术型的CTO见长，斯坦福大学则多出创业型人才。哈佛与MIT紧靠在一起，相距不过5分钟车程，两个大学的文化与风格却迥然不同。

中国大学的雷同化而导致的人才同质化，不能不说是大学生找工作难的一个重要原因，因为IT技术对人才的需求越来越呈多样化的趋势。

"20年前我们会说：'我们培养计算机科学技术人才'，现在我们则说：'我们不仅要培养计算机科学技术人才，还要培养计算机工程人才，培养各行各业需要的复合型软件工程人才'。"国防科技大学齐治昌教授说。

按齐教授的分析，20世纪80年代的时候，计算机还是金字塔尖上的东西，学校讲授计算机课程，大多是计算机原理、体系结构、算法、数据结构、程序设计语言、编译原理、操作系统、数据库这些内容，"计算机教学解决的是计算机自身的问题"：

你说你是搞计算机的,那么你是搞硬件的还是搞软件的?你说你是搞硬件的,那么是搞运算器控制器还是搞IO?是搞外设还是搞电源?你说你是搞软件的,那么你是搞操作系统还是搞编译器或数据库?是搞汇编还是搞测试?如此等等,"都是计算机本身的一些东西"。当然也涉及一些应用,但这些应用也都是以计算机本身的理论作为基础延伸出去的,比如说人工智能、计算机控制、计算机图形学的一些应用,它们所需要的一些知识基本都是程序设计、离散数学、算法这些东西,万变不离其宗。

但到了90年代,计算机一下子普及到桌面上了,"铺天盖地地普及",很多学生很多家庭的桌面都摆上了计算机。21世纪,笔记本电脑和网络又大普及,计算机变成了移动计算,变成了大众消费品,渗透到了各个领域,人们开始用Computing(计算)来代替Computer(计算机),"计算无处不在,所以党的十六大报告中出现了'以信息化带动工业化,以工业化促进信息化'的新提法"。在这种大背景下,我们培养人才就应该转向"培养各行各业需要的复合型计算人才",而不仅仅是计算机人才。

至于计算机本身的那些技术研发与生产,已经被高度集中在有数的几家公司手里,譬如,计算机的中央处理器(CPU),被英特尔、AMD这样的少数几个公司垄断了;操作系统、编译器,则被微软等几家公司垄断了。能够找到这份工作的人肯定是少数,绝大多数人已经没有机会干这个事了。当今社会需要的是各行各业的软件应用型、工程型人才。"这对同质化教育所造成的冲击是可想而知的"。

在这样一种大背景下,"需要重新审视什么是软件,什么是软件人才,以及如何培养软件人才的问题"。按国际标准化组织给出的定义,"软件是有一定功能和性能的程序、数据和文档"。我们不少人解读这个定义的时候只记住了软件是"程序、数据和文档",却把前面的"功能与性能"给丢掉了,这是个"重大甚至是致命的疏漏",因为"功能与性能"才是软件的灵魂,是软件中的知识和技术含量所在。

齐治昌认为,谈及软件的功能及性能,就不能不涉及"软件工程"这个概念。伴随着计算机科学技术的进步和软件产业的发展,软件工程已由最初的一门课程发展成为一个以计算机科学为基础的新兴交叉学科。美国卡内基·梅隆大学在20世纪80年代中期的时候就尝试着做软件工程人才培养的事情了,到了90年代,就酝酿着要成立软件工程学科了。它为本科软件工程教育定义了三个层次的知识结构,第一个层次是计算机科学的基础知识;第二个层次是软件工程的内容,譬如需求分析、设计、编码、测试、维护、软件项目管理等等;第三个层次是领域知识,譬如以网络为中心的信息系统、金融和电子商务系统、嵌入式和实时系统、电信系统、航空和交通系统、工业过程控制系统、城市管理系统、多媒体系统、小型移动平台系统等。随着应用需求的增加,"还会一点点地往里添加",比如游戏、动漫、机器人。

软件工程学科的这些特点带来了对软件人才需求的多样化,软件人才教育也应该顺时而变,走"生物多样性"的路子。譬如你是搞金融软件的,他是搞石油软件的,这样,"在校的40万计算机专业大学生就不会都一个面孔了",也就不会出现"你会我也会,你不会我也不会"的尴尬了,大学生找工作或许也会容易许多。

软件人才教育的"多样性"与经济社会发展的多样化是一脉相承的,无论从哪个角度看,人才培养都不应该千人一面。杨芙清院士对此有一个比喻:"高校的教育应该办出各自的特色,形成一种多样性的大学生物群落。这样培养出来的人才一定会是多样化的,如同一桌菜,有的偏辣,有的偏甜,有江南口味的,也有东北乱炖,以调众口。企业需要这样的人才就到这个学校去,需要那样的人才就到那个学校去。"

第 二 章

软件学院试水高等教育改革

当中国的高等教育通过持续扩招走向"大众化"、"去精英化"时，当超过1/3的适龄青年通过高等教育走向就业市场的时候，教育与产业的对接就成了迫在眉睫的事情，由此引发的高等教育改革也必须提速，否则无论产业还是教育都会陷入困境，更遑论教育质量的提高和大学生就业问题的解决了。新世纪迅速崛起的中国软件产业，正是特别需要高等教育与之对接的领域。而历史也已证明，中国高等教育的改革和发展注定要从这儿推开一扇窗。

(一) 新世纪中国高等教育改革需要突破口

按照中国农业大学党委书记瞿振元的说法,中国改革开放的"第一个行动"就发生在高等教育领域,这就是1977年8月邓小平亲自拍板决定并于当年实施的"恢复高考"。为了赶时间,这一年的高考破例在冬天举行,570万热血沸腾的考生从四面八方涌进考场,其中27万幸运儿踏进了高等院校的殿堂,有人因此称"1977年的中国没有冬天"。

作为"文革"后拨乱反正和国家复兴的一个标志性事件,恢复高考的意义已经远远超出招生制度改革本身,而成为中华民族历史演进途中一个重要的节点。此后30多年间,中国高等教育与国内其他领域一样,经历了不同寻常的改革和发展,教育规模已居世界第一,教育理念、教育体制、专业设置、课程体系等的变化也有目共睹。

但毋庸讳言,高等教育改革也是受抨击最多、争议最大的领域之一。特别是进入新世纪以来,国人对高等教育在招生、考试、收费、管理、评价等问题上的争议,以及在专业设置、教学模式、学术水平、办学效率、教育公平等方面的关注有增无减,要求相关改革向纵深发展的呼吁更趋强烈。而中国的高等教育是个庞大的体系,有着复杂的社会触角和行为惯性,任何一项实质性的改革都会牵扯多方面的利益,触动众多部门和人员的神经。为此需要选择一个改革的试验田和突破口。

1. 一个"可能总理都摆不平的问题"？

西方俗语中有"一千个读者就有一千个哈姆雷特"的说法，意思是说同一部作品不同的人读它会有不同的认识和发现。

这一现象也出现在了对《规划纲要》制定工作方案的解读中。

2008年8月29日，国家科教领导小组第一次会议，审议并原则通过《规划纲要》制定工作方案，正式启动研究《规划纲要》的制定工作并成立了领导小组，温家宝总理亲任组长，国家科教领导小组成员单位和相关单位主要领导为成员，下属的工作小组办公室设在教育部。

笔者2009年初采访北京航空航天大学软件学院院长孙伟时，《规划纲要》第二阶段向社会公开征求意见的工作刚刚开始，孙伟对此事的看法颇出人意料：总理要管的事情太多了，总理亲自担任组长，这说明了什么？说明中国的教育改革难度太大了，是个"可能总理都摆不平的问题"。

后来发现，从《规划纲要》制定工作中读出了教育改革艰难的，远不只孙伟一个人。

《规划纲要》是进入21世纪以来我国第一个教育规划纲要，也是指导未来12年教育改革和发展的纲领性文件。制订这样一个纲要，总归是中国教育的一件喜事，但消息播发后却引发了众多质疑和担忧：有质疑决策过程的透明度和社会参与程度的，有质疑投入的2 300万调研经费"究竟怎么花的"，有担忧"改革力度不大虚晃一枪"的，还有担忧"政策出不了中南海"的，不一而足。

这些质疑和担忧的背后，有着各不相同的复杂考量和心态，但有一点是相同相通的，那就是痛切地感受到了中国教育改革的艰难，对教育改革能否取得突破性进展表示怀疑。

的确，仅义务教育中一个"择校"问题，高等教育中一个行政化问题，就困惑了中国教育几十年，教育改革的艰难由此可见一斑。

但若因此断言新时期的中国高等教育"有发展，无改革"，或对中国高等教育改革失去信心，那就走向另外一端了。

曾分管教育 10 年之久的前中央政治局常委、国务院副总理李岚清在其 2004 年出版的《李岚清教育访谈录》中披露，20 世纪 90 年代以来，中国高等教育进行了建国后第二次重大的体制改革和结构调整，主要举措是"共建、调整、合作、合并"，取得了不少积极成果。

李岚清回顾，新中国成立初期的 1952 年，我国的高等教育进行过一次重大的结构调整，主要是同类项的合并、重组和调整。例如，上海各校的建筑专业并入同济大学，造船专业则并入上海交通大学，而各高校的汽车专业大都并入清华大学。那时我国实行的是高度集中的计划经济体制，全国主要的大、中型企业都由中央产业行政管理部门直接负责建设和管理。与这种经济体制相适应，这些产业主管部门相继创办并管理了一批为本行业、本部门培养专门人才的单一学科为主的高等院校，例如煤炭、石油、化工、冶金、纺织、机械、电子等部门的高等学校。20 世纪 50 年代后期开始，各省、自治区、直辖市根据本地区发展的需要，也创办并直接管理了一批为本地区服务的高等院校，从而形成了中央教育主管部门和产业主管部门以及地方政府分别创办和管理一批高校的体制。这种办学体制是为适应当时的经济体制而形成和发展的，"功不可没"。

但这次调整也导致了高等教育"中央一套，地方一套，低水平重复建设"的格局。改革开放以来，这种格局和办学模式所带来的"条块分割，部门分割，专业过窄，规模过小，低水平重复设置高等院校和专业，产学研脱节，包得过多，统得过死"等问题日益凸显。举例来说，改革前中央部委所属院校共有 571 所，仅机械部一个部就有 25 所，"一碗饭得大家分着吃，只能熬苦日子"。1992 年，13.1% 的本科院校在校生不足 1 000 人；15.2% 的专科学校在校生不足 600 人。由此还带来了专业偏窄，科类单一、文理分家、理工分家等问题，严重影响了办学质量和效益。

为此，中央从 1993 年开始，通过"共建、调整、合作、合并"的方式，启动了新中国成立以来高等教育第二次重大的体制改革和结构调整。"共建",就是将部门与地方条块各自办学转变为共同办学。"调整",就是对高等教育区域设置不合理或学科、层次设置不合理的情况,进行管理体制和院系的调整,重点解决学科设置中的重复、分散、封闭的问题。"合作",就是通过优势互补、校际教学和科研的合作,多学科合作开展教学科研,尽量避免封闭办学和学科重复建设。"合并",就是发挥学科优势互补和规模效益,因地制宜地对某些院校进行合并。这四种方式不是孤立分割的,而是既有重点又有交叉融汇。经过10年的努力,到本世纪初,"一个适应社会主义市场经济的高等教育宏观结构和新型高等教育管理体制的框架已初步建立"。

2008年7月出版的《发展和改革蓝皮书》(中国发展和改革研究院编著),则从高校合并、高等教育扩招、高校收费和资助制度改革、建设世界一流大学等四个方面,对新时期中国高等教育改革做了回顾。

一是高校合并。20世纪90年代高等学校的新一轮"院校调整",从管理体制而言是打破"条块分割"、"部门办学"的陈旧体制,提高教育效率。就大学自身的发展而言,是希望通过院校合并达到学科互补,恢复和加强大学的综合性,让中国重新出现真正意义上的多学院的综合性大学。调整后,全国共有普通高等学校1 018所,绝大多数中央部门不再办学,高校管理权的下放成为真正的现实。

二是高等教育扩招。从1999年起,连续三年大规模扩大招生,年增幅平均达30%左右,为历史所罕见。我国1990年的高校毛入学率为3.4%,1998年为9.8%,2000年约为11%。由于扩招速度之快,原定在2010年达到的15%的指标,已提前于2002年达到,从而进入"高等教育大众化"阶段。2000年,全国高考平均录取率首次超过50%,北京、上海的录取率则达到70%,适应了学生需要和市场的变化。

三是高校收费和资助制度改革。从新中国成立初期到20世纪80年代初,我国实行的是"免费上大学"加"人民助学金"的政策。20世纪90年代后期开始,实行高校收费制度改革试点。1997年全国高校实现"公费"和"自费"招生"并轨"收费,形成缴费上大学的局面。学费标准从1998年的1 000余元快速攀升,导致大学出现约占学生总数 20%左右的"贫困生"阶层。2007 年 5 月，国务院发布文件，建立健全普通高校、高等职业院校和中等职业学校家庭贫困学生资助政策体系，新的资助体系及政策全部落实到位后，全国 1 800 所高校的约 400 万大学生（约占高校学生的 20%）将能获得不同的资助。

四是建设世界一流大学。高等教育发展的另一个维度，是基于国家新一轮赶超战略，1998 年开始进行"建设世界一流大学"的"985 工程"。第一期工程对清华大学和北京大学两校三年各投资 18 亿元。2007 年，进入"985 工程"的高校已经达到 43 所。

2. "中国的试点文化是有它的合理性的"

这是国务院学位委员会办公室主任张尧学的观点。他说事情都有两个面，"不肯定先前高等教育改革发展的成就不对，看不到先前改革发展的局限和问题同样不对"。新的改革必须突破以往改革没有突破的瓶颈，而这是"很难很难"的。

为此他主张高等教育改革一定要"试点"先行，强调"中国的试点文化是有它的合理性的"：试点好就推广，试点不好就改正，由此可以"避免全局性的大反复"，用不着大家一块折腾伤筋动骨。

事实上，在当今关注高等教育改革的学者心中，装的最多的还是"忧患意识"，议论最多的还是"局限和问题"，研究最多的则是时下高等教育改革的瓶颈。这对于渴望高等教育改革取得新的重大突破的国人，特别是对于高等教育改革的直接责任人来说，是再自然不过的事情，也是件好事情。

2008 年 10 月，江苏大学教育学研究所所长王长乐教授以"大转折、大发展及教育自主性缺陷"为题撰文称，改革开放 30 年，我国高等教育的发展成就卓著，究其原因，"可以说与对高等教育产生巨大影响的三次大转折有关"。三次转折依次为：1977 年的恢复高考制度，1999 年的高校大扩招，开始于 1994 年、影响扩大于 2004 年的高校教学评估。

第一次大转折发生在"文革"使社会"百业凋零"的特殊时期，这一举措的民心所向效应至今仍为许多人津津乐道。第二次大转折突破了此前一直强调的"适度、稳妥、整顿、提高"政策，打破了高等教育在相当长时期保持的停滞不前局面，放宽高考条件的规定使高考贴近了教育规律，为更多的考生提供了上大学的机会。第三次大转折则"使全国高校齐刷刷地唱响了教书育人主旋律"，教学中心地位得到空前强化和认同，高校的基础设施及教学条件得到了显著改善，为高等教育大发展创造了物质条件。

但在王长乐看来，这三次大转折的局限性也是显而易见的。他特别谈到，三次转折都具有明显的"恢复"性质，而非创造性的改革：恢复高考制度的"恢复"无须赘述；高校扩招虽为新的举措，但却是对此前长期停滞局面的"纠正"，具有"恢复发展"的意蕴；教学评估从表面上看，是对"扩招"后教学质量的督促，似乎是新措施，但从高校本来就应该具备合格教学水平的角度看，教学评估同样具有"恢复"教学质量的含义。

而社会对于三次大转折特别是后两次转折的评价，也褒贬不一，反对者中不仅有参评高校中的师生，也有许多研究教育的学者，还有著名大学的校长。

王长乐由此认为，三次大转折虽然"功劳巨大"，但它们只是解决了教育中的许多重要和迫切问题，却"没有解决教育发展中的一些根本性问题"。高等教育改革依然任重道远。

中国发展和改革研究院编著的《发展和改革蓝皮书》（2007）也谈到，改革开放以来高等教育改革取得重大成就的同时，也产生了新的问题。

其一，由行政主导的高校合并和建设综合性大学的浪潮中，出现了"好大喜功的刮风之势"，出现了盲目求大之风和"拉郎配"现象，为此造成不同程度的资源浪费，损失了不少名校品牌，从而损害了高等教育的丰富性。

其二，以拉动经济内需为追求进行如此大幅度的扩招，造成了高校运行的紧张和紊乱，并导致教育质量下降。此外，这一轮高校扩招在层次结构的调整上并不如意。

国外实现高等教育"大众化",是以发展二三年制的社区学院、高等职业教育为主,我国则主要扩张四年制本科教育。这不仅使教育成本更为昂贵,而且模糊了研究型大学的培养目标,恶化了办学环境。

其三,高校学费标准从1998年的1 000余元快速攀升,目前学生一年实际支出的费用,大约相当于一个城市职工一年的收入或两个农村劳动力一年的收入。由此,导致大学出现约占学生总数20%左右的"贫困生"阶层。

其四,建设世界一流大学的政策,使教育经费更多地流向高等教育,加剧了三级教育之间资源配置的失衡。2000年全国各类教育经费总计384.9亿元,高等教育支出98.3亿元,占25.5%;国家财政预算内教育经费总计208.6亿元,高等教育支出52.97亿元,占25.4%。而大多数国家的这一比例通常在18%以下。此外,"钦定"重点建设的高校,缺乏竞争和公平;以高校整体为建设对象而不是按学科,也不够科学。

诸如此类对中国高等教育改革"找问题寻不是"的评议,还可以举出许多。此类评议的客观性公正性如何,可以具体讨论,不过有一点可以肯定,那就是高等教育改革需要大的突破,高等教育改革任重道远。

但诚如马克思所说,人类的进步总是与代价联系在一起的:"在我们这个时代,每一种事物好像都包含有自己的反面,我们看到,机器具有减少人类劳动和使劳动更有成效的神奇力量,然而却引起了饥饿和过度的疲劳。财富的新源泉,由于某种奇怪的、不可思议的魔力而变成贫困的根源。"当代美国著名社会学家布莱克也在其《现代化的动力》一书中写道:现代化是一个创造与毁灭并举的过程,它以人的错位和痛苦的高昂代价换来了新的机会和新的前景。

曲折艰难的中国高等教育改革,也注定是以代价换取进步的过程。有些代价是必须付出的成本,有些代价是人为的失误,有些代价甚至是选择性的,是改革过程中的"副产品"。譬如当你选择教育的"效率"时,会牺牲或部分牺牲教育的"公正";当你选择"专才"教育的方向时,会损失或部分损失"通才"教育的好处;当你选择"英才教育"的目标时，则多半要丢失或部分丢失"平等主义"的追求。反之亦然。

既是这样，张尧学所强调的"试点文化"就非常有价值了。事实上，"试点"本身就反映了改革者的一种认识，一种态度，那就是"大胆地闯，小心地试"，既要坚持改革，又要减少改革的代价；既允许失误，又尽可能减少失误。纵然是选择性代价，也要在反复权衡中决策和操作，以求把副作用降到最低。

进入新世纪，软件学院成为了中国高等教育改革一个新的试验田和突破口。

3. "软件学院承载着一种历史使命"

此话出自教育界人士之口，其中包括教育部高官。

为了扶持软件学院的发展，教育部前部长周济（2010 年 6 月当选为中国工程院院长）曾亲自和一个个跨国公司老板谈，亲自给大学校长写信。"软件学院是棵小草，但却承载着一种历史使命，我们要逼近上游，所以要和世界上最优秀的企业合作。软件不同于别的学科，不等你积淀、不允许你积淀。要求你像常青藤，常新、创新。在没有路的情况下走出路来才叫开拓。"[1]

和跨国公司老板谈，是因为软件学院要走产学结合培养实用型软件人才的路子，需要企业的合作；给大学校长写信，是因为软件学院是大学里的二级学院，需要校长的支持。本书后面将会谈到，与企业的合作已成为软件学院人才培养的招牌性特色，而在现行体制下，离开所在大学领导的支持，软件学院的发展会遇到怎样的麻烦。

"新中国第一位经民主推举产生的大学校长"吴启迪（1995 年被推选为同济大学校长），2003 年履任教育部副部长后一直分管高等教育工作，直到 2008 年 4 月离职。

---

[1] 贺春兰：《改革没有参照物，需要智慧和勇气》，http://hechunlan.blog.sohu.com/77313300.html，2008年1月22日。

2009年5月的一天，笔者在教育部二楼的会议室里采访了这位具有传奇经历的女部长。吴启迪谈及兴办软件学院的价值时，首先提及的也是其作为高等教育改革试验田的"历史使命作用"，这就是通过示范性软件学院的探索和实践，"为高等教育管理体制和机制改革提供思路，为其他专业领域培养实用型人才提供经验和借鉴"。

吴启迪分析，选择软件学院作为试点，也是"顺应人才市场需求"的一个举措：进入新世纪以来，信息产业的世界性结构调整日益明显，已从硬件主导型向软件和服务主导型转变，"当前软件已成为世界各国争夺科技制高点的关键领域"。同时，世界信息技术和信息产业的快速发展给我国软件产业带来了难得的发展机遇，而"软件产业的发展，关键在人才"，建设示范性软件学院，为我国软件产业发展培养高层次、复合型、实用型、国际化软件人才，也"算是一种适销对路"吧，吴启迪笑着说。

她还特别评价，现在看，示范性软件学院的探索"投入和产出是匹配的"，"从小苗长成了小树"，算得上成功。"大家都称为成功的事情不是很多嘛，而这件事情恰好是比较成功的。"

国务院学位委员会办公室主任、长期主管示范性软件学院的原高等教育司司长张尧学接受采访时表达了相同的意思。他说兴办软件学院，"一个是国家改革开放大背景的推动，软件产业发展的需求"。因为发展软件产业的根本在人。"再一个就是我们高等教育体制改革的需要"。高等教育存在很多不适应经济社会发展的东西，需要通过改革探索新的路子，而"改革要在原来的路子上走是非常难的"，为此需要一块试验田，力争先在点上突破，再推广起来就容易多了。

张尧学还从资金需求和硬件约束上，分析了软件学院作为高等教育改革试点的有利条件：与其他工科专业相比较而言，软件工程"不要那么多的大设备"，试点所需的资金和硬件条件比较容易满足。

软件学院院长联席会一位领导说得更直截了当：软件学院承载着一种使命，成功了，千军万马跟上来；失败了，大家绕过去。"上了软件学院这条船，你便注定在写一段历史，承载着一种使命。成功、失败都有意义。"

（二）教育"特区"问世

在高等教育领域办软件学院，好比国家办经济"特区"，就是要大胆地去尝试改革。深圳给人们的经验是：很多事情并不是等着把理论搞清楚了才去做，而是摸着石头过河先做起来再说。同样的道理，当高等教育的改革遇到制度性障碍，当软件产业的发展遭遇人才瓶颈时，最重要的不是无休止的争议，而是果断出手尝试一种新的教育模式。而深圳的发展显示，尽管从邓小平"在中国的南海边画了一个圈"开始就争议不断，但几十年过后人们看到的是"天更蓝了、水更绿了"。

1. "从未有一个文件打破那么多教育禁区"

2001年7月25日和12月3日，教育部就创办软件学院连发了两个红头文件。前者为《教育部关于试办示范性软件学院的通知》，后者为《教育部、国家计委关于批准有关高等学校试办示范性软件学院的通知》。

许多大学校长至今都还记得这两份编号为"教高〔2001〕3号"和"教高〔2001〕6号"的文件的内容，一言以概之，就是给了软件学院前所未有的自主权：推进办学机制改革，可以多途径探索合作办学的管理体制与运行机制；实施与国内外企业合作，拉动社会资金投入，按运作企业化、办学专业化、后勤社会化的模式兴办；学校可以自主确定招生方式和规模，可以从所在学校二年级后在校本科生中招生，可以开展软件方向第二学士学位办学，可以招收软件方向工程硕士研究生，可直接从应届本科毕业生中招收工程硕士研究生；经批准的示范性软件学院，原则上允许其按办学成本制订学费标准，报当地物价部门审批，等等。

文件同时规定，示范性软件学院必须按照国际通行规则组织实施教学活动，以市场需求为导向，使用国际上最新的优秀原版教材；要开展双语授课，使用双语授课的课程均要努力在短期内达到课程总数的1/2以上；拥有培养高素质创造性人才需要的、完备的、接近国际先进水平的教学实验室等办学条件；要开展产学研合作的教育模式，聘请国内外知名教授与专家授课；要立足所在地区实际，"形成不同特色，不搞一种模式"，等等。

一位大学校长用"震惊"来形容自己的感受："在几十年的办学史上，从未有一个文件打破这么多禁区。"[1] 连邦软件总裁李儒雄评价"教育部的这次尝试极具开创性"。它一举打破了对传统办学模式的"路径依赖"，在招生考试、管理体制、课程设置、教学方式等一系列重大和敏感问题上取得突破，有的则完全"另起炉灶"，改革力度之大前所未有。

教育部原副部长吴启迪说得更直截了当：软件学院让大学也出现了"一校两制"。她在接受笔者采访时还说"当时教育部推出的政策力度大，支持的力度也大"，获批办示范性软件学院的"都是教育部的重点大学"。

"这些文件的出台很不容易。"张尧学回忆说。因为软件学院是一个新生事物，即使教育部门内部也有很多不同声音。其实大家也没有什么坏心眼，主要是这件事拐得弯太大了，人们顺着传统思维的惯性一时还转不过来。"好在部里主要领导是支持的，还有当时李岚清副总理的支持。"时任教育部部长的陈至立态度很明确：对于需求缺口大并能带动人才结构整体优化的高新技术等方面的人才，可以采取"超常规办法"培养。

因为涉及收费、招生、学位授予等许多敏感问题，请示与协调的工作量很大，有时为了一个政策细节，一天要跑四五趟有关部委。吕福源副部长对张尧学说：只要是软件学院的事，什么时候有问题随时给他打电话。一次有文件需要他签字，张尧学打电话给他："文件很急，马上要送走"。等张尧学去的时候，他已经在教育部的大厅里

---

[1] 谢湘等：《高等教育改革的突破口——示范性软件学院创办扫描（一）》，《中国青年报》2002年9月12日。

等我们了,"拿到文件就竖放在大厅的柱子上签了字"。

2. 评审那天"爆了棚"

有了政府的"令箭",又顺应了产业和教育发展的需求,示范性软件学院评审那天,北京西郊宾馆"爆了棚"。原计划试办15所学院,"评审那天来了42所大学的申办团",参与申办的差不多全是国家重点大学,申办团队的规格很高,基本都是校长亲自带队,有的甚至是省长带队。时任同济大学校长的吴启迪正在德国访问,得知评审日期后,提前结束访问飞到北京参加答辩。

云南大学软件学院院长李彤对答辩的情形记忆犹新:那天正好是"911"(2001年9月11日),答辩现场的气氛还真有些紧张。会场在西郊宾馆的一个礼堂里,感觉像饭厅一样,用一个屏风隔着,现场至少有两三百人。"我们抽到第三个答辩,第一个是复旦大学,第二个是东南大学,都是名校,让我感到了压力。答辩之前我在一个会上遇到了北大杨芙清院士与中国科技大学陈国良教授(2003年被评为中科院院士),我当时断定他们是来做评委的,心想'与他们打个招呼也许会对我们有利',没想到两位老专家告诉我,他们也是来答辩的,这更让我压力重重。"

答辩时评委尖锐的提问让李彤难忘。印象最深的一个问题是中科院研究生院副院长高文教授问的:"你们云南大学在申报材料中声称要实现50%双语教学,但据我所知,北京大学和清华大学要达到50%都比较困难,我问你,是你瞎说还是你认为你们的水平比北大和清华高?"

"我既不能说是瞎说的,也不好说我们比北大清华水平高,这个问题还真是把我为难得够呛。我想了想回答说,我们目前水平确如高教授所说,要达到50%双语教学还比较困难,但云大有许多在海外工作学习的教师,我们可以把这些人请回来,再通过一段时间对现有教师的强化培养,是可以逐步达到要求的。"

后来的事实证明,李彤说的"把海外教师请回来"的想法是一条捷径,因为软件学院全新的办学模式与管理运行机制对海外教师特别是年轻教师很有吸引力,他们中的一些人得知信息后还自己找了回来。同济大学软件学院副院长万金友在高校计算机系执教十年,因为"在陈旧的教学体制和教学模式下工作倍感压抑"而移居加拿大,后听说国内创办软件学院旋即回国,"软件学院的办学模式与我在美国工作时的想法完全吻合。"他在电话中告诉笔者。

北京交通大学软件学院院长卢苇表达了同样的感受:"'911'嘛,那天答辩大家都很紧张,都是校长答辩。"而在大学校长心目中,"能被批准办示范性软件学院,这也是学校在国家大学里边能否走到前面的一个标志"。

"北大申报软件学院是我去答辩的,自己当了16年的计算机系主任,一直尝试在软件人才的培养上做些改革。我们做了一个比较详细的改革方案,还勾勒了一张教学改革和学院管理的结构图,根据那张图就形成了答辩方案。答辩时,我们常务副校长在场,还在会上表了态。"杨芙清院士回忆道。

就像一阵旋风刮过,"示范性软件学院"建设速度之快让教育界为之瞠目:2001年7月教育部下发《关于试办示范性软件学院的通知》,8月收集高校申请,9月组织对申办学校进行答辩,12月3日教育部与国家计委联合下发批准通知,12月24日召开35所示范性软件学院院长或主管校长联席会,翌年3月,大多数软件学院便开学上课了。"对于教育领域来说,这种速度是史无前例的,只在1958年'大跃进'的时候出现过。"东南大学原副校长吴介一说。

动作之大也超出预期:按教育部的设想,第一批只试办15所示范性软件学院,但"911"答辩之后,教育部党组看到各学校积极性很高,批了33所,后来又增加了北京理工大学和厦门大学,一共35所,之后又陆续增加到现在的37所。

另一个"大跃进"是2002年的"单独扩招5 000人"。2002年7月30日,教育部和国家计委发文批准在2002年全国高考扩招的基础上,对35所示范性软件学院单独扩招5 000人(本科)。北京理工大学软件学院院长丁刚毅回顾当年情形时说:"为一个专业临时增加招生指标这件事是破天荒的,因为高考已经结束,考生的志愿已经填报完了,软件学院再想扩招,就必须靠教育部门紧急调剂生源,要在一个月调拨5 000生源可是一件难度相当大的系统工程。"

如此之快的速度,如此之大的动作,也让示范性软件学院从一开始就引来非议。的确,对于"教材、师资、设备都需要一个准备过程"的高等教育来说,试办软件学院的过程未免仓促了一些,但这也从一个侧面彰显了教育主管部门"急产业之所需,超常规培养人才,推进高等教育改革"的决心。

3. 有形之手

人们习惯把政府在经济社会中的作用称作"有形之手",以对应于亚当·斯密在《国富论》中提出的市场那只"无形之手"。就示范性软件学院的问世和发展而言,政府这只"有形之手"的作用无疑是至为关键和直接的。这种作用不只体现在出台一系列"打破教育禁区"、超常规启动示范性软件学院的红头文件上,还体现在对示范性软件学院的管理上。

按惯例教育部是不直接管理学校的,但示范性软件学院是一个例外。"教育部高教司就是这些学院的娘家,有什么问题可以直接找高教司"(北京交通大学软件学院院长卢苇)。

刚开始那几年采用的是院长联席会制度。这是一种相对松散的交流平台,由教育部牵头,每年指定一个主席和副主席单位(大学),把院长们召集到一起交流经验,培训"洗脑",探讨发展模式,组织国际交流和引进相关课程。2006年成立的教育部示范性软件学院建设工作办公室,让软件学院在政府里有了个可以直接联系的"娘家"。

为保证办学质量,教育部2003年和2006年两次组织对示范性软件学院评估验收。与以往封闭在教育界圈子内部的评估验收不同,这两次评估验收都借助了"外力":授权中国软件行业协会承办。评估标准则更多地着眼于产业需要,从用户(用人企业)角度研判设定,建立起内外部相结合的评估指标体系,而不再是纯学术的指标。评估中还请企业给软件学院毕业生知识结构的适用性、软件开发能力、技术创新能力、英语实用能力等进行综合评价打分。其中 2006 年启动的评估验收历时半年,由 80 多位学术界和产业界专家,分成 13 个小组进行实地核查,经过几轮评审打分,形成最后的总分排序。参与评估的 36 所示范性软件学院分别被评为"合格"、"基本合格"、"不合格"三个层次,对 9 所不合格的学院限期整改。针对问题,教育部出台了 2007 年 4 号文件,要求软件学院必须与计算机学院分开,以保证软件学院组织体系、经费保障的相对独立性,同时对用人机制、办学特色等提出了改革意见。曾参与和领导相关活动的吴启迪认为,这种"体制外"的评价比较好,结果可以"更客观更正面"。

收费是这个高等教育"特区"中最敏感的事情之一。事实上,示范性软件学院较高的收费也曾部分地降低了其在招生中的竞争力,并引起了不少非议。但从保证学生实习的质量和时间,帮助学生获得参与国际交流的机会,以及邀请客座教师授课(请国外教师上课,每课时约 100 美元并需承担往返路费)等方面考虑,适当提高收费标准又是当下一个现实和可行的选择。为此教育部、国家计委、发改委、财政部出台了多个文件,发改委还专门召开了软件学院收费的听证会,"这是高校唯一的关于学费收费的听证会,体现了国家对软件学院的政策扶持"(卢苇)。

接下来的实践则证明,"收费与不收费"还是大不相同的。南京大学陈道蓄说他在计算机系当主任时,很多想办的事情常常因为经费问题搁浅。"你请一个国外教授来讲学,如果是凭私人交情请他来的,给他一点'意思意思'的报酬也还可以。但你要说按国际标准付他报酬,就行不通,即使账上有钱也没法付。软件学院就不同了,包括到国外请老师讲课,只要是列入计划的,按国际标准付报酬都没有问题,很多国际交流活动与学生出国学习的事情也都可以办起来了。"

"软件学院收费比其他学院高一点对学生也不见得是坏事。"北京大学软件与微电子学院(原北京大学软件学院,2004 年更为现名,简称北大软微学院)的陈钟说,北京大学有些同时给计算机学院和软微学院讲课的老师有个比较：计算机学院那边，考上来不交学费或交了很少一点学费的，跟软微学院这边完全自己掏学费的学生相比，学习的积极性和提问题的主动性就是不一样。软微学院的学生有一种强烈的"投资未来"的意识。当然我们也出台了一些激励督促的措施，譬如规定如果你考试不及格，不能补考要重修。"另外我们还规定学生必须完成32到36个学分才能出去实习，如果完不成，再有好的机会你也别想出去。"

谈及政策层面的扶持，不少受访者都提到了"特色专业"，这是教育部为鼓励发展新兴的交叉边缘学科出台的政策。2008年划拨100个特色专业建设点给示范性软件学院，"每个建设点每年扶持20万，连续扶持4年"，22所软件学院拿到了特色专业建设点。同年，教育部还出台创办人才培养模式创新实验区项目，20个软件学院获得了该项目。教育部还出面为软件学院解决了许多具体问题，譬如组织捆绑性引进美国卡内基梅隆大学软件系列课程，把原先每个学院引进10门课所需的100万美元降到了1万美元。与微软、IBM等跨国公司合作开设"软件精品课"项目，为软件学院的教学树立了样板。

4. "足可以写一部电视剧"

2002年的农历除夕，南京大学计算机系34岁的副教授骆斌正在母亲家准备过年，突然间电话响了，传来南京大学计算机系主任陈道蓄的声音："我正在学校开会，你是否愿意承担软件学院常务副院长的工作，你考虑一下，10分钟之后给我答复，学校领导正在研究。"

多了个行政职务有点突然，但因之前曾带过一支团队做工程技术研发，获得过江苏省科技进步二等奖，有一定的管理经验和协调能力，骆斌很快就答应了这事。春节期间，他心情愉快，34岁正是喜欢迎接新挑战的年龄。对于"软件学院是怎么回事"，他并没有想太多,以为到了软件学院就可以专注做自己感兴趣的教学和研发工作了。

没过几天他的好心情就一扫而光。软件学院进入筹备运作的时候,骆斌被告知"计算机系与软件学院是分开的",系主任陈道蓄只是兼任软件学院院长,实际工作以计算机系为主。在得知陈道蓄的人事关系依然保留在计算机系后,骆斌也提出了相同的要求,但系里只同意保留他在计算机系的研究生导师资格和科研用房,在计算机系的教学则被停止了。至于原因,"陈老师告诉我,根据教育部的要求,软件学院要以新机制和新管理模式独立运行,把我的关系转到软件学院也是为了我能全身心扑到新学院的建设上"。

后面一句本是安慰的话,却让骆斌更感失落:"万一软件学院失败了,你我都不是那种找不到工作的人。"

更让他傻眼的是,软件学院的筹备办公条件只是一间从学生处借来的9平方米的小屋子,外加学校借给他的30万元启动资金。

在南大校门口那个半坡村茶馆,买了一包15元的一品梅香烟,失去了铁饭碗的骆斌想找马上要去香港出差的陈道蓄聊一聊。当看到一切都无可挽回时,他只有反复地抽烟、思考、再抽烟、再思考。

就这样,2002年2月16日,骆斌带着两个老师,在南京大学学生处二楼那间9平方米的小屋里,买了一台电脑和两张办公桌,装了一部电话,又聘了一个学生助理,懵懵懂懂地登上了软件学院的舞台。

后经陈道蓄的努力又争取到了学校的100万拨款,通过招聘,筹备组人员也增加到9个,但有两个老师在中途要求退出了。退出的原因不说大家也心知肚明,骆斌对此很理解:"如果当初就告诉我软件学院是这么一个情况,我也不会答应干这个事情的。"但是开弓没有回头箭,"我最不屑的就是言而无信,临阵脱逃不是我的性格"。

不过,接下来发生的事情让骆斌慢慢领会到了学校领导与陈道蓄的良苦用心:学校没有让计算机系去办软件学院,而是营造了一种计算机系与软件学院的非竞争协作关系,并让我以常务副院长身份全权开展工作,这是一个明智的决定。在软件学院最初的那几年里,陈道蓄老师替我受谤,顶住压力,协调关系,使我能一步一步向既定目标迈进。几年下来,基于成本运行的软件学院运作模式和管理制度确立了,完善的教学设施与教学实验室建立了,工程型软件人才的培养模式和教学体系成熟了,工程型的师资队伍和新型的教学辅助队伍组建了,面向国际产业界的产学研合作办学思路形成了。

这期间,骆斌还经历了"最成功的一件事"与"最失败的一件事"。最成功的事是策划实施了与南京市高新区的合作,高新区注资为软件学院建成了 8 800 平方米的教学实验楼,软件学院也成为高新区招商引资的一块重量级"增值品牌"。合作双方并没有形成直接的经济利益关系,却均在经济利益上赢得了成功。这一做法在后来教育部组织的软件学院评估中受到赞赏,被作为成功案例放在了教育部国家示范性软件学院建设工作办公室的网站上。最失败的事则是与美国思科公司(CISCO)的合资办学,"这也是我全力争取的一件事,思科也非常愿意投资,成为南大软件学院的一个股东,但最终由于制度问题未果。"骆斌说。

2006 年 11 月底,教育部公布了对 36 所示范性软件学院的验收评估结论,南京大学软件学院成为 9 所验收评估合格的学院之一。

软件学院获得成功,骆斌却罹患癌症,体重骤降 50 斤。示范性软件学院建设工作办公室副主任卢苇 2009 年 2 月到南京时,骆斌去机场接他,卢苇居然没有认出眼前这个瘦弱的有着些许白发的中年人就是几年前那个身体强壮面色红润的骆斌。回首这几年的生活,骆斌说"压力"是主旋律,"本来我睡眠极好,但在创建软件学院的日子,常常凌晨两三点钟就醒来思考问题,无法再次入睡"。

南京大学软件学院的故事只是一个例子,但它所折射出的软件学院初创的艰难与坎坷,大概是每位软件学院创建者都能感受到的。

北京大学软件学院的"老人"都还记得 2003 年第一次对外招生时的情形:当时北京大学其他院系都已名声在外,可以守株待兔,可软件学院不行,"人家不了解,收费还高"。为了吸引学生,我们就在招生摊位上做了很多展板,还在北大校内主干道的树上高高挂起了12条横幅，学校招生办的人在感叹"还是软件学院有想法"之余也向我们提出：不能拉那么多横幅，"北大的招生会总不能办成软件学院的招生会吧"。

东北大学软件学院院长朱志良形容自己当年做这件事的时候是"地无一垄、房无一间、兵无一个、钱无一分"，其间走过的弯路，付出的代价，体味到的甘苦，只有自己知道了。

难怪有院长谈及软件学院初创时的艰难时感叹，那段日子"足可以写成一部电视剧了"。

好在按照代价论的说法，社会发展就是以代价换进步的过程，示范性软件学院也不可能例外。剩下的问题仅仅是：这个付出是不是划算，是不是值得，是不是收获到了预期的果实。

5. "我们不必花钱"

2009年6月19日，大连市奥利加尔大酒店。在教育部牵头的软件学院院长工作会上，浙江工业大学软件学院院长王万良的发言被排在了最后，当他走上讲台打开PPT时已经是中午12点半了。王万良显然很体谅台下听众的心情："我知道我的一个重要任务就是一定要在7分钟之内结束发言，不耽误大家就餐"的开场白，让会场笑声一片。

王万良发言的主题是办软件学院"我们不必花钱"，靠社会资助就行。而吸引社会资金靠的是服务和人才：我们有能力给企业和政府服务，我们有培养人才的品牌意识，所以我们能够源源不断地吸引到社会各界的办学资助。7分钟的发言虽然简短，"不必花钱"却吊足了人们的胃口，散会后他被同行围了一圈。

其实，王万良"不必花钱"的路径，与当年骆斌所在的南京大学软件学院与南京高新区的合作模式如出一辙，只不过王万良他们走得更远，拉到的各种名目的社会资助更多。譬如，马云的阿里巴巴每年都要向浙江工业大学软件学院资助几十万，还派员工到学校参加培训；当地一个数据中心投资几百万在浙江工业大学软件学院建立实验室；天健公司出资设立"天健创新基金"；还有当地开发区的合作与支持，以及政府在招生等方面的政策扶持……

"企业不是慈善机构，为什么要资助我们？为的是人才——他们是冲着我们的学生来的。"王万良说。他们花了钱，我们回报他们的是人才，"而培养人才本来就是我们的职责"。我们办好了教育，提供了企业急需的人才，就是对他们最大的支持——这就是双赢。

此可谓条条大道通罗马。"拉动社会资金入股"之路走不通，还有很多条路可以走。因为教育从来就不是学校单方面的事情，教育是一个链环，企业、政府都是这一链环中不可或缺的部分，它们既对教育负有责任，也是教育的直接受益者。这是软件学院"拉动社会资金实现合作办学"最重要的基础。有了这个基础，实现校企双赢就成了双方都乐见的事情，剩下的只是合作办学的形式。而形式从来不会只有一个。

据教育部高等教育司理工教育处统计：截至 2008 年底，各地政府在示范性软件学院建设用地等方面给予的政策支持和资金投入折合人民币约 10 亿元，企业直接投资约 6.95 亿元。其中，大连理工大学软件学院 1 180 亩完成了"七通一平"的用地全是政府无偿划拨，包括校园基础设施，大连市政府综合投资约 1 亿元。厦门市政府将毗邻厦门软件园占地面积约 7 万平方米的海滨地块划归厦门大学作为软件学院的建设用地，优惠 6 500 万元。

9 年来，37 所示范性软件学院采取多种形式与国内外企业和地方政府开展了合作办学，包括企业为学院提供实训实习基地，企业专家参与学院课程设置，学院则为企业培养急需人才。在浙江省政府支持下，浙江大学软件学院与多家软件企业共同组建的"浙江省软件人才开发联盟"，挂牌建立了"浙江大学软件学院骨干实习基地"，既为软件学院提供了教学实践条件，也为软件企业提供了人才支撑。

参与合作办学最积极的多为跨国公司，微软、思科、IBM、惠普、英特尔等近 20

家跨国公司先后与教育部签订了合作备忘录,通过设立奖教奖学金、建立联合实验室、捐赠软件和硬件设备、开展师资培训、开发精品课程、接收实习学生等多种方式参与示范性软件学院的建设,捐赠总额累计达 76 亿人民币。

很多软件学院还通过建立"理事会领导下的院长负责制"把开放式合作办学制度化,通过"理事会"这个组织机构吸引社会力量与资金合作办学。企业成为学院理事会成员后,可以参与办学方向等重大问题的讨论与决策,而教育也借此把触角直接伸向了产业。

人们开始用一种新的理念来理解教育部 2001 年 6 号文件提出的"运作企业化"。"运作企业化并不是让软件学院完全变成了一个以投入产出为目标的企业,而是指一种企业化的运作效率,一种适应需求变化的能力。"北大软微学院的陈钟说。

引入社会资金开放式办学,让软件学院面貌全新。

最直观的是办学条件的改善。笔者参观了几所软件学院,第一个感受是"大手笔"。譬如,设在苏州独墅湖科教创新区的东南大学软件学院研究生院,占地 6.67 公顷,拥有 6.3 万平方米建筑,"蓝天碧水青草地"。大手笔的基础设施完全由政府提供,这也可以看做是地方政府争相发展软件产业,不惜代价吸引软件学院到当地落户的一个缩影。

在同济大学软件学院的实验室里,你几乎能看到所有大型跨国公司的机器设备,"跨国公司捐助的设备加起来有上亿元了"。北大软微学院的实验室一周七天每天 24 小时都开放,以保证学生有大量的动手实践的机会,践行学院"把讲的时间缩短,把做的时间加长"的教学理念。

地处大连经济开发区的大连理工大学软件学院占地 1 180 亩,拥有两万平方米的图书馆和一万平方米的体育馆,还有一栋六千平方米的实训大楼。IBM、微软等跨国公司干脆就把实训基地建在学校,一个公司一层楼,连装修都跟 IBM、微软的写字楼一模一样,学生进去也要打卡。

所有这些,都保证了学生有足够条件"学中做、做中学"。2006 年教育部组织对

36 所示范性软件学院进行了评估，得出的一个结论就是"示范性软件学院学生参与教学实践的时间占到了整个教学过程的一半还要多"。

6. 很多事情要拉开一定距离才看得清楚

人们常说让历史照亮未来，其实历史也会照亮过去。因为很多事情要靠时间去验证，拉开一定的距离才能看得更清楚。这也许正是历史的魅力所在。对软件学院的评价也是如此。当今天的人们回头反观的时候，常常会感慨于这些学院毕业生的就业率，它所产生的高校与产业接轨的示范效应，以及它对高等教育改革的推动等等。九年前的看法却远非如此。毕竟，软件学院的一些做法在当时显得另类和超前，"软件学院向左走还是向右走"，甚至一度成为 2002 年媒体热议的话题。一位知名度很高的专家就曾断言：从市场角度看，软件学院终究是一种过渡性的产物，今后 35 所软件学院会出现这样的分化，一部分自生自灭了，一部分变成企业了，"大概只有 10 来所学院能留下来"。

时任教育部高等教育司司长的张尧学认为有这些看法很正常："作为先行一步的试验田，示范性软件学院的创建难免要走弯路，教育又是社会瞩目的民生领域，舆论提出质疑很正常。关键是要正视问题，及时纠偏。纠偏之后的软件学院会变得更加成熟。"

软件学院创办伊始遇到的主要问题是困惑。"教育部要求采用新机制新模式来办软件学院，但这新机制新模式是什么样，谁也不知道。"有院长这样描绘自己的困惑："就像是一场赛跑，起跑的枪声响了，而我们这些参赛的选手，还不知道跑道在哪里，有的甚至连跑鞋都还没来得及穿上。"

大连理工大学软件学院副院长薛强还记得 2002 年他随教育部副部长吕福源出国访问的情形。那次出访是为了学习国外软件人才教育的经验，在美国看的是密歇根大学和卡内基·梅隆大学，欧洲看的是英国牛津大学与爱尔兰的城市大学。"国外是没有软件学院的，所以他们对中国办软件学院感到奇怪"，结果是"我们每到一所学校与校长交谈，对方第一个问题准是'中国的大学里已经有计算机学院，为什么还要办软件学院'"？

"人家一遍一遍地提，吕福源一次一次地解释。出访行程很紧，亏他英语好不用翻译。"吕福源解释的理由主要有两条：一条是说中国急需发展软件产业，做产业需要上规模，需要大量有工程背景的应用型软件人才。原有的大学的计算机学院继续保留，由它承担学术研究型方面的任务，软件学院是想在工程型与应用型人才培养方面走出一条路来。第二个理由是中国的大学需要改革，软件学院承担着改革试验田的任务。

薛强说大连理工大学校领导让他随吕副部长出访，叮嘱的主要任务就是看看别人如何做，"找点参照物回来"，因为"我们是摸着石头过河"。但出访后发现："软件学院是中国的独创，国外没有现成经验，我们还得继续摸着石头过河。"

软件学院所经历的曲折中，南京大学软件学院副院长骆斌谈到的那件"最失败的事"（与企业合资办学搁浅）在软件学院刚刚启动的2002年很有代表性。教育部2001年6号文件提出了"拉动社会资金投入，运作企业化"的思路。让很多人做起了开垦教育金矿的财富梦，有人甚至想到了"上市"。但这些形形色色的财富梦最终被制度挡在了门外。原因之一是作为二级学院的软件学院没有法人资格，无法吸纳企业入股；更深层次的原因则是承担正规学历教育的国有高校不宜沾染企业色彩，"企业的眼睛永远盯着盈利，而且希望短期就能见到效益，教育却需要建立长效机制。教育是不能功利化的"（张尧学）。

全国人大常务委员会委员侯义斌告诉笔者：教育部6号文件的本意是引入打破铁饭碗、对市场快速反应的企业机制去办学，但在执行过程中发生了偏差。教育部2002年初就发现并着手解决这一问题，"如果这一步纠正不过来，那么软件学院是办不下去的"。

吸纳社会资金入股的风波刚刚过去，新的波折又接踵而至。"教育部最早是希望用日元贷款项目来注资软件学院的,但日本国会在讨论的时候认为,支持中国的软件产业会对日本造成巨大的威胁,就把这个日元贷款给停了。"张尧学说。

政府注资没有了,剩下的就是教育"特区"的政策:可以按成本收费。但这一条恰恰对吸引生源是一个负面因素,再加上软件学院在当时还不被人认识,生源曾一度受到影响,这便是有媒体报道的"软件学院甫一亮相即遭遇冷场"。

这样的波折还有许多,此可谓"正入万山圈子里,一山放出一山拦"。

好在探索并未因此止步。伴随着一个个的波折和质疑,示范性软件学院走过了9个年头,目前人们看到的是:不仅35所国家级示范性软件学院(2006年发展为37所)全部生存了下来,还带动了47所省级示范性软件学院和35所示范性软件技术职业学院的创办和发展。侯义斌称赞:"创办国家示范性软件学院这件事是应该载入史册的。"

2010年2月,《规划纲要》第二轮公开征求意见,杨芙清院士欣喜地发现:"软件学院已经做了不少'纲要'里要求做的事情。"譬如"纲要"要求高校把教学作为首要任务;要以学生为主体,教师为主导,充分调动学生学习主动性;实行双师型教育,创立高校与科研所、行业企业联合培养人才的新机制;形成体系开放、机制灵活、渠道互通、选择多样的人才培养体制;重点扩大应用型、复合型、技能型人才的培养规模,加快发展专业学位研究生教育;探索建立高校理事会或董事会;全面实行聘任制度和岗位管理制度,等等。"这些软件学院都已经做了起来,有的还取得了不错的成效,社会认可,学生受益。这说明软件学院走的路子是对的。"杨芙清说。

高等教育司理工教育处副处长吴爱华还谈到了温家宝总理在2010年政府工作报告中有关"高等教育要适应就业和经济社会发展的需要"的内容,以及教育部2009年推出的"卓越工程师培养计划"——这两条也是软件学院一直着力在做的事情。"这说明了什么?说明软件学院的探索符合教育改革的大方向!"吴爱华还认为,随着国家宏观政策的调整,特别是"纲要"精神在整个高等教育改革和发展中的贯彻,"软件学院的改革会得到越来越广泛的认可,生存环境也会更好"。

（三）"造势也由人"

历史哲学中，"时势造英雄"还是"英雄造时势"的问题一直争议不休。不过可以肯定的是，"时势"和"英雄"在历史发展中的作用都不容否定。按照历史唯物论的观点，历史发展是有其必然性和规律性的，此可谓"时势比人强"、"造势不由人"；可另一方面，历史发展中的必然性和规律性，又要靠人的自觉和实践才能实现，而何人、何时、选择何种方式实践，以及这种选择是否合理有效，就有这样那样的偶然性了，此可谓"造势也由人"，必然性通过偶然性开辟道路。正是在后一层意义上，人们会说"历史常常与某些个人联系在一起"。美国著名哲学家和教育家胡克在其《历史中的英雄》一书中就表达过这样的意思：英雄是那种能够在历史发展的关节点上将历史的可能性转变为现实性的关键因素。

示范性软件学院的产生和发展也印证了这一点。新时期中国高等教育改革是大趋势，是必然性，但对改革时机的把握，对改革切入点的选择，以及对改革模式和路径的探索，却要靠人的选择和谋划。在示范性软件学院创建过程中，就出现了多位有远见且堪当重任的带头人，他们中有知名学者，也有政府官员。

1. "双栖型"学者走上前台

毛泽东有言：要办好一所学校，"最重要的问题，是选择校长教员和规定教育方针"。示范性软件学院亦是。教学改革和教学质量的问题，很大程度上是学校带头人和教师的素质问题。

在中国高校的文化传统中，评价校长、教师最为看重的是其学术背景和科研成果，至于产业和实践背景，则多被边缘化，等而下之甚至可有可无。示范性软件学院不同。因为无论从其人才培养的目标（如软件工程师）看，还是从其管理方式的变革（如企业化运作）看，都要求这些学院的院长和教师们是"双栖型"的：不只拥有学术背景，拥有教授、博导头衔，还得熟悉产业，懂得经营。

采访中发现，示范性软件学院的老师特别是带头人中，很多人有企业工作背景，有的还有企业高管和国外工作的经历。

清华大学软件学院院长孙家广，是中国计算机科学与技术领域的著名专家，中国工程院院士，同时拥有很深的产业背景：曾于1986年在美国硅谷一家软件公司当总工程师，1991年在波士顿一家由惠普投资的公司里做技术管理。回国后曾与科龙等公司合作创办了一家名为"高华"的软件公司，从科龙公司退出后任高华公司总经理。孙家广还担任过清华大学软件发展中心和清华同方"电子商务城市信息化"事业部的负责人。1999年5月清华同方软件股份有限公司筹备组成立，孙家广是负责人，公司完成孵化正式挂牌后又出任董事长。

同济大学软件学院院长周兴铭，是中国计算机科学与技术领域的著名专家，中国科学院院士，同时拥有丰富的实践经历：他是中国银河系列超级计算机主要研制者之一，20世纪70年代以来先后参与、主持研制了我国第一台巨型计算机银河Ⅰ（主机系统负责人），我国第一台全数字实时仿真计算机银河仿Ⅰ（总负责人），1992年作为总设计师、总工程师研制成功银河-Ⅱ10亿次并行巨型计算机，被称为"中国巨型计算机开拓者"。

还可以举出许多：北京大学软微学院院长陈钟，担任过青鸟环宇（在香港创业板上市的第一家内地公司）第一任总经理；北京大学软微学院党委书记白志强曾是北大产业科技开发和国内合作办公室副主任兼科技开发部长；北京理工大学软件学院院长丁刚毅,是"从学校办的一家软件公司调过来的";北京交通大学软件学院院长卢苇,有过开公司的经历;南京大学软件学院常务副院长骆斌,"带领团队从事过工程技术研发工作,有一定的管理经验和协调能力",等等。

初以为这些"两栖型"学者汇集软件学院是种巧合,接触得多了才发现这更多的是一种自觉和刻意:既然是培养软件工程型人才,既然要进行企业化运作,办学者就不能只懂学术,他们还要熟悉工业界的标准和游戏规则,要了解什么是"产业前沿"和"产业流行",否则就谈不上教育与产业的接轨。这是"双栖型学者"走上前台的前提。

在美国工作学习了十多年的安博集团总裁黄劲告诉笔者,在高校中强调"双栖型"学者的始作俑者是美国。美国高校早些年也是纯学者型教师主导一切,但从培养软件工程硕士开始,第一次想到了从工业界请人去上课。"我在硅谷工作的时候,就经常去代课。工业界的人去高校上课这在美国是很顺畅的做法。"

大连理工大学软件学院副院长薛强也谈到,现在很多国家,一个人如果没有工程背景,没在工业界干几年,是没有资格担当工程型专业教授的。特别是欧洲,"像德国法国的大学大量培养工程型人才,要求你大学教授首先要有工程背景,要有对产业界的了解",这样的教授才知道企业需要什么,才知道培养的人是不是社会需要的。

2. "理事长"

在软件学院的开拓者中,中科院院士、北京大学软微学院理事长杨芙清教授称得上是位代表性的人物。而与"董事长"相近的"理事长"的头衔,亦或多或少蕴涵着"经营"的意味。

作为中国软件界德高望重的顶级专家,杨芙清在她69岁高龄时"献身软件学院建设"这件事本身就具有标本意义,何况杨芙清还交出了一份出色的答卷——在2006年教育部对36所示范性软件学院的评估验收中,北大软微学院总分排第一,被誉为

"示范中的示范"。

提起杨芙清，不少文章对她的定位是"计算机软件界学术泰斗"。这至少是不全面的。因为她还有过另外一个身份——北大青鸟集团董事长。早在20世纪80年代初，她就担纲国家重大科技攻关项目"青鸟工程"的带头人和首席科学家。十多年来"青鸟工程"一直是两条腿走路：一条是基础核心技术研究，另一条是实现产品化、工程化。后人评价"青鸟工程"是"标志着我国软件开发从手工作坊式向工业化生产转化的一个里程碑"。"青鸟工程"的实践，对由杨芙清领衔创建的北大软微学院的成功起到了重要作用。东南大学软件学院院长邓建民对此有个评价："软件学院办得最好的就是北大，这可能与他们创办北大青鸟的经验有关系。"

"我的产业基因早在1969年12月参与研制150机时就被注入了。"这是杨芙清2009年6月在其办公室接受笔者专访时说的一句话。

与杨芙清交流是件愉快的事，这不仅因为她思路清晰，谈吐中时不时会闪现思想火花，还因为她飞扬的神采，眼里总是充盈着笑意，让人受到感染。身着湖蓝色T恤衫，齐耳短发，红润的脸庞，让人很难相信这是一位76岁的老人。

"那时我负责150机指令系统与操作系统的设计"，这个项目是用于石油勘探的，所以当时一个强烈的理念就是"产学研用结合"——738厂是"产"，石油部是"产用"，北京大学是"学研"。这个项目的研发必须与应用领域结合，还要整体配套。做完这件事之后她又产生了另一个想法——培养人才是关键。等到做"青鸟工程"时，这个想法就很成熟了。1982年，她在全国计算机学术年会上阐述了"软件工程"的内涵，并在中科院学部扩大会议上作了题为《软件的结构和工具》的报告，标志着她已经把科研思路和方向转为"软件工程"。所以2001年教育部提出创办示范性软件学院时她很是振奋，意识到这是又一个发展契机、又一个创新平台，既可以缓解软件产业面临的人才匮乏问题，又能进行人才培养新模式的探索。在学校的支持下，她们立刻组织人员拿出详细方案，虽然那一年她已经69岁，也知道做这件事会有很多挑战，但她还是愿意全身心地投入其中，再难也要做，因为"几十年想做的事情，终于有了一个平台"。

杨芙清牵头拟定的办学方案在2001年9月教育部组织的办学资格评审中受到关注，吕福源当即表态：北大应该是教育部"试点中的试点"，要办成"示范中的示范"。吕福源还要求高等教育司：北大提出问题，你们马上研究，帮他们解决。

此后的九年中，北大软微学院的确成为软件学院的一面旗帜。很多场合，身为北大软微学院理事长、名誉院长的杨芙清把北大软微学院的办学模式，包括课程体系毫无保留地拿出来与其他软件学院分享，"欢迎指教，欢迎复制"。

杨芙清的成功，除了才华智慧外，还有一半与情商或者说与她的性格相连，此可谓"性格决定命运"。

说起北大软微学院，一些软件学院院长有一种复杂心态，肯定的同时又说复制其故事很难，"因为北大有一个杨芙清"。一位院长就曾对笔者说，在中国软件业，谈到德高望重，还没有人能与杨芙清比肩，"很多棘手的事情，在杨院士那里能办成，我们就办不成"。

笔者就此向杨芙清讨教，她哈哈一笑：如果说我做软件学院这件事取得了一点成功，那么成功的一个秘诀恰恰就是没把自己当院士。我就是个普通人，以普通人身份与人沟通，碰到困难"该求谁求谁，不管对方是书记校长还是一个秘书"，这才能得到别人的帮助。当然也可能因为我的年龄与资历，人家对我会宽容一些。

在杨芙清的座右铭中，"定位"是做事的起点，正确定位才可以正确做事。这个"定位"也包括对自己身份的定位。她说软件学院刚筹备的时候，北大很多人对这件新事物不是很理解，我就把学校相关部门负责人请来汇报工作。听说是"汇报"，他们觉着挺不好意思，说"怎么能是杨院士向我们汇报？"我说我不是作为院士向你们汇报的，而是作为软件学院的筹办者向你们汇报，"是你们在支持我们办学，有些事情需要得到你们的理解"。

大的原则方面的事情沟通好了，遇到具体问题还需要一点一点地做工作。软件学院刚开学时，学校给我们的学生发的不是学生证，而是"成人教育证"。你是北大的正规学院，你的学生却拿不到北大的学生证，学生们会是一种什么感觉？站在学生的立场，这件事一刻也不能拖，我马上拿起电话找研究生院，他们说需要林副校长批。我就给林副校长办公室打电话，得到回答是他11点要赶飞机，人现在在家里。我又给他家里打电话，他说这件事不归他管，而是林建华副校长管（当时北大有三位姓林的副校长）。我立刻赶到林建华副校长办公室，说"对不起我来麻烦你了"。在林建华副校长的支持下，这件事很快办了下来。

在北大软微学院的大事记中，2005年5月6日是个值得纪念的日子——北大软微学院工程硕士专业学位分会成立后第一次行使职权，进行首届毕业生学位评审。为检验培养质量，他们特别选出了三种类型的学生进行答辩汇报。9点刚到，北大软微学院位于北大燕园理科楼的1504会议室里已是座无虚席：除了相关的学位分委员会委员外，还有三位北大研究生院的领导，研究生院招生办、培养处等相关部门的负责人也悉数到场。学生毕业论文已答辩通过，本不需要作再次答辩惊动这么多领导，但杨芙清认为这是"第一次"，新生事物需要得到更多人的检验。

如此阵势也让三位参加答辩的学生不免有些忐忑，气氛稍稍有些紧张。好在"适度紧张"的气氛反而激发了学生临场发挥的水平。最后大家们给出的结论是：完全体现了"北大质量"，其中的两篇论文达到了北大非计算机科学专业应用型博士论文的水平。学校研究生院领导做总结时认为，答辩和学位评审的组织形式和流程也非常严谨，要求严格，"这回我们放心了"。

杨芙清和她的团队也"放心了"。因为北大的学术与学位两个委员会在北大软微的分会可以发挥作用了。这件事的意义非同小可——自己有了分会，就可以与理学硕士的培养标准有所区分，譬如会更注重工程实践，更注重技术创新、工程创新和新技术转化的创新，而不仅仅是理论的创新。对教师业绩与水平的评判也有了更加适合工程教育的标准。而其他有些软件学院因为争取不到这种条件，教师职称评定与学生学位的授予都有不少难处。

杨芙清总结说：北大软微学院所以在财务、职称评定和学位授予等重大事项上走得比较顺，原因之一就是顶层设计好，如在刚刚起步的时候就制订了章程，"用规章形式把事情制度化了"。同样的例子还有理事会的成立。北大软微学院实行理事会领导下的院长负责制。"理事会最大的好处就是明确学校要通过理事会对学院实现领导和管理,主管校长参加理事会,并规定了管理流程。流程规范了我们的职责范围,尤其是在财务上具有二级法人的资格,我们定期向学校汇报,学校对我们大胆放权。"她还说成立专业学位分会的主意"并不是我们想出来的,而是研究生院负责学位的同志提醒我们的"。很多事情就是要靠大家出主意,大家来帮你。当然这首先取决于你的态度,你要平等地与别人沟通,你要尊重别人,然后才能得到人家的理解和帮助。

杨芙清还很看重团队的力量,她在看了本书的初稿后约见笔者说:人都是平等的,事情是集体办成的,"个人的作用只有在团队里头才能够发挥得出来"。古今中外,不管是谁,如果做成了一些事,一定是很多人合作的结果。所以"你不要突出哪一个人,当然更不要突出我"。

谈及北大软微的团队,除了院长陈钟外,她多次提到的还有苏渭珍、徐雅文、张兴、白志强、吴中海等人。其中,苏渭珍和徐雅文是和她一起的创始人,苏渭珍多年担任教学副院长,此前还有在北大青鸟任职的经历。徐雅文一直是常务副院长,组织管理能力很强,他们两个人"整天呆在大兴",和学生在一起的时间最长,还开辟网站跟学生交流,办学的理念也很清晰,很多事情都是他们具体落实的。张兴常务副院长[1] 是微电子学博士、教授,他之前是信息学院常务副院长,是被杨芙清挖过来的,在班子中负责微电子和无锡基地。党委书记兼副院长白志强教授是地质学博士,主管党务和学生工作,招生、就业方面的事也是他在管。吴中海教授是班子中最年轻的副院长,有闯劲,他是计算机应用技术博士,现在主管教学。"如果不是靠着这样一个团队,北大软微是走不到今天的。"

在这里,我们看到的不只是一种工作方法,更是一种谦和、热忱、进取的品格。这是做成大事必备的素质,即所谓"先做人,后做事"。

---

[1] 张兴于2010年7月接替陈钟,出任北大软微学院院长。

3. 官员们

"有形之手"对软件学院建设的推动，要通过一个个官员的作为表现出来。

教育部高层中，最早策划推动并主管示范性软件学院的，是前副部长、党组副书记吕福源。杨芙清就曾多次提到吕福源，称赞他"在顶层设计上给示范性软件学院画了一个很好的圆"。

令人惋惜的是，吕福源已于2004年5月病逝，笔者只能通过他人介绍与媒体以往的报道来认识这位为软件学院奠基的政府官员了。

即使单看履历，吕福源也是位典型的双栖型学者：科班出身，大学学的是物理，又有浓厚的工业背景，改革开放后以访问学者的身份在加拿大蒙特利尔大学工学院进修两年，其成绩和表现出来的能力深受导师赞赏。毕业后他谢绝了导师的挽留归国，先后担任长春第一汽车制造厂副厂长兼总经济师、中国汽车工业总公司副总经理，1994年起以机械工业部副部长身份主管中国汽车工业。互联网上有过一个"新世纪中国汽车工业不应忘记的人"的评选，排在第一位的就是吕福源。1998年调到教育部，成为拥有工业背景的教育部高官。

很多人都谈到，吕福源最大的爱好是读书和淘书，节假日喜欢到国家图书馆里泡，"一泡就是一整天"，出国访问闲暇时间最大的爱好依然是逛书店，"回国时，行李几乎全是自费购来的书和资料"。主管示范性软件学院后"恶补"计算机专业知识，2002年初到美欧出访时，他与密歇根大学计算机学院的院长谈Java和Web，与卡内基·梅隆大学的教授们谈CMM[1]，谈形式化描述，谈软件测试，与爱尔兰大学的教授谈GOTO语句，并知道该教授就是GOTO一书的作者。这情形令随同出访的张尧学吃惊不小，说吕福源"关于计算机方面的专业水平和英语交流能力，令我这个在计算机领域从事研究和教学20多年的清华大学教授汗颜"。

---

[1] CMM，软件能力成熟度模型，是针对软件工程控制而设置的一种国际通行的管理方法，最高为5级。

吕福源杰出的"双栖"素质在示范性软件学院的规划与启动时派上了用场,软件学院启动时的"高速度"和"大动作"都留下了他的印记。

清华大学孙家广对此印象深刻:软件学院这种模式,"我最早与当时的教育部副部长吕福源同志探讨过"。孙家广说他们当时感觉计算机学科的办学模式有些问题,"教学相对来说有些与实践脱节",学生考托福成绩很高,可"一些学生毕了业一个系统都不会做",所以就想到了软件学院这种模式。孙家广还告诉笔者,这个事反映到教育部,教育部里也有不同意见。"吕福源觉得这个事情重要,跟我们交谈、商量,最后把这个事情报了上去",李岚清副总理对这个事情也很支持,所以就定下来了。

参与创办浙江大学软件学院并任学院直属党总支书记的干红华回顾:为应对软件产业发展与高校人才培养之间严重脱节的矛盾,浙江大学在全国高校中率先提出了办软件学院的设想,得到了教育部支持。"当时的吕福源副部长组织了几个高校的有关人员到美国、欧洲调研,提出了方案,作为高校教育改革的突破口进行试验。"到2001年年底,教育部批准了35所高校试办国家示范性软件学院的申请。

对于吕福源的英年早逝,痛惜并著文追忆者中不只有中国汽车界、商务界人士,还有不少示范性软件学院的"老人"。大连理工大学软件学院薛强回忆,吕福源任商务部长后到大连,还找到他谈软件学院和软件园的事,并在相关会议上反复强调人才培养这件事,说"将来公司能不能做大,产业能不能做大,软件园能做成什么样,关键在人才"。

政府官员中有一个人不能不提,他就是国务院学位委员会办公室主任、前教育部高等教育司司长张尧学。从2001年6月到2009年7月,张尧学担任高等教育司司长8年之久,经历了示范性软件学院筹建、探索和发展的长过程。

就专业背景而言,张尧学主管示范性软件学院可谓再合适不过。对此圈内有"吕福源淘书淘出个张尧学"的说法。说喜好"淘书"的吕福源筹备软件学院时,把"淘书"的目标转向计算机软件类书籍,一次他在西单书店发现很多网络和操作系统的软件类书籍都是张尧学写的,就给张尧学打电话:"你写的书都是我关心的事儿"。随即把张尧学从科技司司长任上"硬调到"高等教育司，说"软件学院这件事还得你来做"。

张尧学履职后，就软件学院建设如何落实教育部确定的目标方针，有针对性地提出了众多理念和行之有效的举措："软件学院是一个连接学校与产业的开放式平台"，要以学院为中心，环绕软件企业，建立自己的"硅谷"，加强产学研的结合；软件学院师资队伍应实行"三三制结构"（1/3 本院教师，1/3 企业教师，1/3 国外教师）；人才培养模式、课程结构的设计要成系统；基础课程的系统要精心设计，在课堂里讲透，专业课程系统要强化实践性；办学组织模式要充分发挥社会各方优势，跟企业合作办学关键在于怎样把双方利益划清楚；软件学院要上规模，规模和质量不是矛盾的对立面，没有规模谈不上质量，也办不出影响；软件学院要高投入，要聘请外籍教师、知名专家，要派学生出国学习，要创品牌；办软件学院就是要培养一批符合"守法、诚信、竞争、服务"八个字的人才；软件学院要进行考核评估，设立符合实际的评估指标体系，评估不仅仅是教育专家的行为，还要聘请业内人士参与，等等。这些理念和举措对推动示范性软件学院建设发挥了重要作用。在软件学院最困难的时候，张尧学作为直接主管此事的政府官员，能顶住压力，坚持推进，一件一件地牵头解决诸多棘手的事情，杨芙清院士称赞张尧学"不遗余力地推进示范性软件学院发展，走到今天很不容易"。

4. 院长们

2009 年 4 月 12 日，北京香山饭店宾客盈门，桃红柳绿的香山景致为这家四星级酒店同时招来了七八个会议，其中数"示范性软件学院新任院长高级研修班"的动静最大。

主题报告、分组讨论、合影留念、晨起和午休时间成群结队地爬山踏青。与这些 60 后、70 后的新任院长们活动在一起，笔者感受最多的是"新知"、"视野"和"活力"。

其实并不是每一位院长都兼具学术与工业背景，但这并不影响他们成为具有双栖素质的院长。"双栖"在软件学院的圈子里已经变成了一种理念，一种追求。

这很像改革开放初期上海的"斯米克现象"。斯米克是上海最早一家中外合资企业，由于打破了铁饭碗和大锅饭，不管什么背景的人只要进到这个企业，马上就像变了个人，竞争压力陡然而至，身上的懒散气息一扫而光。这是机制与环境使然。

院长们最敏感的是教育与产业的结合点，最有兴趣的是捕捉新兴交叉学科，最有想法的是特色办学。不少院长会前互不相识，初次见面，几句寒暄就开始谈合作，仿佛是多年的老友。谈笑交流中几多书生意气，推杯换盏时又有几分豪气，让人感觉他们不只是一群高校学者，还是一群企业家。

华南理工大学软件学院院长闵华清曾经在计算机学院负责科研，也带过很多学生做项目，他告诉笔者：那时候我们追求的全部目标就是写成论文发表，年底总结时"把那些个论文目录列表一条一条地打印出来"，看上去很是漂亮，自己也觉着很有成就感。但是到了软件学院很快感觉情况有变，"在软件学院带学生做项目，仅仅写成论文不行，只是在实验室做项目也不行，你还必须要把这个项目卖出去，换成真金白银"。培养学生也不能只看他写了几篇论文，还要看他能不能得到用人单位认可，企业愿不愿意为他埋单。

示范性软件学院建设工作办公室主任吴爱华认为这些院长会比他们的前任走得更远，"软件学院8年积累的经验，让他们站在了前人的肩上"。

担任北大软微学院院长8年之久的陈钟看上去儒雅敦厚不苟言笑，谈起北大软微学院来却有说不完的话，原定两小时的采访时间不够用，便相约第二天接着谈。

16岁从高中一年级考入北大的陈钟，是那种被称为"三清团"式的人物，即本科、硕士和博士阶段的学习都在北大，是"清一色"的北大毕业生，毕业留校后又成为北大最年轻的教授、博导。不过陈钟并没有一直待在校园里教学，他一边教学一边跟着导师杨芙清参与了"青鸟工程"的研发，从事"青鸟工程"科技成果转化工作，带领团队深入行业领域，参与完成了多个行业应用软件，积累了丰富的实践经验。当青鸟环宇公司在香港上市时，陈钟出任公司第一任总经理。2000年公司运行近两年，陈钟来到美国加州大学洛杉矶分校做访问学者，两年之后他回到北大，出任北京大学软件学院（2004年更名为北京大学软件与微电子学院）院长。

回顾8年的院长生涯，陈钟对院长"职业化"的感受是"基本与国际接轨了"。

陈钟说自己在国外的大学工作经历让他有机会了解国外大学的管理体制。与中国有所不同，国外大学的校长基本上都是职业型的。因为国外是开放办学，以学生为中心，这就给校长带来了很多经营和管理上的挑战，"譬如他需要出去找钱，在国外叫'fundraiser'"——除了政府给的钱以外，国外大学得通过各种渠道筹集办学资金，一般来说，校长要花相当多的时间来做这件事。许多大学筹集到的办学基金相当可观，斯坦福大学每年筹集到的基金高达100亿美元。除此之外，校长还要考虑资源的调配，考虑竞争机制下的教授聘任等很多问题。如今软件学院所做的这些事，基本是与国外模式接轨的。

以办学经费为例，北大其他学院都是由国家拨款，软微学院就不行。软微学院是独立核算自负盈亏，培养工程型软件人才需要给学生创造动手实践和对外交流的机会，这都需要钱。虽然政策允许软微学院按成本收费，但收上来的学费只能解决运行费用，要改善办学条件还得拉动社会资金投入，多途径寻求合作办学。这也就决定了软微学院的院长必须考虑更多问题。

也是时势造英雄——因为软件学院是一个"连接高校与产业的平台"，而平台化的软件学院要求院长必须懂教育会管理；反过来说，平台化的软件学院也为院长提供了施展才能的舞台。这方面的故事还将在后文详述。

（四）学生"下线"

> 莎士比亚有句名言：只要结果是好的，那么一切都是好的。
> 检验软件学院是不是成功，最终标准也得看"结果"，这就是毕业生的质量以及毕业生在就业市场上受欢迎的程度。初创期的软件学院非议不断，但从 2003 年第一批学生"下线"走上工作岗位开始，非议便开始减少，因为人们越来越清楚地看到，软件学院的学生已成为职场上最具竞争力的群体之一。此可谓事实胜于雄辩。

1. 出人意料的就业率

每年的三四月份是很多应届毕业的大学生们最忙碌也最焦虑的时节。忙碌为的是找工作，焦虑也是由于找工作。很多学生七月份就要离开校园了，三四月份还没有找到一家肯"意向接收的单位"。

西安电子科技大学软件学院的毕业生们没有这个忧虑。此时的他们早就服下了用人单位发来的定心丸，不少同学手里还握有多个 Offer 供其挑肥拣瘦。

该学院副院长顾新形容：在其他学院的学生为找工作焦头烂额的时候，我们的学生一个个都是"俏货"，哗啦哗啦地全叫用人单位拉跑了。有学生则形容自己在软件学院的经历是"越往高年级上心里面越爽"，到了毕业找工作的时候，"优越感什么的一下子全冒出来了"。

采访国家示范性软件学院，多次听到"就业率100%"这个说法，有的连续三年，有的连续四年，即使在 2009 年遭遇全球金融危机，大学生普遍就业难的情况下，很多软件学院的就业率仍然达到 100%。

"不管大背景怎么样,没听说软件工程专业的学生毕业没人要,多数情况下,学生一毕业甚至没毕业,企业就说你留下来吧。"东南大学原副校长吴介一说。

教育部高等教育司理工教育处2009年的统计显示:37所国家示范性软件学院毕业生的整体就业率达98%以上,其中20所学院达到100%。中国软件行业协会对37所示范性软件学院的近万名毕业生进行跟踪调查,请相关企业对毕业生知识结构的适用性、软件开发能力、技术创新能力以及英语实用能力等进行综合评价,以5分制打分,本科生的"满意度"为4.11分,研究生4.23分,分值都很高。

那些好的软件学院,"就业率100%是大体做到的"。如果有毕业生没就业的,原因多出在"有一个时间差"上:他不想在这个时候跟人家签约,他不是找不着,他还想再看一看,再挑一挑。这些学生确实有一些特点,"一个是实践能力比较强,再就是外语也比较好",很多大公司愿意用这样的人。所以说"这些学生交纳的费用虽说高一点,但是投入和产出还是匹配的"。教育部前副部长吴启迪告诉笔者。

"软件学院每年招生的一个亮点就是宣传就业率。"为取信于考生和家长,"我们把每年毕业生的去向一个一个公布出来。只是不便公布这些企业的具体待遇,那是人家的秘密,但我们可以大致说一个范围。"同济大学软件学院副院长万金友说。

这样的数据和评价,可能出乎不少人的预料。毕竟,示范性软件学院满打满算才9年时间,根子浅积累少,条件并非一流。生源方面也不占优势——新设立的二级学院牌子咋也响不到哪里去,收费上却高出其他学院一大截,这使得很多学生是"被调剂来的",而非"第一志愿"考入的。

但软件学院创造的就业率却是实实在在的。

从2003年7月开始,示范性软件学院培育的本科毕业生陆续"下线",当时的媒体对此事的报道,也几乎尽数聚焦在了"就业率"上:上海交通大学软件学院104名毕业生中,攻读工学硕士研究生的25名;申请出国的8名;"直接参加就业的71人全部被中外的IT企业录用,其中21人进入国际知名大公司,占直接参加就业人数的32%"。厦门大学软件学院,2004年首届本科毕业生114人"深受企事业单位欢迎,一次就业率达 100%"。

2001 年成立的大连理工大学软件学院，2003 年学生毕业正好赶上跨国公司大批涌入大连，软件学院的学生在此关键时刻顶了上去，"IBM、惠普、埃森哲这些跨国公司在大连起家时招聘的员工基本都是我们的学生，现在都已经是骨干了"。目前该院每年毕业的 800 个本科生中，大约 10%的学生一毕业就直接进入微软公司。2008 年丰田汽车在大连成立嵌入式研发公司，招聘的 16 名员工有 8 名是软件学院毕业的。英特尔的芯片生产线落户大连，软件学院的学生也"起到了人才支撑"的中坚作用。"我们学院已经成了大连培养软件精英人才的一张名片。如今那些大型的跨国公司到大连投资，都会直接到我们学院来要人来谈合作，学院每天这方面的接待量都很大。"副院长薛强说。

"同济软件学院的学生给了企业很多惊喜。"以学生投递的简历为例，企业看到的其他院系学生的简历"也就是一页纸"，可同济大学软件学院学生的简历"有四五页纸，上面密密麻麻列着一堆成果"。因为他们很多教学是从项目入手，用项目进行评分的，学生毕业时拿项目进行答辩和演示，所以他们的简历上可以拿出"一堆一堆的作品"。而其他院系的考试都是一张纸一支笔完事，学生也就没有太多的东西可以拿出来。前几年企业还是用老眼光看大学生，拿到我们学生的简历有点不敢相信，"怎么在学校里就能做这么多事？"直到学生进到企业干了起来，企业才发现"还真是这么回事"——进来马上就能干活，也不用培训，甚至比老员工都厉害。

华南理工大学软件学院院长冈华清说让他苦恼的不是学生就不了业，而是没那么多学生给企业。譬如，汇丰银行把全球的软件基地放到广州后，希望他们每年提供 200～300 人，我们却只能满足一个零头。"现在汇丰银行在广州有一万人，其中 2 000 人是做金融研究的，3 000 人是做软件的，5 000 人是做电子单的"。这家银行对我们的学生评价比较高，"希望我们每年提供 200～300 人，实际我们提供不了，我们每年提供 60 人就差不多了"。

2. "就业明星"

还是在谈及毕业生就业情况时，东南大学软件学院院长邓建明举了个"就业明星"的例子："我们的一位学生，叫付玉澎，三年级到爱立信实习时就被确定为正式员工，到 4 年级毕业时已经是爱立信的项目经理了。"

2009 年 6 月的一天，笔者在东南大学见到了正在软件学院读在职硕士的付玉澎，他的身份已经由爱立信项目经理变成 Team Leader 了。记者问他 Team Leader 与项目经理有什么区别，他说项目是"一个时间段里做的事"，这个时间段一结束项目组就散了。但"Team 却是长期存在的"，如同一支部队，打完一仗，这个任务结束了，但这支部队还存在。所以 Team Leader 既要考虑项目问题，还要考虑人员的沟通、协调以及技术的规划和管理，保证项目有足够的技术支撑。这个角色很具挑战性。

这样的"明星"还可以举出许多。与北京邮电大学软件学院院长宋茂强交谈时，对方建议笔者不妨见一见 2006 年毕业的学生童勤，理由是他"工作两年就被评为'工商银行青年岗位明星'，其间参与开发了 10 个项目，其中一半是以项目负责人的角色参与的"。

在北邮软件学院就业办公室周秋红老师的陪同下，笔者在北京宣武门西大街的工行牡丹卡中心见到了这位年轻人。谈及成功的原因，童勤说他有三点感受：方法很重要、基础知识很重要、复合知识帮大忙。而这些东西的获得，很大程度上得益于北邮软件学院的教学体系、教学模式和教学理念。所谓"授人以鱼不如授人以渔"。"方法"传授在软件学院的教学理念中占有重要位置，童勤从老师那儿获得的学习和研发的方法，在开发项目的时候"直接派上了用场"。软件学院对数据结构等基础知识的重视，更让童勤"终生受益"，因为"无论什么平台和语言，包括算法，都离不开数据结构这个基础"。

至于复合知识的教育，更是软件学院的强项："不是我夸自己的母校，培养复合型人才正是北邮软件学院的一个特色。我既学软件又学通信技术和网上银行的知识，有了这些基础,做起项目来就如鱼得水了。"童勤做的很多项目是需要先理解用户需求,然后再把这些需求用专业术语表示出来。"其实质是充当业务人员与软件开发人员之间的一个桥梁。如果没有复合知识就会出现业务人员知道自己想要什么,却无法用计算机专业术语表达出来,而懂专业术语的软件人员又弄不明白业务人员想要什么的尴尬。"

北大软微学院的陈钟院长也谈到了"复合知识"在软件人才培养中的作用。他说自己带的一个学生,本科学的是经济专业,读研究生学的是交叉应用学科——金融信息工程专业,是一个"双料"的复合型人才。人还没有毕业,在美国安永(中国)公司实习就崭露头角,设计的一个财务分析模型和算法,让公司的工作效率成倍提高,深得老板赏识,未等毕业就被正式录用,并付给了很高的薪酬。"我们多数学生的发展潜力巨大,很多都有动人的故事和闪光点。"陈钟不无自豪地说。

复旦大学软件学院的姜忠鼎副教授对自己的弟子毛燕东倍感自豪。毛燕东与几位同学在校期间的"软件习作"已经被上海公安系统等部门采用,实现了商品化。

在位于上海浦东的复旦大学软件学院交互图形学实验室里,笔者见到了毛燕东。姜老师说毛燕东再过几个月就要赴美国读博士了,"他同时接到了美国斯坦福大学、华盛顿大学和麻省理工学院3所大学的录取通知书,他最终选择了麻省理工"。

毛燕东看上去腼腆内向。他说自己本科与硕士都是在复旦大学软件学院读的,是软件学院第一届(2002年)学生。"我喜欢搞软件,读高中的时候就知道软件是专门解决问题的,通过各种各样的算法巧妙地解决问题可以让你获得快乐。"

他指着墙上的一个虚拟大屏幕:这个大屏幕是由若干个小屏幕拼接起来的,但是放映图像时一点也看不出拼接的痕迹与变形,达到了高度的虚拟真实,"这些都是靠软件技术实现的"。

"刚开始那几年,不少人是戴着有色眼镜来看软件学院的。"南京大学软件学院陈道蓄回忆说。当年IBM(中国)大学合作部的负责人是我中学同学的爱人,他到我们这儿来要学生,上来就直截了当地说"你可别把软件学院的学生给我"。那时人们心里想的是"只要你是收钱的学生,质量就不会高"。可没有过几年,大家就喜欢软件学院的学生了。"假如给软件学院一个基本的评价,我认为它取得了很大的成绩,短短的几年,国家也没投什么钱,它却能够在社会上树立起一个很好的形象,产业界认可,政府也认可。这是一件非常好的事情。"

3. "薪水也是一把尺子"

除就业率外,薪水的高低也是企业和社会评价软件学院毕业生的一把尺子。

还在 2002 年也就是示范性软件学院"试水"的第二年,时任高等教育司司长的张尧学接受《光明日报》记者采访时就坦言:对软件学院的评估也是市场机制,那就是看你的学生在市场上受不受欢迎,包括"能不能得到企业抢聘,你的学生工资是多少"。教育部虽然把软件学院招生录取的权力下放给学校,但会进行严格的跟踪检查,跟踪检查也是围绕市场制订标准,毕业生就业后的薪水和职位情况就在其中,而且是很重要的标准。

高等教育司理工教育处 2009 年对示范性软件学院的调查,最拨动人们神经的数据,除了前面提到的"整体达 98%以上,其中 20 所学院达到 100%"的就业率外,就是毕业生的薪酬了。统计显示,"示范性软件学院毕业生在与用人单位签约之时就获得了较高的薪酬,本科生签约薪资为 2 500～5 500 元／月,研究生为 4 500～7 000 元／月,平均薪资普遍高于传统 IT 毕业生"。

2010 年 6 月初,一则"毕业三年后月薪较高主要本科专业(前 20 位)"的消息出现在互联网上。由国内知名教育数据咨询和评估机构麦可思公司 2010 年发布的这一报告中,软件工程类的大学本科生以 6 765 元的平均月薪排在了第一位。"这个调查结果也从另一个侧面肯定了示范性软件学院的办学成果"。教育部示范性软件学院建设工作办公室副主任卢苇说。

事实上,较高的薪资也一直是软件学院的一个兴奋点和谈资。接受采访的软件学院领导们也毫不介意谈论这一话题。前面提到,2003年上海交通大学软件学院首批毕业的104名本科生中有71名选择了直接就业,他们的平均工资达到3 500元,最高者达到7 800元。这在2003年足以傲人了。

大连理工大学软件学院提供的数据显示,学院2002—2005年毕业的全日制学生共1 140人,平均就业率高于97%,工程硕士达98.5%以上。薪资方面,本科毕业生签约的月平均工资在2 500元以上,工程硕士毕业生月平均工资在3 500元以上,部分学生月工资超过5 000元,最高月工资为8 000元。

同济大学软件学院副院长万金友也告诉笔者,"软件学院本科生的年薪水平在同济大学排名第一"。软件学院刚成立时"其他院系根本瞧不起",现在好了,"说不"的人明显少了。按规定本科生一年之后可以转系,可这些年"从没有软件学院的学生转到其他院系,倒是每年有很多学生转到我们这里来"。

北大软微学院一位毕业生描述:北大软微学院的就业情况在全北大都排得很靠前,在金融行业的投资银行如摩根斯坦利、中金国际,在基金行业的诺安基金、南方基金,在证券行业的国泰君安,在咨询行业的罗兰贝格、埃森哲、IBM咨询部门,在日用消费品公司巨头宝洁、联合利华,都不乏北大软微学院人的身影。至于IT行业,如IBM、微软、英特尔、Motorola、Google、百度等更是形成了上数量级的"北软帮"。薪资方面,北大软微学院的毕业生都比较低调,"拿了几十万年薪的Offer都不声张"。

曾有记者问北大软微学院院长陈钟,"在一份媒体上看到将以年薪10万以上的毕业生的多少来衡量软件学院的成功与否,你如何看?"陈的回答是:"单纯从数字看,我认为这个数字还有些少了。"

华中科技大学软件学院院长陈传波说他们不少学生一毕业就被公司"当老员工看,开出的待遇高"。道理也很简单:我们突出实践能力,"就是培养工程师不培养科学家",广泛地和企业合作,"国内外我们一共有80多家合作企业,研究生第二年开始全部进入企业,本科生第四年全部进入企业,做工程时间长,人家愿意要"。

如今较高的薪资与100%就业率一样,已成为软件学院的招牌。笔者看到的中国科技大学软件学院2009年软件工程师的一份招生简章中就承诺:学生工作一年内的平均薪水不低于2万,平均年薪水平为2.5万~5万元,成绩优异者一年后可高达10万元年薪。

中国工程院院士、华东师范大学软件学院院长何积丰告诉笔者,他们现在遇到的问题不是当初媒体猜测的"将遭遇冷场",而是报考学生太多而不得不控制规模。"虽然我们收费比其他学院高一些,但很多考生依然选择我们,因为他们的师哥师姐告诉他们'多交的学费一年工资就收回了'。现在考我们学院是很难的。"

4. "后劲"几何?

衡量毕业生的质量,就业率和薪水并不能完全说明问题,更重要的是看他们发展的后劲,是不是五年十年以后还具有竞争力。

决定"后劲"的因素有很多:基础知识是不是扎实,知识结构是不是合理,学习方法是不是对头,以及道德品质、合作精神、吃苦精神、自立能力,等等。软件学院的学生是不是具备这样的综合素质?

到他们中间感受一下,或许能找到答案。

2009年6月15日,南京江宁区九龙湖东南大学新校区。"大学生活动中心"的小剧场里正在举办"2009软件学院毕业典礼"。

阶梯形的小剧场今天是400多名软件学院本科生的舞台。主席台上方"青葱岁月万卷书少年游,软件学院万里路而今越"的条幅,写意了这些80后、90后的心声。

屏幕上正放映毕业班相册。伴随着色彩缤纷的影像,是学生们的笑声,笑声中夹杂着善意的起哄甚至"恶搞",仿佛成心要把小剧场的圆顶掀翻。因为屏幕上的人物都是他们的师哥师弟师姐师妹,这些平日里熟悉的形象经过软件高手们的加工,突然变成了高大的英雄、倜傥的帅哥、惊艳的美女。

最为出彩的是相册的配词。有表达惜惜相依之情的："今天的相聚是明天回忆的开始"；"甲乙丙丁，你我不是路人"。有传递鸿鹄展翅之志的："没有比脚更长的路，没有比人更高的山"，"没有吃不了的苦，只有受不了的人"；有率性描述同窗个性的："舌战群雄莫敢当"，"竞技妙手当诸强"，"俊貌玉面孩童肠"，"倚门回首青梅香"……让人感叹这个群体的活跃与多才多艺。

坐在前排的毕业生家长史亚夫很愿意跟笔者聊一聊他的独生女儿。他说女儿毕业后被留到了实习单位国信朗讯，"这是一家很不错的合资企业，今后孩子的谋生没有问题了"。让他欣慰的还有：女儿上大学后自立意识更强了，待人接物也更成熟了，"都说素质教育重要，孩子在学校得到的教育是家里没法比的"。

小巧玲珑的殷慧子同学被保送去清华大学读硕。她告诉笔者，自己原本是东南大学医学院"七年本硕连读"的学生，"考上很不容易"，但在读大二的时候还是转到软件学院来了。因为她听说软件学院给学生提供的实践机会多，竞赛机会多，需要死记硬背的东西少。来了之后发现情况的确是这样，各种各样的竞赛非常多，学生会组织的各种俱乐部的活动也很多。

中午的毕业生宴会，让笔者见识了软件学院学生"全面发展"的另一面。这些半小时前还在小剧场里"闹翻天"的花季女孩和年轻小伙，一波一波地涌到老师的桌子前敬酒时变得彬彬有礼，"感谢师恩不忘母校"的敬语发自内心，言行真诚热情，举止大方得体。最让人难忘的是一位男生带着他的父母敬酒的场景，他的父母身材矮小脸色黝黑，一看就是老实巴交的农民，儿子却长得英俊高挑，一脸书卷气。这位学生很认真地把父母引见给老师："这是我的爸爸妈妈，我们全家感谢老师四年的教诲。"此情此景让软件学院党总支书记金远平教授发出了两个感慨，第一个感慨是："你看人家养的儿子多好！"第二个感慨是："你看这孩子对父母多好！"笔者也感慨："你看你们培养的学生多好！"

"下线"学生已经显现出了后劲。

"他们的薪水是不断往上长的。"东南大学软件学院院长邓建明说。邓建明认为这是学生具有发展后劲的一个重要标志。学生工作一两年之后月薪过两万的有一大批,这其中还包括了许多单证生(即通过学校自主招生进入大学的学生,毕业时没有国家颁发的学历证书,只有学位证书)。这些单证生刚毕业的时候薪水和职位与那些拥有双证的学生相比要低一些,但很快就能追上来,有的甚至超过一些双证生,同样成为了企业的骨干。"这说明双证单证不是最重要的,关键还是看自己的真本事。"

"出国的学生则在国外为我们赢得了口碑。"中国工程院院士、华东师范大学软件学院院长何积丰告诉笔者。何积丰院士说,日本富士通系统公司的副总裁对他说:你们培养的学生技术能力比我们日本大学培养的学生还要好,他们还能在技术上提出一些很好的建设性意见,给公司带来新鲜的空气。如果要说有什么不足的话,就是他们日语的口语还不像日本人,但是他们很好学。

第 三 章

不一样的二级学院

国家示范性软件学院是所在大学辖下的二级学院，却又是有别于其他学院的"不一样的二级学院"。这种"不一样"不只表现在红头文件所赋予的特殊的收费、招生等政策上，更表现在办学理念、管理体制、师资结构、学科建设和教学模式上。即使与专业最相近的计算机学院相比，其培养目标和方式等也有显著特色。深入考察和剖析这些个"不一样"，对于新世纪中国高等教育的改革会有所裨益。

（一）不只是扩招和收费那么简单

从2001年启动至今，示范性软件学院走过了九个年头，九年中有成功和欣喜，也有误解和波折。其中最大的误解，莫过于说"软件学院主要是赚钱收费的"，以及"软件学院就是计算机专业扩招"。为此，在我们解读"不一样的二级学院"时，第一个需要理清和回答的，便是这个"教育特区"究竟"特"在何处？难道它真的像某些人所理解或评说的那样，只是一个"收费特区"和"自主招生特区"吗？

1. 既生瑜何生亮？

"既生瑜何生亮"的质疑从示范性软件学院筹备起就没有断过。质疑者的理由简单而充分：获批办国家示范性软件学院的37所大学都是国家重点大学，这些学校全都设有计算机学院，而计算机学院里又都有软件专业，既然如此，再办软件学院岂不是叠床架屋，纯属多余？

"特别是在一开始那几年，每年社会上都在那儿吵吵，说为什么要兴办这样一个东西，这不是要软件学院和计算机学院打架吗？要是嫌学生少，计算机学院扩招不就行了？何必非要在计算机学院以外另起炉灶？"北大软微学院陈钟对那段岁月发生的"争吵"记忆犹新。

西安交通大学软件学院院长曾明还谈到：他所在的西安交大跟北大、南大这些高校不同，后者"传统上是以文理科为主的，工科相对来说涉及的不是很多"，建立软件学院面向产业培养工科人才是一种拓展。而"我们西安交大原本就是一个面向产业培养人才的传统的工科院校，一直从事高等工程教育"，办软件学院的必要性更容易受到质疑。当时学校里"也确有不同观点"。

不只高校内部，就连"当时教育部里的声音也不一样"，赞同在原有的计算机学院内增设软件工程专业的也有不少。但教育部领导综合考量后还是决定，应该试验一种新的教学机制，大批量培养企业急需的实用型软件人才。个中原因不只是规模上的，还有体制上的。"传统的计算机教学模式有几十年的基础了，一下要改变它是不太容易的。"北京交通大学软件学院院长卢苇说。

"瑜亮之争"不只包含着教育体制和教育理念之争，还包含着学科定位上的分歧——软件教育是理科还是工科？如果二者都是理科或都是工科，那是重复办学了。但如果一个是理科一个是工科，或者一个侧重理科一个侧重工科，那办软件学院就不是叠床架屋，不相容的"瑜亮"的关系也就成了互补的关系了。

实际情况正是如此——计算机学院侧重理科，软件学院则侧重工科。杨芙清院士强调：软件学院培养的是软件工程方面的专门人才，授予学生的是软件工程专业学位。"我们国家的专业学位搞得比较多的是临床医学和建筑学，软件工程方面开展专业学位教育还算是新事物新模式。"她甚至建议修改本书书名——"在《软件精英是这样炼成的》那个'精英'前面加个限制词'工程'，叫《软件工程精英是这样炼成的》"。

陈钟用"跳高"与"跳远"来比喻两个学院的目标："一个是探索新知识，认识未来；一个是应用已有的知识解决实际的问题。学术型教学是跳高运动，应用型教学是跳远运动，你用跳高的方式训练跳远运动员当然不合适了。计算机学院招扩解决不了软件学院的使命问题。"

"有人认为，既然是培养工程型人才，在计算机学院原有的课程中加几门与工程有关的课程不就行了？事情没有这么简单。尤其是在软件学院初创期，在它改革的思路和办学的方式都还没有稳定下来的时候，一旦两个学院合在一起，那些创新性的、还没有稳定下来的东西很有可能就此消失了，也可能一个人就会把它改变掉。"南京大学陈道蓄说。

陈道蓄虽然担任过计算机学院和软件学院两院院长，但他说自己当时是以计算机系为主，软件学院的工作实际是副院长骆斌主持，人事、财务及教学管理完全独立。教育部明确要求两个学院必须分开之后，自己就不再兼任软件学院的院长了。

从人才培养的目标定位看，把两个学院分开是必要的。陈道蓄从科学家与工程师的区别入手剖析：科学家做的事情就是discover，譬如牛顿做天体研究时发现了万有引力，至于这个定律能用来做什么，并非他一定要考虑的事情，他的职责就是发现别人不知道的东西，人家讲过的东西，科学家再讲就没有意义了。科学家要想发现新的东西，还必须把自己的注意力聚焦在某一点上，只有这样他才能往深里钻研。"譬如做一把菜刀，科学家会研究什么样的刀最适合切肉，什么样的刀最适合砍木头，还会考虑什么样的材料最适合做刀。至于刀的成本，不在他的考虑范围之内。"

工程师正相反，他考虑的问题不是一个点而是一个面乃至一个系统。好的工程师并不是去做别人不能做的事，而是别人一块钱做成的事，我能不能用一毛钱做成，而且要做得更好。所以通常情况下，工程师做项目不是挑选最先进的技术，而是挑选最合适的技术，考虑最合理的成本，最终还要考虑整个生产过程。因为要做成产品，你就不能只生产一把刀，你要保证生产一万把刀跟生产一把刀的质量是一样的。一个是求新求异的专才，一个是统筹考虑性能、价格、质量的通才。所以培养工程型软件人才不是在计算机学院的课程中加减几门课的问题，而是完全不同的培养体系和思维方式的问题。

而在西安交通大学软件学院院长曾明看来，在高等教育改革的大背景下，即使同是工科教育，创办软件学院也是有价值的。因为这些年整个高等工程教育都在转型，"从过去传统的精英教育过渡到大众化教育"，工科教育的外部条件如产业状况、就业市场等也发生了很大变化，这"对整个高等工程教育是很大的震撼或者冲击"。在这样的背景下，按照新的理念和体制创办软件学院，为工科教育改革探索新的路子便很有必要。回过头来看，这些年示范性软件学院的办学理念、运行方式和机制，如强化实践性、走向国际化等等，在2001年开始做的时候是非常超前的，其影响超出了软件学院本身，"对引领中国高等工程教育起到了很好的作用"，有些作用是潜移默化的。

2. "闹到了教育部"

"既生瑜何生亮"的质疑也发生在相关大学和软件学院内部,对软件学院的建设产生了一些冲击。加之37所示范性软件学院的情况参差不齐,对"收费"和"自主招生"的理解也是见仁见智,难免没有"误读"者。于是在一段时间里,有的大学把两个二级学院合并了,还有的则是"两块牌子一个班子"(计算机学院院长兼任软件学院院长)。

教育部对此的态度是坚决"说不"。在2007年的一份文件中,教育部明确要求:两个学院不能合并,已合并的要限期整改。软件学院院长必须是专职的,不能由计算机学院院长兼任,已兼任的必须调整,至迟到换届时要改由专人担任。

南方有所大学,软件学院原本已经办了起来,办得还不错,后来受"合并潮"影响,加之新来的校长对计算机专业不熟悉,说你有了计算机学院又搞一个软件学院,这不都是一回事嘛,于是两个学院就合了起来。这一合不要紧,学生不干了。因为软件学院学生是冲着"双语教学,动手实践机会多,就业率高"的宣传报考来的,交的学费也比计算机学院高出不少,不少学生的考分还超过了计算机学院。这些学生说,我不是上不了计算机学院,而是听说软件学院教学质量高才来的。既然你投入大,我多交钱也认了,可你现在合并了,完全一样了,凭什么让我多交钱?于是就有学生和家长闹事,"一直闹到了教育部"。教育部方面也很恼火,责怪这个学校不依法办事:"收了高学费就要有投入,没有这个投入就不能收高学费"。

此类误读还表现在学费的收取和使用上。一是随意挪用软件学院经费。联合国教科文组织产学合作教席主持人查建中在软件学院考察时发现,有的两院院长拿着软件学院的钱去补贴计算机学院,"几十万元到几百万元不等。由于经费被挪用,软件学院无力聘请企业教师和国外教师授课,只得让大量的计算机学院教师到软件学院授课,并另付课时费,这势必使软件学院成为学校中的第二个计算机学院(系)"。查建中为此上书时任教育部部长的周济,希望尽快纠正此类现象。二是有的软件学院利用"收费"的特殊政策搞"大规模的异地办学",自己办不过来就委托其他单位代办,"顶多派几个老师去讲讲课",导致教学质量下降,学生和家长严重不满。

示范性软件学院建设工作办公室副主任卢苇分析说,由于很多学校都是计算机学院的院长来筹备软件学院的,于是申办成功后就出现了计算机学院的院长兼任软件学院院长的情况。

虽然这些现象早已被教育部叫停,但给软件学院造成的负面影响却不是一纸文件就可轻易消除的,教训不可谓不深刻。

陈钟认为,高校对二级学院的设置带有行政机构色彩,是固化的东西,而学科体系是活跃的,是不断发展的,为此就应该以一种"大的学科观"看待两者关系,二级学院要随着学科体系的变化进行调整。譬如"MBA 的教学北大就有三个摊子在做",中国经济研究中心那里有一摊,叫国际 MBA;光华管理学院与经济学院也有 MBA,三个摊子各有定位与特色。如果用原有的行政机构体系来与学科建设一一对应,就不可能有学科的交叉与发展,因为在行政机构那里把它们箍死了,要想长出一个新芽来不容易。

高等教育司理工教育处副处长吴爱华则明确表示:对那些办不出特色的软件学院就是要"大浪淘沙"。

3. "指挥棒"变身

呼吁了多年的"改革教学模式",在研究型大学做起来有不小的难度。因为从应付考试的满堂灌教学转向基于素质教育的"做中教、做中学",中间有一个很大的断层,不是学校和老师们所能轻易逾越的。

断层的成因比较复杂。有教师的投入与教学习惯问题,因为照本宣科的满堂灌式教学最省事,备一门课可以一直讲下去。而基于案例的,让学生自主学、自主动手做,突出能力培养的启发式教学则要难得多，它需要教师紧跟技术潮流，需要对教学方法改革创新。还有经费和设备方面的问题，"做中教与做中学"需要较多的费用，较多的实践场所和设备。此类难题还可以列举很多。

这些只不过是派生问题，根本问题出在"指挥棒"上——就是以科研和论文论英雄的考核政策。这一政策使教师做研究写论文的压力非常大，"他很难把更多的时间花在学生身上，大概10%到15%就不错了，80%以上的时间都去做研究写论文了"（查建中）。

指挥棒不变，跨越断层几乎是不可能的。这就如同，很多人都知道高中文理分科是一种教育功利化、工具化的产物，文理过早分科，不仅不利于高中阶段的基础教育、全面发展，也不利于大学人才的培养，但如果高考这根指挥棒不改，要破除高中文理分科的弊端几乎是不可能的。

软件学院作为高等教育改革的试验田，断然地把指挥棒调了一个个儿——从以科研为中心转向以培养人才为中心——教育部2001年6号文件明确指出"示范性软件学院应把保证和提高教学质量始终作为学院办学的生命线"。本着这一精神，软件学院把考核重点放到了对教师讲课和教学效果的考核上，"教学第一，科研第二"。

在中科院院士周兴铭看来，"指挥棒"的这一变身虽然艰难，对应的却是一个简单的命题，那就是还了教育的本来面目——学校就是应该以人才培养为第一要务。"高校的根本任务是培养人，科研也是围绕人才培养展开的。这是不同于专业的、企业的研究机构的根本所在，也是教授与研究员、高级工程师的本质区别。"

但如同最复杂的事可能是最简单的事一样，最简单的事往往也是最复杂的事。在高校普遍以科研论英雄的大背景下，这一"还教育本来面目"的简单命题带给软件学院的却是一系列的麻烦：既然总目标变了，那么学科建设的考核标准是不是也要跟着变？如果考核标准变了，软件学院还参不参加教育部统一组织的教学评估？如不参加会不会被划为"另类"？还有教师的晋级和职称评定，软件学院"教学第一，科研第二"的指挥棒，能否为学校职称评定委员会专家所认可？等等。

要知道，软件学院毕竟是一个二级学院，虽然它被划定为教育改革的"特区"，但它依然处在高校大环境之中，软件学院教师的晋级和评职称都得在学校里解决，学科建设的考核标准也不是软件学院所能修改的，这对于软件学院来说也是一个很大的难题。

关键时刻"有形之手"再一次发力。时任高等教育司司长的张尧学表示："软件学院的主要任务就是培养人才，学科建设不是主要任务。"高等教育司还发文明确："软件学院不参加教学评估"。

搞教育都有个学科建设问题，张尧学所说的"学科建设"仅指那种以论文和科研论英雄的学科建设。他强调说："如果软件学院还跟着那个老的指挥棒走，眼睛还只盯着论文，那就又回到了原来的老路上去，国家发展软件学院的方向就跑偏了。"

"学科建设问题一直是软件学院的困惑，'培养人才'与'写论文搞科研'究竟谁第一的问题，从软件学院创办初始就争论不休。张司长的话让大家眼前一亮，有一种被解放了的感觉。"北京交通大学软件学院院长卢苇说。

全国人大常务委员会委员、国家督学侯义斌则从另一个角度对此作了诠释："软件学院作为新生事物刚起步时应集中考虑教学改革，这期间，学科建设不是第一位的，教学和人才培养是第一位的，这个策略是对的。"

从论文指挥棒下"解放了"的软件学院把考核重点全面转向教学，一切从保证教学质量出发，促使教师把更多的精力放到学生身上，出台多项措施保证"以学生为中心"的理念落到实处。

譬如把考核教师的重点放在教学改革创新上。"我们重点考核老师的教学改革创新，要求每个老师都要立项，并设立专项资金予以支持。经费是软件学院的一个优势，这个优势就是要用在教学上，要调动所有的力量把教学搞上去。教学也是学科建设的内容。"东南大学软件学院院长邓建明说。

再譬如设立"创新课程基金"，鼓励教师推出精品课程；要求教师"坐班"并出台相应的奖励措施，以保证学生"什么时间都能找到老师"；为开阔学生视野，不惜高薪聘外教，等等。北京交通大学软件学院每年用于聘请外教的经费高达85%，院长卢苇觉得"很值"。北京工业大学软件学院每年花在本科生身上的封闭式实训经费人均达2 000到3 000元（其他学院一般只有200到300元）。

上海交大软件学院院长傅育熙总结说：很少有学院像软件学院那样关心学生应学什么、如何学，很少有学院像软件学院那样花费如此多的时间和资源从国内外聘请教师，很少有学院像软件学院那样关心学生的就业。

"以学生为中心"并不意味着对教师利益的漠视。对教师的职称晋升，软件学院在保证"教学第一"的前提下采取了柔性处理的方式。北京交通大学软件学院的做法是，对教师搞科研写论文不做硬性要求，由教师根据自己的需要而定。"如果他有评职称的要求，他一定会出科研和论文成果。当然前提是他自己主动去做，有了这个主动性，他就能处理好教学和科研的关系。"这种方式受到了教师的欢迎。

虽然目前软件学院在评职称和学科建设方面还有诸多不顺，但卢苇认为这些个"不顺"终究会成为过去，因为大环境正在改变：最近中央已经明确提出"人才培养是高校的首要职责"。[1] 这个大目标一旦确立，再有相应的配套政策跟上，所有的高校都会跟着"变身"的。

看来，让走偏了的教育回归到"育人第一"的轨道上来，实乃顺应教育发展规律之举，而顺应规律的事是谁也挡不住的。先行一步的软件学院的贡献不过是加速了这一回归的进程而已。

4. 考虑10年以后的竞争力

这是一个真实的故事：小张与小李同是东南大学的毕业生，一个在计算机系，一

---

[1] 参见刘延东:《加快建设中国特色现代高等教育 努力实现高等教育的历史性跨越——在教育部直属高校工作咨询第二十次会议上的讲话》，2010年9月13日，http://www.moe.edu.cn/publicfiles/bussiness/htmlfiles/moe/moe_176/201009/108606.html。

个在无线电系,两人一同应聘于一家软件公司。小张本来就是学软件的,工作上手比小李快,一年不到就成了小李的领导。想不到风水轮流转,一年后小李崭露头角,3年之后反倒成了小张的领导。

小张的问题出在了基本功上,特别是高等数学、物理建模等基础知识不如小李学得扎实。反观小李,尽管编程序的水平不如小张,可由于高等数学等方面的基础比小张强,一旦熟悉了业务,后劲就显露出来了。这就如同盖楼打下了很深很牢的基桩,楼才有可能盖得很高,若基桩浅,盖不了几层就会遭遇职业天花板了。

东南大学软件学院院长邓建明常用这个故事告诫学生:基础知识很重要,学习不能讨巧,只学那些在当下看起来很流行很实用的知识,以为谁软件玩得好谁就行的想法要不得。

邓建明说20世纪90年代在我国起步的计算机专业的教学很容易碰到这个问题,因为高等数学与物理建模这些东西在后续的课程里用不大到,也不在考试之列,学生就不重视。而无线电系的教学自始至终贯穿高等数学与物理建模知识,学生的基础自然就打得牢。

事实上,这个故事警示的不只是学生,更是软件学院的领导和老师。邓建明说从软件学院创办初始,他就考虑如何改进教学:不能只满足于学生就业,还要考虑学生长久的发展,"现在好,还不能算数,五年十年以后仍然好,才是真的好"。

这也是所有软件学院面对的一个课题:强调软件人才的实用型不能忽略高层次人才应该有的基础——既是应用型又是高层次。

"基础知识的学习有些枯燥,眼前看用处好像也不大,却是最重要的基本功,对发展后劲至关重要。"北京理工大学软件学院副教授马锐告诉笔者。

一头长发的马锐看上去有些瘦弱,业务能力却很强。她说这得益于自己的逻辑思维能力,而逻辑思维能力又得益于数学基础,"这个功劳应该归功于父亲"。马锐的父亲是20世纪60年代的清华大学毕业生,在辅导女儿学习上很有一套。"爸爸最强调的就是打基础,他辅导我初中数学的时候,一道题常常逼我找出15种解法,虽然挺累的，却增强了我的逻辑思维能力，对后来从事的计算机专业帮助非常大。"

要达到"既是应用型又是高层次"这个教育目标，有两件事情必须做好。一是对课程体系作重大调整。这很有讲究，因为教学时间就那么多，能够安排的课时就那么多，相关知识却呈指数增长，学什么，不学什么，就需要下大工夫研究和筛选，否则你端出来的"知识菜单"本身就是误人子弟的东西。重庆大学老校长吴中福说。

第二件事是引导学生掌握正确的学习方法。在知识和信息爆炸的时代里，"会学"比"学会"更重要，能力比知识更重要。水能载舟亦能覆舟，知识爆炸对教学的作用也是双重的，身处信息海洋之中，如果学生缺乏自觉的主体意识，形不成良好的学习方法，发展不出自主选择知识、更新知识、创造知识的能力，到头来会被淹没的。

示范性软件学院在这两件事上都交出了不错的答卷。

北大软微学院的做法是把课程体系分为基础课（必修）、专业核心课（必修）、专业选修课、领域知识与应用系统课（选修）、毕业设计五个层次。基础课与专业核心课保证学生的基础知识和专业知识，专业选修课和领域知识与应用系统课则体现因材施教和个性化培养的方针。这个课程体系获得了北京市教育成果一等奖（2004 年）和教育部高等教育国家级教学成果一等奖（2005 年），并且"每年都更新一个版本"。

北京交通大学软件学院以"厚基础、重应用、精方向"为课程体系设置的方针，采用"三级平台＋五个模块"的教学结构。三级平台包括：公共基础课平台、大类专业基础课平台和专业基础课平台。五个模块是：项目经理、质量经理、系统分析师、软件架构师、软件开发师。这一课程体系获得了北京市教育教学成果一等奖（2008 年）和教育部高等教育国家级教学成果一等奖（2009 年）。

南京大学软件学院的课程体系包括基础课和专业课两个层次。基础课覆盖了软件工程生命周期的 11 门课程，从软件需求开始，一直到最后的测试和交付使用。专业课着眼学生的个性化发展，设计了 8 个方向的模块化课程供学生选择，培养学生对不同技术的即插即用能力。为了保证教学质量，还在底层做了一个信息化平台，把详细的教学大纲和教学安排以及相关课件全部放在网上供学生查询，让教学过程处于透明可监控的状态。

南京大学软件学院副院长赵志宏分析：毕业生走上社会通常会遇到两个方面的问题。一方面是能不能适应用人单位要求，尽快"入戏"参与研发给企业创造利润。这需要他熟练掌握当前最流行或最热点的技术。另一方面是能不能适应职业长远发展的要求，随时跟上新的"流行"不被淘汰。这需要他具有扎实的功底和后劲。软件工程技术涉及面广、更新速度快，如果学生的基础知识和自学能力差，会出现"一开始受欢迎，过不了多久就落伍"的情况。南京大学软件学院的课程设置有针对性地为学生做了两手准备。这套课程体系 2009 年先后获得江苏省教学成果特等奖和教育部高等教育国家级教学成果二等奖。

5. 绕不开的学科建设

虽说教育部给初创期的示范性软件学院松了一下绑："中心任务是教学和培养人才，学科建设不是主要任务。"但作为高等教育中一个必不可少的基本元素，学科建设却不是软件学院所能绕得过去的问题。

重庆大学老校长吴中福说得十分肯定："软件工程本身就是个学科，软件学院一定有学科建设问题。"北京理工大学软件学院院长丁刚毅也认为："一所大学的基本地位是由它的学科排名决定的，全世界学科排前几名的都是名校，比如哈佛。"

不过，"学科建设"有着怎样的内涵，评价的标准又是什么，认识并不一致。譬如软件学院把教学作为中心任务，是不是就没有学科建设，或者忽略了学科建设？不少人正是这样看待和评价的。

但在北京工业大学副校长侯义斌看来，这样的评价所暴露出来的，恰恰是我国工科教学圈子对学科建设的一种偏见。学科建设应该包括两个层面的东西：第一是教学，包括课程体系的设置、师资队伍建设、教学模式的改革与创新等；第二是科研，包括科研选题、论文撰写、科研成果等。

示范性软件学院在第一个层面上已经做得很好，取得了开创性成果。"就大学而言，教学与科研，教学永远是第一位的。因为没有足够好的人才，你的科研水平也是上不去的。"复旦大学软件学院院长臧斌宇说。

臧斌宇说美国的大学流行三个"好好做"：好好教书、好好做科研、好好开公司。三个"好好做"，第一个就是"好好教书"，这是大学教师的立身之本。后面的"好好做科研"、"好好开公司"，说到底也是为了"好好教书"——只有做科研你才能站在技术前沿，才能教给学生最新的东西；只有开了公司你才能证明自己"有东西"，科研成果有价值。顺便说明，美国的教授开公司很容易，资金筹措和相关法律手续可交由中介帮助打理，公司开成之后由职业经理人帮你管理，学校还为开公司的教授们保留教职。

以往我们的问题是太看重科研而忽略了教学。"一提学科建设就是搞研究写论文，这就把学科建设片面化了"（吴中福）。"这些年学科建设的评判标准有偏差，多以论文论英雄，如果软件学院一起步就陷到这里面去，就等于走了一条回头路"（丁刚毅）。

但是，与软件学院院长们交谈你会发现，他们中多数人的"科研意识"与其高校同行相比并不差。要说有何不同，主要表现在某些具体的认识和做法上。

侯义斌认为，从整体和长远考虑，软件学院的教学与科研之间有一种很强的依赖关系：教学要向更高层次发展，离不开科研的支持和引导；科研往纵深发展，也离不开教学的实践与支持。他在国外读博时对此深有体会，"国外经常有一些教授把他正在研究的东西拿到课堂上去"。这有两大好处：一是软件工程技术发展得非常快，你只有做研究，才能为学生讲授最新的东西。二是软件工程人才特别需要创新，如果教学与科研结合，就能更好地刺激学生创新的欲望。年轻人在创新上的潜力和兴趣是很大的，"你如果拿一个十年、二十年前的东西去教他，他是不会感兴趣的"。

侯义斌认为软件学院经过九年发展，教学上取得了非常好的成果，教师队伍也成长壮大起来，条件已经成熟，现在到了推动"科研"这只轮子向前转的时候了。

这只轮子在不少软件学院已经转动了起来。譬如，北京理工大学软件学院在数字与文化的融合上创立了特色学科；北京工业大学软件学院确定了嵌入式系统科研方向，并为此组织了科研团队，成立了研究所；中山大学软件学院甚至把一些真实的科研项目拿到学院实训基地，让一届一届的学生在接力赛中攻克这些项目。

现在的问题是，软件学院一些科研项目很难纳入目前高校对学科建设的考核评价体系，因为这个体系的评价标准还是基于对研究型人才的培养目标。

"工程最重要的是用成熟技术解决新问题。像苹果公司的iPod有什么新理论新技术？没有。但是人家设计得精巧，能很好满足用户上网下载音乐的需要，这就很成功。但类似的研发项目到了我们这里很难得到承认，做了很多软件工程的人都拿不到学位。"中科院院士周兴铭说。

不同的学科应该有不同的学科建设内涵。"'科学'是解决'发现'，'工程'是解决对'科学发现'进行综合集成与实现的问题，这是两个不同的领域，学科建设的内涵也一定不同，用同一个指标体系来考核要求不同的学科建设显然是不合理的。"吴中福说。

杨芙清也持类似观点：软件学院没有科研也不行，没有科研教学也是上不去的，"最后企业就会觉得你不行了"。问题是软件学院的科研搞什么："不能像现在这样热衷基础研究，而应当把力气用在搞应用、搞项目上，特别要在交叉学科上寻找适应产业需求的课题。"这才符合软件学院培养精英工程人才的目标。具体做法上，起步阶段可以以教学为主，以后逐步加大科研分量，科研项目是应用型的，最好和企业合作，这样科研的过程同时也就成了培养学生的过程，一举两得。

由此来看，软件学院即使要转动"科研"这只轮子，也需对工程教育学科的"科研内涵"有新的认识，需要相关领域的新的思想解放和制度创新，包括主管部门对"学科建设"考核体系和标准的调整。

6. "保留两种意见让大家去评判"

不过，对于软件学院的学科建设特别是"科研"这块，还有一种意见，那就是主张弱化或者干脆舍弃。"我动用一切力量来培养人，但是我绝不动用一切力量去搞科研。"国务院学位委员会办公室主任张尧学说。

张尧学任高等教育司司长时就多次谈到过这个观点，看完本书初稿后又在其教育部的办公室约见笔者，希望通过本书传达出一种理念：学科建设不等于科学研究，"我一直是反对在软件学院搞科学研究的，很多人不接受，不接受只能说是传统力量的惯性太大了，不能说这个理念错了。"

他甚至提出，如果一定要把学科建设与科研绑在一起，以为不搞科研就没有学科建设，那么软件学院宁可不要学科建设。"你把我这个意见摆出来，不同的意见也要摆出来。改革是需要争论的，起码要保留两种意见让大家去评判，让历史去评判。"

在张尧学看来，软件学院的改革之所以能有所突破，发展之所以与众不同，一个基本的理念和做法，就是致力于把学院办成教学管理的平台，尽量减少固定人员编制，老师主要靠外请。如果也像其他学院那样做科学研究，就得扩大编制，就得建科研基地，就要争教授争经费，重新把摊子铺得大大的，"这样一整套弄进来搞起来，你会发现自己又到了老路上，跟传统的学科、传统的学院没区别了"。即使有点不同，也无非是枝节上的东西，譬如具体课题上的差异。这一来，改革也就没什么价值了。

软件学院不搞科研，不是说来学院上课的老师不搞科研，更不等于学院的老师没有科研经历和水平。相反，软件学院作为教学管理的平台，要请最前沿最有水平的老师授课。"平台的作用就在这里，你把学院办成管理平台，拿人家的人来当老师，比如请IBM的高级研究员来上课，他没搞科研吗？搞了，不过他是在IBM搞，不是在软件学院搞。"

所以，"来软件学院上课的老师不是不搞科研的，他是搞科研的，科研水平不高的我还不请呢"。可我请他来就是讲课，就是带学生，不是搞科研，他的编制不在我这儿，要搞科研在自家单位搞。"如果在软件学院搞个实验室，教师80%的时间投到科研上去，学生你就没时间带了。"而且老师都是固定的，流动不起来，站在讲台上的就不是最前沿领域的专家了。作为教学管理平台，软件学院不评价你的科研，你到我这来，我只对你的讲课给报酬。"你只为我所用，不为我所有。"

张尧学还以清华大学继续教育学院为例说，这家专搞培训的学院"一个老师没有"，有几个也是搞管理的，所有授课教师都外请。"比如请于丹来讲传统文化，请陆学艺来讲阶层和谐，请王大伟来讲法制和治安，请部委领导同志讲产业讲形势讲社会管理"，总之请的都是最好最受欢迎的老师，各自领域的大家、行家。"这些老师科研水平都很高，见多识广，经验丰富，只不过不是在继续教育学院做的。"这一块的市场很大，"你知道继续教育学院一年现在多少收入吗？几个亿。"

针对"一多半的软件学院院长主张搞科研"的现状，张尧学认为这还是传统的做法和思维在作怪："你看，这个路很好走啊，以前就这样走，别人现在还这样走，我还有国家给的政策，收钱多捐助多，背上的包袱还少（固定员工少），多舒服啊。殊不知如果走自己搞科研这条路，从现在开始争教授名额招很多年轻教师，过20年之后，所有的包袱又背上了。"

说来说去，要害还在于软件学院改革发展的定位上：是不是认同软件学院应当办成"教学管理平台"，是不是一切围绕学生围绕教学展开。如果认同这个定位，那教师就要以外请为主，"不要自己搞教师"，搞一大堆固定编制，与其他学院在科研上争。最好的模式是只做管理，把这个领域最好的教师请来上课。瑞士有所管理学院，是全世界最好的管理学院之一，它的老师是"全世界请"，自己没老师。

张尧学还谈到：刚开始创办软件学院的时候，就没有跟学校说要给软件学院编制。这也就是说，软件学院这个编制是管理编制，人不能多，不能把年轻教师招到软件学院来当老师，要请的是已经成名的人，这些教师是流动的、不占编制的。如果一定要有几个固定编制的教师，也一定是教授，不是刚毕业的博士。现在很多学院要编制扩编制，那是院长们为此一趟趟地找学校。"要这么多编制，招这么多年轻老师，不断地扩展，然后不断地给他们职称，这就不是教学管理平台了，你跟其他学院还有什么区别？"

循着这个思路，张尧学还认为软件学院培养本科生也是不合适的：软件学院是专业教育，应当多招收那些有实践经验，已经有过工作经历的学生。本科教育更多地强调基础性，不宜成为软件学院发展的方向。比较起来，北大软微学院只招研究生，"这样子做比较对路"。

7. 中国式"住宿学院"？

无独有偶，2010年7月本书即将截稿时，示范性软件学院建设工作办公室主任吴爱华告诉笔者，国务院参事室几位参事最近提议，在中国试点以培养人才为主的学院（故且叫"试点学院"），在人才培养上实行特殊政策，突破现行考试招生、专业设置、教师聘任、考核评价等制度束缚，营造以学生为中心、激励创新人才快速成长的环境。

吴爱华说软件学院办学的模式与参事们提议设立的"试点学院"，可谓不谋而合。参事们的这个提议，与张尧学的意见在主要观点上是一致的。"张尧学同志一再说软件学院不要学科，否则就跟传统的院系一样了。"软件学院第一位的任务就是培养人，培养社会需要的软件精英，"学科发展可以借助外力，从专业院系请人，或直接到别的院系上课"。比如，一所大学里有数学系、物理系、艺术系、计算机系，"试点学院的学生可以到物理系选课，也可以到数学系选课，艺术系选课，计算机系选课，只要学院认可修满学分，你选哪一组课程哪一个专业都可以毕业"。而现在几乎所有的学院都划定了自己的专业，都有自己全套的编制和师资，都得花大气力搞学科建设做学术研究，投入到学生培养上的精力和热情反倒少了。

示范性软件学院在这方面做了不少改革。事实上，软件学院能走到今天，很大程度上靠的就是"外力"。任课老师中的 2/3 来自外请便是一个明证。

2010 年初接掌东南大学软件学院的罗军舟院长对此深有体会。他回顾，东南大学软件学院参加 2001 年的"911"答辩是由已故校长顾冠群亲自率队的，此后顾校长一直强调"集成"，这已成了东南大学软件学院一个办学宗旨。罗军舟说软件学院能不能办得好，并不取决于你是不是"像其他学院那样发展成一个很大很大的实体，拥有多少多少位老师"，而在于是不是有"集成"的理念和能力，能不能把外部优质资源拿过来为我所用。"软件学院不能有'墙'的概念，要打破围墙，我们的老师可以在全校范围选，还可以到全国全世界去挑。"

与张尧学的看法相同，罗军舟也认为这种"集成"体现了软件学院在高校办学机制上一项重大的改革，那就是要把软件学院办成一个好的教学管理平台，或者说是一个优秀教师汇聚的舞台，"来跳舞的人，并不是在软件学院里，可以是来自全世界任何一个地方"。

循着这个话题，吴爱华谈到了国外大学的"住宿学院"。这种制度起源于英国，其模式现已传播到北美和亚洲不少国家的大学中。北京大学的元培学院，复旦大学的复旦学院都部分采用了这一模式，汕头大学则在 2008 年宣布试行住宿学院制度。

与国内以学科划分的学院相比，住宿学院最大特点之一就是完全以人才培养为中心，打破学科限制，学生可以自行选择课程和专业方向，课程的讲授则依托大学里学术性的院、系、科，通俗说就是外请，"去别的学院请人，去别的国家请人"。譬如，教外语的就是外语学院来的，教数学的就是理工学院来的，教计算机网络的就是计算机学院的老师。还可以从企业和社会其他部门请老师。

以美国耶鲁大学住宿学院为例，新生入学时，经历、性格、爱好、种族、经济地位等各异的学生，依电脑随机排列分入 12 所住宿学院。学院给每位新生指派两名导师负责学术指导和论文写作，从第二学期开始学生可根据自己的专业方向选择导师。每所住宿学院都设有院长和教务长，负责学生生活和学习，指导学生选择课程。院长、教务长以及他们的家人都在学院内住宿（与学生住宿区分开），以方便与学生的交流。

导师们必须积极参加学院活动，与学生打成一片，其工作也有硬性指标规定，比如每星期须提供不少于 10 小时的辅导。对学生专业知识的传授则由学术性系科负责。

如此一来，住宿学院的学生便可获得来自纵、横两个方向上的教育资源。纵向上为学术性系科的专业传授，学生们可以从中自由选择课程和专业；横向上则为住宿学院在课程之外给予的帮助辅导，使学生在"家一般的感觉中"增进感情，培养集体主义精神。这种住宿学院和学术性系科协同作用的教学管理结构被称为"矩阵式结构"（Matrix Structure）。[1]

吴爱华认为，国外住宿学院的模式与示范性软件学院的改革有相通之处，譬如以人才培养为中心，密切师生关系，专业教学借助外部资源、形成教学育人的"矩阵式结构"，等等。而所有这些，也是提议设立"试点学院"的国务院参事们所期望和关注的。

对软件学院来说，学习、借鉴住宿学院的模式，走以人才为中心、专业教学借助"外力"的路子，至少还有两个方面的好处：

一是可以与计算机等专业学院形成实质上的互补关系，切实办出自己的特色。吴爱华说软件学院与研究型的专业学院必须是不同的，"没有特色的学院会死掉"。大学里不能没有研究型学院，"大家都搞教学了，科研和学科放一边不搞，那也不行"。而软件学院专注于人才培养，学科发展依托研究型学院，这与传统的研究型学院就不同了，就有自己的特色了。由此形成与其他学院，尤其与计算机学院一种"共存互补"的关系，可持续发展也就有了保障。

二是可以更好地推进自身和整个高等教育的改革。软件学院的改革已经走到了前头，下一步的改革依然任重道远。一方面，已形成的特色必须坚持，不应走回头路。另一方面，还要推动改革往纵深发展，包括借鉴住宿学院的某些做法。譬如强化基础，专业选择上给学生更多的自主权等。"软件学院的学生进来以后不一定都是学软件

---

[1] 参见卢晓东：《耶鲁大学住宿学院制度研究》，http://www.fudan.edu.cn/tsjy/article.php?id=151，2007年5月30日。

工程的，也可以是学工程管理、数字媒体等，每个学生都可以有自己的选择，到三四年级再确定可以进入的专业方向，这样容易交叉，比较灵活。"对工程人才来说，基础打宽了往往在专业上走得更远，更能出精英型人才。

当然，借鉴住宿学院的经验不等于全盘照搬。这里头有客观条件上的限制，譬如，国外的住宿学院里要住进院长和教务长及家人，至少现在我们学起来有难度。更主要的还在于：中国有中国的国情，中国的大学有自己的文化传统和背景，所以我们的改革必须走自己的路。"中国高等教育将来不可能是美国的体制，也不可能是英国的体制，也不可能是法国的体制，我们一定是自己的体制。"吴爱华说。

8. 与学生"神交"的老师

"因为甲，所以乙；因为乙，所以丙。"事物间的关联是个很有趣的现象。当软件学院把"指挥棒"转向以培养人才为中心的时候，它带来的正是这样一个链式反应：除了教学模式的转变和教学质量的提高外，更有教师责任感与敬业精神的提升，一种新型的师生关系由此而生。

湖南大学软件学院的王如龙教授被称为"与学生神交"的老师。"神交"云云缘起于他给2006级01班新生上第一堂课时的点名。有位叫杨祎程的学生，名字中的"祎"是个生僻字（读yī）。杨祎程说他从幼儿园到小学到中学，"从没一位老师叫对我的名字"，不是叫"杨祎（huī）程"就是叫"杨炜（wěi）程"，对此他已"见多不怪"，以至于听到王老师叫对了反倒"不习惯"了。他从座位上站了起来问老师为什么第一次点名就能叫对，王如龙说我上课前把你们的名单打印出来念过，拿不准的字就查字典。我还查阅了你们的简历，熟悉了每个同学的情况，已经与同学们"神交"了。再说我给你们上的是"软件工程项目管理"课，任何一个项目启动前都是需要做准备的，如果上项目管理的课都不知道该怎样启动项目，我就没有资格在这里给你们上课。话音刚落，教室里响起了热烈的掌声。

王如龙有着二十多年软件工程项目管理的企业背景，到软件学院任教后，他把项目管理的经验拿到课堂上，用一个个案例和故事串起教学内容。学生称"听他的课是一种享受"，每堂课结束时都给予长时间的掌声。课讲得好的王老师也成了同学们的好朋友，电子信箱里每天都有学生来信，甚至有同学谈对象也要找王老师"参谋参谋"。

"骆老师交办的事我们一定办好！"这是南京大学软件学院一位毕业生的话。这从另一个侧面反映了软件学院融洽的师生关系。

事情要从2010年4月12日南京大学软件学院的校友会说起。打听到这个校友会将有全国各地的毕业生来参加，笔者想去采采风。可是怎么联系？副院长骆斌给了一个手机号码："请郭文卓同学帮助联系"。笔者试着拨了一下这个手机，发现是一个外地号码，心里不免犯起了嘀咕：这个郭文卓在外地，他能帮助安排吗？

没想到第二天郭文卓就把电话打了过来，询问了笔者的要求后当即应允下来，并承诺"我找几个特别牛的同学和你聊"。4月12日下午，当笔者驱车来到珠江路的"南京人家"时，那几位"特别牛"的同学已经等候在餐厅里了。他们中有百度的高级软件工程师，有赛门铁克研发中心和江苏鸿信系统集成公司的研发骨干，其中百度那位叫蒋松的小伙子曾赴美参加微软的一个嵌入式设计大赛，获得了全球第五名的成绩。几个年轻人为了"采风"这事，提前两小时赶到会场。笔者向郭文卓表示谢意，郭文卓把手一拍："只要是骆老师交办的事我们就一定办好。"

这样的师生关系在软件学院已成常态。2009年6月18日大连理工大学软件学院以大型主题晚会形式举办了2009届毕业典礼，1 000多名师生济济一堂，笔者印象最深的不是美轮美奂的文艺演出，而是学生对老师发自内心的依恋和感恩之情。每当有教师登台，台下的掌声与喝彩声总是震耳欲聋。最热烈的掌声给了院长罗中铉和负责教学的副院长郭禾，这两位教授登台的时候，学生的掌声里裹携着欢呼声，像是欢迎最敬重的朋友。晚会结束后，教师们无一例外地被"学生粉丝"簇拥着合影拍照，连成一片的闪光灯记录下了一幅幅真挚的师生离别图。

新型师生关系的背后是"以学生为中心"的理念和制度。联合国教科文组织产学合作教席主持人查建中指出：中国的大学在评价教师工作绩效时"大多采用工分制"，即以完成的教学课时数、论文数、得到的科研经费数、获得的奖项数等记工分给报酬。这是一种低水平的简易的管理方法，不利于开发和建设师资队伍，特别不利于鼓励教师在培养人才上花大力气、下真工夫。因为毕业学生的质量只与学校整体声誉相关，与教师个人并不相关。软件学院改变了这种评价制度，教师自然也就把更多的心思花在了学生身上。

同济大学软件学院副院长万金友认为："如果教师都把工作重心放到科研上，培养学生的事自然会受到影响，讲完了课就算完成了教学任务，师生关系难免冷漠。"万金友的这番话是通过加拿大的越洋电话传过来的，上海这边是上午9点半，他那边却是晚上9点半。同济大学软件学院副院长覃文忠告诉笔者：定居加拿大多年的万老师是冲着软件学院的办学机制回来执教的，课讲得好，对学生也非常关心，与学生交流常常到深夜。由于他回国前办的是五年签证，拖到最后一周才不得不离开上海，他回加拿大的时候，很多学生都哭了。鉴于他的贡献，同济大学依然给他保留副院长的位置，他也利用自己在国外的条件继续支持软件学院的教学。

从微软技术主管职位上退休的美籍华人凌晓宁出任湖南大学软件学院客座教授，他提出用项目驱动教学的改革方案，这需要一组教师配合。凌晓宁说自己很幸运遇到了一个有责任心的团队，"他们非常投入"，有位叫边耐政的老师花了非常多的时间在这件事上，这期间边老师有一个到外面接项目的机会，"报酬非常高"，他为教学推掉了这个项目。

中山大学软件学院副院长朝红阳教授在其发到学校网站上的《我们共同的记忆》一文中介绍，美国很多名校都有"最后一课"（Last lecture）的传统，通常请知名教授讲授，假定这是他们的最后一课，看他们会对学生说些什么。最为经典的"最后一课"是卡内基·梅隆大学计算机系的兰迪·波许教授讲授的，主题是"教师是助人梦想成真的职业，值得为此花费一生的精力"。 兰迪·波许身患癌症，医生断言他只有不到半年的生命,他的"最后一课"也因此成了卡内基·梅隆大学有史以来真正意义上的最后一课。

其实,软件学院也有这样的故事,也有为教学"花费了一生的精力"的教师。

2009年5月28日,是中国的传统节日端午节,东北大学软件学院副院长高晓兴的手机里收到了许多学生的短信:祝愿高老师早日康复!我们等着你回来!……但高晓兴已看不到这些祝福了,他于5月27日晚因肝癌去世,年仅42岁。

高晓兴被确诊肝癌是半年以前的事,人们对他的去世不会没有思想准备,但得悉消息后的反应还是"倍感震惊"。因为此前11天,他还在沈阳举办的全国示范性软件学院教学交流会议上作了长达40分钟的主题发言,激情飞扬,赢得了阵阵掌声,没有哪位与会者看得出发言者是位肝癌晚期病人;去世前8天,他参加了研究生每周的学术活动会,听取学生论文进展情况的汇报并作了点评;去世前2天,他通过电话布置研究生的答辩;去世前1天,他还通过电话向软件学院朱志良院长汇报了教学工作。

高晓兴去世的消息在网上一发布,学生们不约而同地将自己在校内网的"状态"更改为"高老师一路走好!"数百人自发在BBS与博客里以各种方式为自己深爱的老师送别,各种悼念文章迅速在网上传播。

学生徐晓东回忆起这位"课讲得好,对学生也好"的老师时眼里充满了泪水:课上课下,他对学生总是有问必答,悉心指导,一次他出差刚回来就到教室为学生补课,一口气讲了3个小时,"后来才知道,那次补课离高老师确诊患病只有一个月的时间"。2007级硕士研究生韩硕家境贫寒,高晓兴知道后多次赞助他学费。韩硕患重感冒引发肺炎,高晓兴又悄悄地给他交了3 000元住院押金。资助贫困生已成为高晓兴生活的常态,他说资助一个优秀的学生,不仅能够改变学生的一生,还能改变一个家庭的生活轨迹,也是为国家培养人才,为社会作贡献。[1]

英年早逝的高晓兴固然是个特例,尽心尽责在软件学院的教师队伍中却有普

---

[1] 素材取自张广宏、杨明撰稿:《一个共产党员的钢铁般意志》,引用时此文尚未正式发表。

遍性。

"那天在沈阳听高晓兴发言的时候，我都流下了眼泪。"西安电子科技大学软件学院副院长顾新告诉笔者。男儿有泪不轻弹，"这里面有感动的成分，更有共鸣的成分。从他的身上可以看到软件学院的老师是怎么工作的"。

顾新说软件学院的机制决定了院长和教师需要更多的付出。以师资选配和教学计划的安排为例，其他学院不存在师资"三三制"和"从产业中选题"等问题，教学计划发到教研室，老师一填，上什么课，就 OK 了。软件学院不同，老师要经常往企业跑，考察产业需求动态调整课程，还要为学生争取好的工程实践的条件，请到优秀的授课教师，工作量很大。

其他学院的毕业设计通常由教师命题，学生自选。软件学院的毕业设计必须来自企业，加之专职教师少，一个老师要负责很多学生，非常辛苦。一般来说，提前一年就要为毕业班的学生跑企业，找毕业设计选题，这不是件容易的事情，"企业有企业的考虑，我们也有自己的培养方案，我们不希望看到企业把学生当劳工来用"。如何让企业的安排与我们的教学计划一致，这中间有大量的沟通工作。即使学生找到了实习企业，他们的管理、生活和安全也需要老师放在心上，一直到学生通过答辩平平安安回来才算完，"而这时已经六七月份了，还没喘口气，下一轮毕业生的实习安排又要开始了"。

（二）"不办学，办管理"

如同互联网打破了企业经营的地理界限，把企业变成了"无疆界组织"，软件学院开放式办学的理念也打破了教学的地理界限，把高校变成了一个面向社会的开放式平台。

这一点突出地表现在师资力量的配备上，那就是把目光投向大学围墙之外，建立教师数据库和管理平台，从全国乃至全球范围遴选、聘请、调配师资，"用当前最优秀的专家讲当前最先进的东西"。张尧学称此为"不办学，办管理"。

1. 用最优秀的专家讲最先进的东西

"正规的学院一个导师一年带几个研究生，大家还说很难，我们学院是一比八十多，也没听说质量不好。我们的学生连续四年就业率100%，连续四年居北京交通大学全校第一。为什么呢？因为我们不只是局限于本院的教师，还瞄向了校外的教师，包括社会和企业的智力资源。所以要解放思想。"

北京交通大学软件学院院长卢苇此番话道出了软件学院成功的一个重要原因——开放办学。

资源是客观存在的东西，就看你会不会利用它。软件学院把自己定位于一个"开放式管理平台"，就可以在"这边是产业，那边是学生"中间架起桥梁，整合资源，让优秀的师资在软件学院这个平台上聚集起来，流动起来。

"平台"一直是张尧学力挺的理念。在他看来，软件是变化最快的技术，这个产业"原创的需求与技术"都在企业那里，技术前沿也在企业那里而不是在校园里和书本上。"真正知道现在流行的操作系统怎么设计的老师全世界也没几个"，要想让学生学到最先进的技术，就必须让师资流动起来，只有师资流动起来，才能用当前最优秀的专家来讲最先进的东西，让学生一进来就站在这个领域的最前沿。"网络社会的资源是透明的开放的，软件学院的机制又为使用这些资源创造了条件，就看会不会利用了。"

大连软件园股份公司副总裁于恒庄的评价更为量化："大学的技术永远落后产业一拍或半拍。"这里不光有个技术领先问题，还有个市场占有率问题，即能不能被市场认可的问题。学校如果不能动态地教授前沿的东西，学生可能也就白学了。

"铁打的营盘流水的兵，以往我们的问题在于营盘是铁打的，兵却没有流动起来。"张尧学说。一些软件学院搞那么多在编教师，猛招一批人，等于给自己套上了枷锁——因为他把所有教师都变成了终身制，想调换都不行。这样的机制下人才流动不起来，也很难激发起教师的积极性。

另一个弊端就是老师长期脱离产业，很难切身感受和讲授最前沿的东西，"你让一个大学教授讲微软的技术和让微软自己的工程师来讲，肯定是后者讲得好"，因为他就身处技术的前沿，他能给你最鲜活的东西。

张尧学说中国的大学这些年屡遭诟病，已经证明我们的师资结构和管理方式是有问题的。所以教育部在软件学院刚创办时就提出要实行"三三制"的师资结构。"如果我们还在那里追求有多少在编教授、副教授，那就是没有把握软件工程师培养的规律，没有填平大学与产业间那道鸿沟，也就永远站不到软件人才教育的最前沿。"

为此张尧学在很多场合告诫院长们：不要总想着去招多少事业编制的老师，"软件学院如果失败就失败在院长不理解'办学平台'这个理念上"。师资队伍一定要少而精，一定要聘请企业里的业务尖子来讲授技术课程，不能过分依赖计算机学院的教师。

建一个全球师资专家库为我所用，也是教育部相关主管领导的想法。吕福源担任教育部副部长时，就曾利用出访欧美和日本的机会了解相关工程师与科学家的资料准备推荐给软件学院，并为此给使领馆发了电报。虽然吕福源后来离开了教育部，但在全球范围内遴选教师已成了主管部门和软件学院的一种理念。

经过多年努力，"三三制"的师资结构在示范性软件学院已经成为现实。据教育部高等教育司统计：截至2009年上半年，全国37所示范性软件学院累计聘任专职教师1 277人，校内兼职教师1 213人，企业兼职教师1 114人，境外兼职教师582人，专职教师比例仅为教师总数的25.27%。兼职教师已成为软件学院重要的师资力量，软件学院作为师资管理"平台"的作用日益彰显，师资队伍的结构性和流动性也因此得到了显著改善。

2. 来自好莱坞的系主任

建立全球师资数据库和管理平台，北大软微学院是做得最出色的学院之一。

北大软微学院 144 名教师中，在编的全职教师 57 人（约 40%），国内外兼职客座教师 59 人（约 40%），其余 28 人聘请的是北大校内的兼职教师（约 20%）。

这种"四四二"的师资结构是根据基础课与核心专业课、专业选修课、领域知识三个层次的课程体系设置的。英语、数学以及专业技术的概论等基础课聘请北大本校的优秀老师讲授，核心专业课由软微学院的专职教师讲授。因为这两种课程的基础性较强，内容相对稳定，专职教师可以保证基础教学的质量。而专业选修课和领域知识课变化较快，门类繁多，很多知识前沿在企业那里，需要不断地开设新课，相应的师资也需要不断流动，由兼职教师和相关企业的专家讲授更为合适。

以聘请外籍老师为例。北大软微学院有个培养动漫、游戏领域人才的数字艺术设计系，鉴于中国的动漫产业刚刚萌芽，所以请的第一位系主任是来自于美国好莱坞的一位著名动画导演，中文名字叫贝齐。她曾作为系主任在加州艺术学院动画系工作过 10 年，是奥斯卡动画短片奖评审委员会的委员，导演过《加菲猫》等片子。数字艺术系"多的时候外籍教师有十几个"，有来自美国的，也有来自英国和澳大利亚的。

这种做法也体现了"以学生为中心"的办学宗旨。如果是以教师为中心，那就"有什么师傅带什么徒弟"。而软件学院的师资结构是从学生的需要出发来设置的，"学生的职业发展需要什么，我就聘请这方面的专家去教你"。

张尧学表达了相同的观点：你到底是传授你想传授的知识，还是传授人家需要的知识？如果是后者，就需要一个整合和管理的平台。遗憾的是我们的大学缺少这个概念，老想着我这里的东西都是最好的，我给你什么你就学什么。

查建中甚至用"知识奴隶"来比喻学生在应试教育中的地位。他说，时下我们的一些学校里，老师俨然是知识的主人，学生变成知识的奴隶，"奴隶就要听主人的"。这种情况如不改变，"中国会面临非常大的人才危机"。软件学院以学生为中心的师资配备改变了这种状况。

学生的体验很重要。北大软微学院 2003 级服务科学与工程系硕士研究生梁新刚告诉笔者：听着那些学界和业界名人指点江山，让我们对产业大势有所了解，不至于"身陷代码而成井底之蛙"。而今已成为一名 IT 产业分析师的梁新刚说自己"回头想来"，更觉得软微学院大批量地甄选和邀请国内外客座教师给学生上课，真的是很有远见，也很成功。

目前北大软微学院 10 个系的系主任全部由国内外著名专家担纲。这些系主任中包括 IBM、微软、花旗银行、朗讯贝尔实验室以及 IEEE 电子器件分会的高级主管。

"注意，这些专家不是来挂挂名的，我们对这些系主任是有要求的，必须要上一门课，必须要参与设计课程体系，必须要能找到企业的教学资源，然后还要管学生出去实习和产业的对接这些事情。"陈钟说。

对这些产业界的客座教授，北大软微学院进行了严格筛选。"我们的面试很严格，因为有些人项目做得好，却不一定能提炼总结上升到理论高度表达出来。因此，我们聘不聘你，主要不是取决于你的名头，而是要看你能不能真正满足我们教学与实验室建设的要求。你要先来上一门课，而且得到了学生的好评，第二次来的时候我们才考虑给你聘书。聘书还是有年限的。用这种办法，我们确实保留了一批比较积极又很有贡献的客座教授。"

3. Nice is a circle

学界名人和业界资深专家来北大软微学院授课是不是很贵？

"不贵，因为是一件双赢的事，成本就降下来了。"陈钟说。

比如软件技术系的第一任主任是微软公司从西雅图那边派来的，叫凌晓宁，他在微软工作了很多年，有丰富的经验。后来他离开微软了。我就问微软，"你是继续派，还是我们聘请其他的人来做"？微软说"我们还要接着派"，很快就派来了微软亚洲研究院技术创新部总监、高级架构师田江森博士。由于是微软派的，所以就变成了我不必付工资，只付他一些津贴。

微软为什么情愿贴钱派专家来讲课? 因为跨国公司也需要软件学院这个平台：他们需要在高校传播自己的技术，吸引所需的人才。

陈钟讲述了与摩托罗拉合作的故事。2002年的时候，摩托罗拉派James Zhou（周可风）来中国组建中国手机软件事业部，当时他是"光杆司令"。我们那一年聘了摩托罗拉的柳翔博士出任嵌入式系统系的主任，经柳翔推荐周可风成了学院第一个来自摩托罗拉的兼职教授并建立了第一个嵌入式系统实验室。所以当James Zhou拿到40个开发板子[1] 的任务时就把其中的20个板子放到我们学院里了。第一批学生实习之前他亲自来上课，上完课就问我"能不能把这些学生全部带到摩托罗拉去实习"？我说这样可能不太好，嵌入式系不能变成摩托罗拉系，你得留一点。所以他只带了16个人过去，剩下的学生则去了英特尔和德州仪器。此后，James Zhou还组织了一个上课和指导学生的团队，参与课程体系设计和教学，每年都要从我们这里带学生到他的部门，因为学生在前面的课程中就已经过了嵌入式软件工程的严格训练，又在实验室接触到摩托罗拉的平台和技术，等到实习的时候，这些个板子都玩熟了。这样的员工比他在社会上招聘的水平要高，而且整齐划一。结果五六年以后北大软微学院"大概有60个学生在摩托罗拉那边，形成了一个核心团队"。到了2008年初，摩托罗拉宣布彻底关闭在波士顿的手机软件开发部，开发部整体平迁到中国，员工中的骨干不少就是北大软微学院的学生。

软件学院还是那些客座教授授课圆梦的一个平台。这不仅因为能到高校授课本身就是一种荣誉，还因为这种事情对他们的工作也有帮助。"他们很愿意出来讲课，比如说我在实验室干的时间长了，就需要把我的东西整理整理，出来讲课就是一个系统整

---

［1］在嵌入式软件开发中，每一件集成了软件的硬件俗称为一块"板子"。

理知识的机会"(张尧学)。何况很多专家是把培养优秀人才作为人生一大享受的。"能到高校讲课是他们求之不得的事情，他们很在意这件事。我们的很多顾问都是著名跨国公司的高级副总裁，日程都非常紧，但是他们都想着这件事情，只要跟他联系，没得说，来了以后就跟学生见面，给学生做一个报告。学生们从中获得了产业和学术方面的第一手信息"(陈钟)。

毕业于美国加州大学的童缙博士在 IBM 干了 32 年，他从那边一退休，IBM 就推荐他出任北大软微学院服务科学与工程系的系主任，他二话没说就答应了。原来童缙一直有个当老师的理想，没想到毕业后却跨进了企业一干就是 32 年，一直没有机会圆梦。"他说他知道北大的学生是最棒的，他很愿意跟优秀的学生在一起，还说我们帮他圆了一个梦，让他享受这样一个氛围。"如今，童缙每年有 6 个月在北大，6 个月在美国。

这些系主任们干得都很出色。童缙邀请了 18 位 IBM 资深专家为北大软微学院开出了 8 门与领域需求密切结合的高难度的课程，譬如电子业务架构与设计、金融信息化、电子政务等，对"服务科学、工程、管理"的学科建设作出了贡献。软件技术系主任田江森利用微软的技术案例作为教学案例，用微软技术和实际工程项目组织的"精品课程"，在 37 所示范性软件学院得到了推广。管理技术系主任李宗南(美国著名创新管理与投资专家)与加州大学伯克利分校合作开展 EMOT/IMOT 国际合作项目，对培养学生的"全球领导力"和"高端创新能力"起到了重要作用。

能让多方受益的"平台"自然会好事不断，这正应了那句话：Nice is a circle(善是一种循环)。

花旗与北大软微学院的合作，则又是一个故事了。当时是白志强负责与花旗联系，花旗集团当年把全球的技术支持中心放到中国来的时候，声称要招 3 000 多名软件工程师，全部从本科生中招。他们认为本科生可塑性好，研究生定型了不好办。他们打算把本科生招进来培养 18 个月以后再上岗。北大软微学院告诉花旗："如果你与我们合作，一起设计课程体系，建一个系，我们都是一流的研究生进来，他们按照你的课程体系学习，那么你那 18 个月的培训在学校里就完成了，然后你还可以挑好的留下。你从社会上招本科生要发给他一年半的工资来培养他，与我们合作是学生自己交学费学习，你省多少钱呀。当然我们也提了一个条件：你得把省下的培训的钱捐给我们办学。"

这个提议很快得到了花旗的响应。2005 年北大软微学院与花旗合作的金融信息工程办起来了。花旗从北大软微学院得到了优秀的人才，花旗也兑现了自己的承诺，给了学院几十万美金的支持，设立了花旗教育基金，并选派了系主任，"大家各得其所"。

4. 动动教授的奶酪

2000 年前后，美国医学博士斯宾塞·约翰逊的《谁动了我的奶酪》一书风靡全球。这本寓言故事中最发人深思的一个细节，要数两个小矮人"哼哼"与"唧唧"的变化——自从在奶酪 C 站里发现了各式各样的奶酪之后，这两个小矮人不再"每天早晨都会匆匆忙忙地穿上运动服和跑鞋，奔向迷宫寻找自己喜欢的奶酪"，他们开始一天比一天起得晚，穿衣服的速度越来越慢，并且不再奔跑，而是慢吞吞地踱到奶酪 C 站。因为他们已经确切地知道奶酪在什么地方，也确切地知道如何到达那里并得到奶酪。他们甚至从来不想这些奶酪来自哪里，只是认为它就应该在那里等待着他们去品尝。

"哼哼"与"唧唧"的这种心态，有点像某些"结构超稳定"的机构里端着铁饭碗的员工的心态，反正旱涝保收，何必起早奔忙？

时下的大学里也有这种情形。"高等教育改革之所以艰难，与这种终身雇佣机制不无关系。"张尧学说。大学教育屡遭诟病，问题之一也在于部分老师进取心不强，"我们的老师在教学上有很多不适应的地方，但是我们的机制又没有办法去改变他们"。想把那些过时的基础课取消掉，第一道障碍就是老师，因为这些老师有饭碗问题，还有一辈子工作的习惯问题，他认为他讲的这些课都是对的，他要一直开下去。要说他不对,会给自己惹很大的麻烦,因为他是终身教师,可以我行我素,谁也开不了他。

引入了新机制的软件学院开始对不思进取的老师说"不"。"其他二级学院的师资还是沿用高校原有的人事制度,但'运行企业化'的软件学院的师资管理是市场机制。"北京工业大学副校长侯义斌说。

侯义斌强调,"软件学院必须做的跟计算机学院不一样"。这个"不一样"不只表现在课程和教学模式上,还表现在对教师的管理上,表现在人事制度上:现在我们人事改革力度很大,"其他学校敢动教授和副教授吗,但是软件学院这两年就辞退了一个教授和一个副教授"。北京工业大学软件学院对教师采用聘任制,"人来了以后我们先考评再试用,不合适就解聘"。用这种措施组织和管理的办学队伍"最大的特点是有活力"。

"市场机制"就是优胜劣汰。聘任制在软件学院的全面实施,意味着高校原有的"超稳定"的人事制度被打开了一个缺口。

南京大学陈道蓄说他当计算机系主任时一些人的工作状态让他很是伤脑筋,"反正都是铁饭碗,我不干活你也得养着我"。你要叫他做个什么事,他不认为这是分内工作,而是"你叫我干的",开口就是"主任,我帮你干了这个事,你得(对我)怎么样怎么样"。软件学院就没有这样的事情。

不过在教学单位实行聘任制和绩效考核,有不小的难度,操作起来需要谨慎。北大软微学院制订了一整套聘任及绩效考核办法,把教学、指导学生的质和量与收入分配体系挂钩,起到了积极的激励作用。

例如,课程开设中的"打擂台"机制便是一大挑战。北大软微学院门类繁多并根据市场动态调整的课程设置不仅给学生提供了很大的选择范围,也把老师们推上了"擂台"——学生是自由选课的,"如果你的课开出来没有学生选,你就得下岗"。面对"擂台"有人欢喜有人愁。"那些有工业背景、讲课生动的教师不怕这个挑战,他们正可以借这个机会脱颖而出。所以我们有很多老师成了教学明星,学生慕名而来,他们讲课时教室里人满为患。"

在这样一种制度下,教师们的"奶酪"随时可能被挪动,稍不留神就可能"突然不见"了。而应对办法只有一个,这就是《谁动了我的奶酪》中启示世人的一个最简单的方法:把跑鞋挂在脖子上,时刻准备穿上它向更高的目标开拓和追寻。

5. 给教学穿上"红舞鞋"

软件产业之所以人才辈出,很大程度是被这个产业的风险性逼出来的——因为变化太快,因为风险太大,所以没人敢懈怠。

"我们搞软件的人天天都有危机感。"北京理工大学软件学院院长丁刚毅说。选择了这个行业,就如同穿上了安徒生童话里的那双红舞鞋,不管愿不愿意你都得一直跳下去,永不能停止。因为一停下来就会落在后面。

在丁刚毅看来,以往国内计算机专业教学最大的问题之一,正在于没能给自己穿上那双永不止步的红舞鞋,反倒陶醉于教学体系的稳定性。无论教师还是学校的管理者似乎都对定型的东西情有独钟,对改进和调整却无所用心,总是"太相信自己的教学体系的稳定性了",却忘记了问一问当下产业前沿的东西是什么,问一问"微软在干什么,英特尔在干什么,IBM又在干什么"。

国外的教育则不同,尤其是工科院校高度重视产业的变化,教学调整的频率非常之快。美国电气和电子工程师协会(IEEE)每年做的一件重要事情就是密切关注人才教育与大学课程体系的关系,并根据变化进行调整。把"计算机科学"改为"计算科学"就是他们提出来的。相比之下,中国高校对这个学科的调整大大地落后了。

软件学院明白这个道理:要想培养合格的软件人才,必须跟上技术的舞步,跟上产业的舞步,跟上世界的舞步。

曾经有人对记者和教师的工作性质做过对比,形容记者追求"太阳每天都是新的"，因为每一个新闻事件都是独特和鲜活的，所以记者写的稿子"每一篇都不一样"。教师讲课的情况就稳定得多，备一门课可以讲很多年。结论是：做教师比做记者要轻松许多。

这一说法在软件学院遭到了质疑，院长和教师都说自己"很累"，因为这里的一切都在快速变化，"我们只有不断地创新和改革，才能站得住脚"（卢苇）。"其他学院的课程体系可能三年也调整不上一次，可是我们每年至少得调整一次。北大软微创办 8 年，课程体系也修改到了第 8 个版本"（苏渭珍）。

复旦大学软件学院姜忠鼎副教授谈及课程调整时说："我们的课程（如图艺学）是面向产品面向市场的，市场变我们就变，如果不是真正去实践一个东西，很多研究是不会深入的。我们有学生毕业去腾讯，做 OITQ，做游戏的都有，学校里教的东西用得上。有的课程'全中国只有我们开'，这些课程都是在和产业的结合中发掘更新的。"

办学是一个整体，课程体系调整了，其他的管理也要相应地跟着调整。譬如北大软微学院的课程体系改进到了第 8 个版本，聘任教师的制度方案也调整到了第 8 个版本。

北京邮电大学软件学院为了激发学生的进取心，还在学生的考分管理上做了一系列改革，主要精神是注重培养过程的严格要求，"招生的门槛可以降低一些，进门之后的要求却严格了许多"。院长宋茂强告诉笔者，早些时候，北京邮电大学软件学院规定每门课的不及格率不少于 2%，用这种末位淘汰的办法激励学生不要搞"60 分万岁"。后来发现这样的模式并不尽如人意：一方面是有些学得不咋样的学生，因为不在 2% 的末位就可以过关；另一方面固定 2% 的比例也有问题，比如有些课确实比较容易你还要评出 2% 不及格有些不合情理。后来我们取消 2% 这个规定，改为对合格的学生"再划出 A、B、C 三个等级"，其中 C 档即最低档占 18%，同时规定，一个学生如果有 4 到 5 门课被划为 C 档，即使你拿满了学分也不能参加答辩，还必须重修或者改修别的课程。这样一来，学生再想"混学分"就不行了，也得和教师一样穿上"红舞鞋"才行，实践效果还是很不错的。

（三） 靠特色活着

如同深圳模式被越来越多的地区复制，其"特区"优势在逐渐丧失一样，软件学院"贴近产业需求"的办学模式，也在被包括计算机学院在内的众多二级学院及民办大学效仿。由此带来的一个问题是：今后软件学院还能靠什么生存？若找不到新的定位，就真的要与计算机学院合并了。

从这个意义上说，本章开头谈到的"既生瑜何生亮"的质疑（有了计算机学院为什么还要办软件学院）将会长期存在下去。"一切质疑的目光都是在这两个学院之间扫描审视的。"南京大学软件学院第一任院长陈道蓄说。在他看来，软件学院一定要有一个能够证明自己特色的描述，证明自己的培训目标和方法是任何其他学院，特别是计算机学院所不能替代的。"如果它对自己的描述与计算机学院的描述是一模一样的，那它就只能是一个过渡性事物，即在某一个阶段为满足某一项改革进行试点的事物，完成了试点任务它就没有长期存在的理由了，因为同样的东西没有必要搞两个。"

1. 与计算机学院抢饭碗就失败了

"软件学院一定要走特色之路，与计算机学院抢饭碗就失败了。"北京理工大学软件学院院长丁刚毅说。

从软件学院初创就涉身其中的丁刚毅分析，软件学院的发展经历了"有了"、"求稳"、"提高"三个阶段。第一阶段是2001年至2003年创办初期。在这个阶段有了软件学院，国家给了激动人心的政策。那一阵追求的是"行动要快"，"培养人才要上批量"，国家相关文件对"运行企业化"、"后勤社会化"、"办学专业化"这些东西提得很高，让大家有一种"创业"的兴奋与激情。

第二阶段大体是 2003 年至 2005 年。软件学院算是站稳了脚跟，学院的数量和招生规模有了不小的扩张，对新的课程体系和管理体制的探索走向深入。但矛盾和问题也在暴露，比如国家给的一些特殊政策在学校这个大环境中是有阻力的，还有"三三制"的师资结构能不能稳定下来？师资流动起来固然好，如何稳定却是个难题。大学本身的结构是超稳定的，"不稳定"本身就成了问题。于是大家开始关注"模式"。模式就是一套可以重复使用的，可以固化下来的方法。如果软件学院找不到自己的模式，下一步的发展就会很被动。

第三阶段是 2006 年至今。软件学院经过评估总结，形成了一些成功的办学模式，其"示范"效应也进一步显现出来。但是当大家都在效仿软件学院一些成功做法的时候，当软件学院完成了"教育改革试点"使命的时候，它自己朝哪个方向发展的问题也凸显了出来，它必须再提高一步，找到自己的特色化之路，它只有靠特色才能活下去。

"办出特色"，也是教育部对创办软件学院的一个要求，2008 年教育部就专门划拨 100 个特色专业建设点给示范性软件学院。只不过创办初期，很多学院忙于建院和招生上批量，"特色定位"没能引起广泛关注，到了第三阶段它的紧迫性才凸显出来。

好在经过这几年的磕磕碰碰，软件学院对"办出特色"也越来越重视，有的已经有所建树。杨芙清院士对北大软微学院的"特色定位"描述得就十分清晰：我们的定位是新兴交叉学科。这种定位与北大的信息学院（含计算机科学）是不冲突的。任何一个学科的发展都有两个方面，一方面是学科层面上的深入研究，另一方面是实践层面上的广泛应用。信息学院着重于学科研究，即探索信息技术本身，软微学院着重于把信息技术应用到各个领域里去，这就要切入交叉学科。后者就是北大软微学院的定位。譬如软件与艺术结合产生了数字艺术系，与管理结合产生了管理与技术系，与金融结合产生了金融信息工程系,与语言结合产生了语言工程系等等。"这些专业都是其他学院没有的,是我们的特色。"这一定位,也使得北京大学的软微学院与信息学院形成了优势互补、共同发展的和谐局面。

当然,软件学院要办出跟计算机学院"不一样"的特色,不能是表面文章,"故意寻找一个不同"。譬如课程设置,软件学院最大的特点就是直接切入应用领域,寻找市场需求与软件工程的结合点,通过交叉学科解决当前产业发展中一个一个很实际很具体的问题。这样的"不同"让人家觉得是"比较深层次的不一样",而非只拿软件学院学生编程技巧这一块说事。复旦大学软件学院姜忠鼎副教授说。

2. "奥运会开幕式上最紧张的观众"

2009年5月笔者采访北京理工大学软件学院院长丁刚毅时,北京奥运会已经过去近一年了,可他叙述起来仍像发生在昨天的事情,称自己是"奥运会开幕式上最紧张的观众",言谈间难掩心中的兴奋。

这也难怪,因为这个惊艳全球的开幕式的技术支持是他率领的北京理工大学的团队提供的。鸟巢内缶声雷动、数千乐师整齐划一的演奏,展现古老文明的起起伏伏的方块汉字的跳动韵律,以及数千白衣舞者如行云流水的太极八卦表演,都是借助他们的"数字表演与仿真技术"设计排练出来的,"出不得一点差错"。

北京理工大学软件学院的这一"特色技术",便是学科交叉结出的果实。丁刚毅说他完全赞成杨芙清院士的看法,即软件学院要在学科的"交叉"和"边缘"上做文章,最大限度地挖掘软件技术"水银泻地"的渗透潜力。而软件学院的特色也正是在这种交叉碰撞中创造了出来。

北京奥运会开闭幕式的设计排练工作早在2006年夏就开始了。丁刚毅说这个特别重大的题材把一个技术难题摆在了导演面前:以往艺术演出创作中通常的做法,是导演根据场地、人员和时间段安排自己的创意,"张艺谋一般都是用笔画张图或请动画公司做一段短片来构思和表达自己的创意"。但奥运会开闭幕式的构思设计和排演有许多新的特点:一个是时间跨度大。从 2006 年 6 月启动到 2008 年 8 月演出,有两年多时间。二是人员多场地复杂。演出人员达三万之众,鸟巢这个环境又特别复杂,有 LED 屏幕,有升降舞台、空中舞台,很多节目除了考虑演出效果还需考虑场面的衔接,表演队伍的协调统一,有些场面不看到实景效果无法判断优劣。这种情况下再用传统的设计构思方法就显得捉襟见肘了,因为不可能把几万演员都调到鸟巢来演练,何况那时鸟巢尚未建成。

北京理工大学软件学院的"数字表演与仿真技术"就派上了用场。说到这里丁刚毅打开电脑调出一些仿真场面,那种起起伏伏,动静有致的三维画面与奥运会开幕式的场景极为相似。"我们做的事就是响应张艺谋导演的需求,把文艺表演的创意与场面用软件去实现,给导演提供艺术设计与排练的模拟空间。"系统采用数字仿真方法,一旦导演的创意确定下来,我们就建模,利用三维模型实现导演的创意。这个模型还要能根据导演的调整意图快速变化,一天可能要变许多次,北京理工大学软件学院的研究人员也因此成了导演意图最直接的执行者,成了一幕幕精彩场面的架构师。

这个项目的大获成功让丁刚毅声名鹊起,被人请去到处做报告,媒体连篇累牍地对他进行报道。他说:"这是我们抓交叉特色学科时捕捉到的一个重大项目,通过这个项目,我们实现了'数字表演'这个交叉学科内涵与概念的论证。研制这个项目,我们老师和学生都上阵了。参加过这个项目的学生,只要我们给出一个项目参与证明,他们读博、出国工作,就会一路绿灯。"目前这项"数字表演"的研究已经被北京市立为重点学科,"国内其他省市尚没有这个学科,我们是唯一的"。2010 年 3 月丁刚毅给笔者发来邮件,说首都国庆 60 周年群众游行和 2010 春晚都用上了这个项目的研究成果。

有了特色学科,就可以通过标志性的成功项目进行学科扩展,把特色的东西固化下来——沉淀下来的成果就是一个新的再发展的平台。譬如,北京理工大学软件学院与北京市市委宣传部、文化局合作建立的北京市文化创意人才培养基地,让数字化技术与文化进一步融合。目前正在考虑的，还有用数字化手段去提升工业化的环境，提升服务业的技术含量等等。

丁刚毅说："这些年一路走来，感觉'鼓励创新、鼓励特色、鼓励融合'应该是软件学院最基本的学科建设思路，甚至可以说是立身之本。我们就是靠它活着，因为我们不能与计算机学院去抢饭碗，我们没有别的路，只有在'融合、创新、做出特色'中寻找出路，否则软件学院不仅没有发展空间，连存在的价值都会失去。"他还说，"交叉融合"的特色之路会越走越宽，因为软件应用的领域是可以无限制地扩展的，"软件工程一定会成为一门大学科"。

3. 一个学院一条路

人们呼唤中国高校的定位和专业设置走向"生物多样性"，而对于软件学院来说，"生物多样性"还有另一层含义，就是软件学院不但要使自己区别于计算机学院，相互之间也不能雷同，应当"一个学院一条路"，五色杂陈，丰富多样。

这也是教育部 2001 年 6 号文件所要求的："提倡和鼓励根据自身特点，立足所在地区实际，形成不同特色，不搞一种模式。"

北京交通大学软件学院院长卢苇回忆说，软件学院初创时，说句实话谁都不知道怎么办，因为教育部的文件只是要求培养高层次、实用性的人才，并没写具体怎么办。"我们问高教司，司里说'具体怎么办看你们自己的，我们没有统一模式'"。况且，"如果文件里写了应该这么办，一二三四的一框，那不全国都一样了吗"？教育部所希望的，是"三十几所学院办成三十几种模式，三十几种特色"，每个学院都摸索出一条路来。

在北京工业大学副校长侯义斌看来，"一个学院一条路"也是由软件工程专业的特点决定的，"无论从哪个角度看，软件工程专业的办学一定是多元的"。软件工程已经不是一个传统意义上的单一工程，它形成了一个工程领域，而"领域"包含的东西就丰富了。如果你是研究计算机系统的，那么就是结构、内存、CPU、输入／输出这些东西，还包括怎样把速度提高，把人机界面做得更方便等等，内容大体可以框定。但是软件应用的对象却复杂得多，需要针对不同的对象编不同的软件，设计开发的过程以及对人才的要求和培养模式也一定不同。

"一个学院一条路"的理由还在于，每一所软件学院都有不同的环境，也有不同的强项。大连外国语学院软件学院院长李兆刚说他们所在的学校只是一所二本院校，无缘"211 工程"。可它也有自己的优势，它是"国内最大的日语人才培养基地"，还是"国内最大的非朝鲜族学生韩语人才教育基地"（延吉大学培养韩语人才最多，但是以朝鲜族学生为主），而大连的软件外包主要针对日韩，对懂日语韩语的 IT 人才需求量很大。大连外国语学院软件学院就依托学校优势加大外语课程的比重，"有 1 500 到 1 600 个课时，是其他软件学院好几倍"。偏重英文的学生，也同时学习日语或韩语，结果"市场给了我们一个很好的评价，就业率百分之百"。2009 年金融危机背景下，大连外国语学院软件学院的毕业生也悉数就业，"很多大的企业纷纷录用我们的学生，英特尔落户大连就录用了我们七名学生。"

9 年多来，37 所示范性软件学院已经走出了一条差异化发展之路。而改变"千篇一律"、"万人一格"的办学模式也是高等教育改革的重要内容。

作为教育部科技委信息学部委员和国家督学，侯义斌两次参加了教育部对示范性软件学院的评估和验收，"我分析了一下各学院的情况，在开展双语教学、加强工程实践和国际合作交流方面大家是有共性的，但专业设置与办学方向，每个学院都有独特的一面，紧扣所在地区经济特色"。譬如东南大学软件学院突出通信技术；南京大学软件学院突出网络安全；清华大学软件学院强调"精品教育"；北大软微学院只招研究生，瞄准更高层次的精英人才；武汉大学软件学院设立"服务科学"，研究讲授软、硬件和数据服务并正在致力于将其变成一个学科；华南理工大学软件学院针对珠三角中小企业对高校的依赖，把教师推向企业，紧扣企业的项目设计与技术咨询开展教学等等，不一而足。

厦门大学软件学院院长廖明宏说这几年他们一直在思考，全国有37所示范性软件学院，厦门大学软件学院的优势在什么地方，能办出什么特色来。分析发现优势有两个方面：一个是厦门大学是"全国唯一的一所地处经济特区的'985'院校"，文理科都很强；二是与台湾省在地理和经济上联系十分紧密，光是厦门市的台资企业就达4 000多家。他们便利用这两个优势做文章，把软件技术与厦门大学人文学科的优势交叉，发展"数字媒体艺术"专业，"这样的话，软件学院、人文学院、艺术学院、新闻传播学院就有了一个纽带，形成一个链了"。再就是强化与台湾省高校和企业的合作，包括把他们的老师请过来上课开讲座，每年互派学生到对方学校学半年或一年，"我们的学生去那边修的学分回来我们都认"。台湾省那边也一样，"他们的学生过来在这边学，得到的学分那边也认可"。

吉林大学软件学院院长胡亮告诉笔者，当地IT产业不是很发达，他们就着手引入国内外知名的IT公司，譬如，和华为3com建立联合实验室，把美国硅谷的曼博公司引入到吉林大学实验室里，以此为条件进行"虚拟化"训练，学生们"进入到平台之后完全按照公司化的流程运作，在项目的完整流程中进行培养"。专业方向上则贴近当地发达的汽车产业、现代农业等，围绕嵌入式系统与汽车电子、农业信息化、电子商务、电子政务等领域设置课程体系。

杨芙清院士言及北大软微学院的特点时特别谈到，他们高度重视计算机与微电子技术在学生身上的"集成"：从学科上说，计算机软件是从数学专业发展出来的，微电子则归属物理专业，"这整个来说是两大分支"。但学科发展的趋势是交叉，所以我们强调"微电子学生要懂计算机，计算机学生要知道芯片"。这也是北大软件学院更名为"软件与微电子学院"的缘由。在她看来，"不同的学校应该像一桌菜或一个拼盘，各有各的特色，都办成一个模式，你怎么适应人才市场上不同的需求呢"？

东北大学软件学院则抓住国家振兴东北老工业基地的机遇做文章。院长朱志良说，改造老工业基地很大一篇文章就是用信息技术改造传统产业，人才如果出不来就谈不上"改造"。我们的软件工程、嵌入式技术和信息安全教学都扣准这一地区需求，既形成了特色也为企业解了燃眉之急。另一个做法是结合东北地区毗邻日、韩的特点把日语和韩语作为教学的第二外语，培养的学生在外企很是抢手。"我们的学生刚一毕业就能直接到外企和国外就业。一般来说，日本企业并不接受刚毕业的学生，它需要有工作经验的员工，但它接受我们的学生，说明了他们对我们办学水平的认可。"

"我们学校是靠为中国机车车辆制造培养人才起家的，软件学院也是依托着这个行业背景走向成功的。"大连交通大学校长葛继平说。葛继平回忆，2001年12月，学校结合国家经济结构调整、社会发展对复合型人才的需求创办了大连交通大学软件学院，创办之初就确定要走特色之路，而要想办出特色，就应该"有所为，有所不为"。为此，他们咬定应用型人才培养这个目标，独创了"五年制双专业"模式，进行"传统专业＋软件工程"的复合型人才培养模式的探索。这种模式很为IBM、日本阿尔派、中软国际等企业认可，毕业生供不应求。目前软件学院在校生已扩展至6 000多人，成为教育部批准的国家级人才培养模式创新实验区和国家外国专家局批准的我国第一个国家软件人才国际培训（大连）基地。

寻找适合自己的特色之路，有时还需要一种"田忌赛马"的智慧。侯义斌说，"第一批示范性软件学院批下来的时候，北京有北大、清华、北航、北邮、北工大5所大学入围"，其中"只有北工大是地方性大学，其他4所都是教育部直属大学"。这对北京工业大学是个不小的挑战，因为你在资源和对外影响上不可能与部属大学比肩。为此他们花了很多时间研究怎么办出特色，最后在北京工业大学是"北京市属35所大学中的一个重点大学"上做文章，把专业设置与北京市的信息化建设紧密结合在一起，"立足北京，服务北京"，到头来劣势变成了优势。譬如根据北京市信息化的特点设立了电子商务、电子政务专业，成立了系，系主任由北京市信息办的首席专家担纲，生源是北京市信息办从各个部门筛选的业务骨干，教学内容与培养方案也是双方讨论确定的。这一来，"我们的专业设置与教学就成了北京市信息建设规划的一个组成部分，教育与产业完全接轨"。

4. 大学不是"流水线"

大学应是学生自由发展其才能和个性的地方，大学教育不能"千篇一律"，培养的学生不可以"万人一格"，这是国际通行的教育理念。我国大学在这方面存在不足。东南大学原副校长吴介一说：我国大学培养的人才数量够多了，却"都是流水线生产出来的"，统一教学，统一大纲，统一学习，不管学校有名气没名气，学生学的东西都差不多，差别只在于名校的生源和教学条件好一点。"这是我们高校体制上一个重大的弊端。"

重庆大学老校长吴中福曾经在加拿大做过三年教育参赞，之后又多次访问过欧美的高校，对国外教育留下的印象之一就是"注重个性化"。他说国内的情况正好相反，过分地强调共性，大家一个模式往前走。"把泥鳅和黄鳝拉成一样齐"，学生的个性和差异化被这种"工业流水线"磨掉了。

软件学院在这方面尤其应当有所突破，这不仅因为软件工程面向的领域是千差万别的，更因为越是高层次的人才越要强调差异化，"差异化教育关乎软件学院办学的成败"。

为什么"个性化教育"会被我们众多学校忽略？吴介一认为，这不只是教育理念和教育评价标准问题，还涉及教育的投入问题。因为个性化教育需要因材施教，需要了解和发现学生的特点和个性，并据此设计不同的培养模式，"操作难度很大，对教师的要求很高"。这就如同产品制造，最麻烦的是小批量多品种。

软件学院做了一些探索。事实上，三十几所示范性软件学院至今没有统一的教材，统一的教学委员会。"我们利用院长联席会等形式每年交流一下经验，取长补短。"目前软件学院各有各的教学大纲，"我们自己找教材，自己找老师，而不要三十几个学校统一搞"（吴介一）。

差异化教育突出表现在 T 型人才培养模式上。T 上面的"一横"指学生的基础知识和软件工程的复合知识与能力，"一竖"则指学生的专长知识，体现了差异化，也体现了人才知识结构的复合与交叉。

实现 T 型模式的关键是课程体系设计。北大软微学院为学生提供了一套分层次、模块化、动态可调整的个性化教育课程体系：每学年为 10 个系提供近 200 门次的课程，覆盖 29 个专业方向，每个系的学生（均为研究生）只需选 10 到 15 门课即可修满学分，这意味着"平均在一个专业方向上每个学生能有接近 5 倍的相关课程可以选择"。有了如此之大的选择空间，学生就可以根据产业的需要、自己的基础和导师给出的指导意见，设计适合自己个性和职业发展的学习路径。比如，认为自己适合搞通信专业的学生，可以选学概率统计这方面的工具知识；打算从事计算机专业的学生，那就选学离散数学方面的基础知识，等等。"复合交叉"在这里表现为不同的专业跟软件专业的交叉、软件知识跟领域知识的交叉、技术类知识跟管理类知识的交叉。

北大软微学院的 10 个系都是这种复合交叉的特色专业，横跨了软件与微电子、管理、通信、语言、艺术、金融、信息安全等众多的门类。以管理技术系为例，涉及的专业知识包括企业管理、市场营销管理、项目管理、企业的创新和创业，还包括财务核算、商业计划书的写作等等，称得上"软件学院里面的一个小商学院"。虽然它涉足的专业都是管理类的，但我们把它聚焦在 IT 这条红线上，就形成了一个新的学科——管理技术。

北大软微学院还通过对学生"入口"和"出口"的设计，科学考察学生的基础和能力，帮助学生更好地了解自己的兴趣和个性，从而自主设计未来的职业角色，发展自己的特长。

"入口"就是入学考试。新生入校先考试，"你本科学的什么我就考你什么"，看学生的基础打得怎么样，学生的学习能力如何。在此基础上就可以为学生专业方向的选择提供建议，然后通过团队做项目的形式进入教学。而"一旦做项目你就会介入角色，就会发现自己擅长什么，喜欢什么，就可以大体确定下一步的主攻方向了"。这就是"出口"。如果选择做管理这个"出口"，那么主攻方向就不是技术；如果选择网络通信或金融信息化这个"出口"，那就要强化这方面的专业知识了。当然，选择某个"出口"

并不意味着可以把知识面搞得很窄。

以数字艺术系为例,当学生都有了一定的数字艺术创作基础之后,"分野就出来了",有人主攻动画创作,有人主攻导演,有人主攻制片——"除了懂这个行业,还能找到钱,还能协调很多资源"。每一种方向都有不同的课程。数字艺术设计系的第一届班长余丹主攻数字艺术专业,又对管理有兴趣,就选修了管理系的很多课,包括商业计划书写作、创业指南、财务管理、风险管理等课程。她毕业后很快在北京创办了一家公司,已经获得了风险投资。

2004级硕士生张闯把这种自由选课称为自助餐:"其他学院采取的是西式吃法:菜一道一道上,要按流程一道一道吃完,吃不完不礼貌。北大软微学院是中式吃法,或者说更像自助餐,各种各样的佳肴都准备好了,吃多少,吃什么,由你自己来选择,来决定。"张闯在选择了嵌入式系统工程作为主攻专业的同时还选修了管理、电子营销与电子服务等课程,"感觉对打开视野、培养复合能力有很大帮助"。

这种培养模式的实质是给学生提供一个自主学习的环境,让其充分发挥自己的创造能力和想象力,总之"主动性在学生那里"。院长陈钟说他很赞同的一个观点就是:"千万别说这个人才是学校培养出来的",学校只是创造一个环境,给学生的成长提供引导与条件,"起决定作用的是学生自己,外因只有通过内因才起作用"。

(四) 国际化之路

早在上世纪80年代初,邓小平就提出"教育要面向现代化,面向世界,面向未来",其中的"面向世界"便包含着教育应当具有国际化视野,培养国际化人才的理念。进入21世纪,"教育国际化"更是进入了快车道,拆除樊篱走出国门,实施跨国界跨文化的教育已成为席卷世界的浪潮。但高等教育的国际化之路该如何走,依然是个需要探讨的问题,为此付出不菲的学费却铩羽而归者不在少数。有人形容走国际化之路就如同你掏钱买了一张昂贵的船票,驶入波涛汹涌的大海之中却发现没有航标,与在江河中行船全然是两种体验。

1. "进圈子不需要理由"

教育部2001年6号文件对软件学院教学的国际化作了很多硬性规定,譬如,必须实行双语教学,必须按照国际通行规则组织实施教学活动,必须使用国际上最新优秀原版教材、师资中的1/3应聘自国外,等等。这些规定连同"按成本收费"(目的之一是为学生开展国际交流活动提供条件)的政策,意味着软件学院从一起步就必须具有国际化视野,瞄准培养国际化人才的目标。

说起"国际化",笔者想起了华为总裁任正非的一句话:"进圈子不需要理由"。2003年秋笔者去印度采访,在班加罗尔一家叫Lee Palace的七星级(印度最高等级)酒店的写字楼里访问了华为印度公司。华为在这里雇佣着清一色的印度软件工程师,成本不菲。见此阵势,笔者冒出了一个问题:华为不远万里来到这里"一掷千金"为了什么——为人才?为技术?还是为市场?

华为印度公司首席运营官陈民想了想:很难确切地说为了什么,用我们老总(任正非)的话说该是"什么也不为"——要想做大,就必须到国际舞台上闯,"挤进圈子"。就这么简单。

"进圈子不需要理由",恰恰说明了"圈子"的重要。如同游泳,不下水就永远不会水;它还表达了一种信念和一种行动的决心——很多事情在没有做起来之前是算计不准的，左顾右盼，患得患失，到头来什么也做不成。

在教育部关于"教学国际化"的硬性规定下，软件学院已经"挤进了圈子"。教育部高等教育司的统计显示：37所示范性软件学院分别与美国、加拿大、印度、英国、以色列、爱尔兰、日本、韩国等软件强国的245所大学开展了81个中外办学合作项目和76个校际联合培养项目，与国外软件公司合作建立了47个实习基地。截至2009年底，累计开设双语教学课程2 098门次，双语授课比例超过50%，其中清华大学、北京大学、南京大学、湖南大学等示范性软件学院双语教学课程比例超过70%。

西北工业大学等8所软件学院联合引进了美国卡内基·梅隆大学SSD1—SSD10软件工程本科系列课程，在软件工程教育国际化方面取得了显著成果。西北工业大学软件学院院长朱怡安解释：SSD就是软件系统开发，"S就是软件，第二个S是软件系统，D就是开发"，卡内基·梅隆大学在国际上一直被公认为软件工程教育领域的No.1，引进他们的课程，对实现教学内容与国际接轨有重要意义。当然，引进不是全盘照搬，这当中有个从本国和本校实际出发消化吸收的问题，还有个改革创新的问题。"但我们的改革也是按照国际标准来做的"。四川大学软件学院副院长洪玫说。

不少软件学院在"国际合作"这块上做得已经很大了。武汉大学软件学院院长陈珉说：他们学院目前"在印度学习的学生接近300人"，在美国在读的学生"七八十人"。此外还有一部分学生到了英国、加拿大、澳大利亚，去年还接收了印度十几个大学生来武汉大学软件学院进行为期三个月的实习。"和国外合作这块，现在成了我们的一个主战场"，目前正向湖北省申请建立一个国际合作教学基地。"我们希望在未来五年内，不仅能够把我们的学生派出去，还要吸引国外学生来我们这里读研究生。"学院还与美国威斯康星州立大学合作设有实验室，开展联合实验。华中科技大学软件学院院长陈传波也谈到，他们"每年都有40名左右的学生到日本就读，在那边非常受欢迎"。这家学院跟国外的合作还包括教材选用、大量聘用国外老师，以及本院教师"经常去国外学习或者到大公司去培训"。

但是"挤进圈子"与到达彼岸还不是一回事。细究起来，"挤进圈子不需要理由"

与"爱一个人不需要理由"是有区别的,据说后者是"不需要理由也不需要结果",产业界却是"不需要理由但需要结果"。软件学院培养人才的国际化之路,不仅看重结果,还要算计好路径和成本,争取以较少的代价,获得较好的结果。

捷径之一就是遵循国际标准来培养人才。联合国教科文组织产学合作教席主持人查建中就此分析:有些人以为"国际化"就是国际合作交流,其实国际合作交流只是手段不是目标,目标是把培养人才的规格与国际人力资源市场的标准接轨。这就像做手机、汽车、冰箱这些产品,都要按照国际标准来设计生产,否则根本进不了市场,只能被边缘化。

北大软微学院"瞄准国际标准"是从课程体系设置入手的。"我们聘请的外籍专家担任系主任在促成课程体系与国际接轨上起到了重要作用"(陈钟)。譬如软件技术系主任田江森(微软高级软件架构师),用微软技术和实际工程项目组织精品课程——"软件实现技术",把国际标准渗透到了课程的每一个细节。

同济大学软件学院通过多种渠道与国际软件权威机构建立合作关系,把国际软件测评委员会(ISTQS)中国分会建在了同济大学。"这是一个典型的国际标准平台,获得了40个国家的认可与支持。"同济大学软件学院副院长刘琴说。刘琴认为当下软件外包服务最大的业务就是测评,测评遇到的最大的问题就是规范不够,因为各种软件系统里的词汇太专业了,没有统一的语言平台很难做到。"ISTQS平台就是解决这个问题的,我们正在把这个平台上的标准与技术融入到学生的培养体系中去"。

查建中教授还特别提醒,按国际标准培养人才要遵循国际惯例。他举例说,某大学有两个学生在国外完成博士论文,回国后把两份英文的论文交给所在学校研究生院,研究生院却一定要让他们改写成中文,"这就没必要了,既然讲国际化,就要遵循国际惯例鼓励学生用英文来写论文"。虽然是件小事,却暴露了我们观念上的差距。"我们这方面不如印度,甚至不如马来西亚和菲律宾这些国家,人家教育符合国际标准的比率比我们高得多。国内很多人对国际化的理解还停留在迎来送往、请客吃饭、签协议这些事上,他不知道国际化最本质的东西是按国际惯例做事,按国际标准来培养人才。"

当然，国际化也不是单向地向国外大学靠拢，世界各国的教育也应当是差异化发展的，一味趋同并非取胜之道。为此，中国大学应当挖掘本民族优秀的教育理念和传统，应当在竞争中保持发展本土特色和优势，应当向世界教育市场贡献自己的人才和文化。

2. "你的母语必须是英语"

这是北大软微学院招聘英语教师广告中的一句话。院长陈钟说，所以提这个要求，是希望学生能够"从文化层面上"触摸和感受国际化。复旦大学软件学院院长臧斌宇更是强调："国际化的一个重要内容是进行多元文化的交流。所以复旦大学软件学院每年要搞一次爱尔兰活动周，还要高薪聘外教，因为文化层面的东西，如果外教不教你，你就没有办法理解。"

按照英国学者威廉斯和泰勒的说法，"文化"是英语中最复杂的词汇之一，"它包括知识、信仰、艺术、法律、伦理道理、风俗和作为社会成员的人通过学习而获得的任何其他的能力和习惯"。

几千年的文明史证明，任何文化的形成都需要时间的积淀，需要群体的感知和认同，其影响深刻而久远。一个事件可以是暂时的，但这个事件中透露和留存的文化价值却往往是永恒的。譬如长征——长征首先是军事行动，而且最初是因军事失利而进行的军事转移行动，它之所以被载入史册，一个重要原因在于长征造就了一种文化，一种精神。诚如毛泽东所说：长征是历史纪录上的第一次，长征是宣言书，长征是宣传队，长征是播种机。

这也就决定了，教育国际化不触摸到文化这个层面是不行的。软件学院的教育更是如此。因为软件产品本身就是知识的沉淀与固化，开发软件产品最重要的一件事就是从文化层面去理解客户的需求。软件工程教学如若不能让学生"从文化层面融入国际社会",软件精英的培养就无从谈起了。

但"触摸文化层面"不是易事,陈钟说北大软微学院"触摸文化层面",是从到美国和加拿大发布"招聘英语教师"广告开始的。

"这事也是一波三折。"根据教育部 2001 年 6 号文件精神,我们决定改革英语教学,改革的着眼点就是提高学生的英语运用能力,而不仅仅是学会语法分析。这就需要打破常规的英语教学体系。什么是"常规的体系"?我们认为大学英语、还有四级、六级英语都属于常规的教育,不能完全解决学生的英语能力问题,软件学院的英语教育不能再走这条老路。从学生的实际情况看也不能再按常规方法教了。现在很多学生从小学就开始学英语,上大学后又是四年本科英语,已经有了相当的基础,研究生阶段还给他讲什么语法、精读这些内容,就没有必要了。

根据这一想法,北大软微学院界定了英语教学新的要求和目标:第一,要重点教技术英语写作(Technical Writing)。第二,要教口头表达(Presentation),这个口头表达不是"口语",而是要在未来工作环境中能够用英语演讲和交流。这需要教英语的老师有 IT 背景。第三,实用的国外的企业文化。

定下这个目标陈钟就去找相关教学单位,包括发函给"新东方"、"21 世纪英语"、"洋话连篇"等外语培训机构,商请对方派教师,可是受 IT 背景等方面的限制,多数机构都表示爱莫能助,其中一个培训机构的反馈是:至多有 1.5 个师资能满足要求。但我们要开六个班,至少需要 5 位老师同时开课。

国内满足不了,就通过校友在美国和加拿大发了个招聘广告,广告上除上述要求又加了一条:"你的母语必须是英语。"结果一下子有 70 多人应聘,条件都不错,完全满足要求,有的甚至是 Over Qualified——"超水平达到了要求"。我们选了六个人。其实五个就够了,另外一个备用——万一被拒签了怎么办?这 6 位老师来教我们 300 多个学生,我们没有要求统一的教材,提出的要求就是你要不拘一格地让学生达到我们的三项指标。

结果是这些老师八仙过海、各显神通。他们都在 IT 企业里工作过，把企业里很多好的东西带进了课堂。有的老师教演讲时把相关内容分成各种主题和情景，比如如何面试？如何组织一个小组讨论？如何与上司打交道？如何与同事打交道？如何与客户打交道？美国企业专门有"客户服务培训"的组织，其中有一个项目是"与非常难缠的客户对话"。这些内容有效调动了学生的兴趣，教学效果非常好。

外籍老师的费用并不太贵，"比我们原先设想的费用省了一半的钱"。因为他们来中国也是有所求的，有的希望强化中文学习，有的想了解熟悉中国，在中国找工作，对薪水没有太高的期望。"月工资不多，但国际往返机票和吃住都免费，教完学后再安排他们玩上一圈，就皆大欢喜了。"

还有个额外的好处：这些老师不像国内英语老师，上完课就回家去了，他们吃住与学生一起，学生帮他们了解中国，学习中文，他们也帮学生练习英语口语。后来他们中有很多人在中国找到了工作，有人到了跨国公司驻中国的机构，还有一位到美国驻成都的领事馆当了签证官。有位叫 Roy 的美国人，之前在美国一家软件公司里做了七年，当了三年工程师，四年专门写手册、做培训，后来这个公司被 IBM 收购，Roy 被解雇了。他到我们这里做英语教师做得很出色，第二学期就破例把他留下来教了两门专业课。但是第二年他找了一个伙伴在中关村开了家公司，提出辞职。没想到两年后 Roy 又找到我们问"还能不能再回来教学"？

"这种外教聘用法我们已经延续了 6 年，每年换一拨老师。现在美国很多老师都给我们写信，问明年能不能轮到我？"

刚进行这种英语教学的时候个别学生还有抵触情绪，因为直接与外国人对话需要一个磨合期，但很快他们就适应了。毕业后他们到跨国公司应聘的时候都体会到了个中的好处——不仅语言上过了关，更重要的是对那些国际规则背后的文化的了解和熟悉，"对国外那些背景你都习以为常了，有些甚至变成自己的习惯了"。

3. 在印度的日子里

"结束了3个月的紧张培训之后,我们96位中国实习生从Mysore[1]来到了Infosys总部所在地班加罗尔,被分配到了不同的部门。"这是东南大学软件学院2006届本科生谢文艳赴印度Infosys公司实习总结中的开头语。

安排示范性软件学院学生到印度实习,是教育部"培养国际化人才"的一项举措。教育部支持示范性软件学院每年派出100名本科生到印度Infosys公司实习,Infosys对这些实习学生给予了高度评价。

作为印度最著名的软件公司之一,Infosys上个世纪就通过了CMM5认证,而当时中国大多数公司还停留在CMM2阶段。鉴于该实习项目是依据同中国政府教育行政主管部门签订的协议来实施的,Infosys非常重视,培训采用"3+4"模式,即前3个月在位于Mysore的公司培训中心进行课程培训,后4个月到班加罗尔的总部,进入不同的项目组,参与实际项目的实习活动。

谈及前3个月的培训,东南大学软件学院实习生胡亦奇印象最深的,一是"游戏式"的英语培训,二是"炼狱式"的专业培训。英语教学"几乎所有的知识点都被贯穿在一个个的小游戏中"。上课第一天大家圈成一个圈,随机从一个人开始说出自己的英文名字,随后的每一人要顺序说出从第一个到自己前一个人的名字,包括自己的名字,最后一个人则要说出所有人的名字。"当时我的位置靠后,很担心没有办法在这么短的时间内记住那么多的人的名字,于是每次都很用心地随着轮到的那个人依次一遍遍地重复那么多人的名字。最后我终于记住了那么多人的名字。"没有想到这个游戏在现实中很有意义——后来的四个月胡亦奇被分到了一个项目组,"第一次交谈就顺利记住了项目组11个成员的名字,潜意识中更是获得了最基础的交际能力"。

"炼狱式"的专业培训,指在40个学习日里学习了C Programming、RDBMS、

---

[1] 印度城市,距班加罗尔140公里。

Oracle、HTML、Java、Advanced Java、J2EE、Unix、GIM&UID、Web Technologies、IQS 等十几门课程。"在之前的大学三年里我们都没有学这么多",可想当时上课的强度有多大了。好在"Infosys 培训的方法很有魅力":它发给每人一本老师上课的幻灯片拷贝,上午老师授课用的教材都相当经典,下午学生上机作业,习题紧扣上午课的内容。每门课的培训时间三到四天,每门课培训完以后有一个当场提交的考试。结果是"你彻底地理解和掌握住了所教授给你的知识"。

后 4 个月进入 Infosys 各项目组的实习活动,学生们感受最普遍也是最深刻的一点,要数印度同事"严格规范化"的软件操作流程。"所有的东西都有标准的文档可查,而且严格执行,分工明确,沟通的效果很好。"东南大学软件学院实习生刘鹏飞说。在他看来,印度人的时间观念和办事效率并不是很好,编程人员的流动率更高达 30%,但规范化却使得公司的软件开发非常高效,且"谁都可以立即辞职,产品的开发还是会正常进行"。他由此得出的结论是:99%的人的成功不是因为技术,退一步说,即便是因为技术成功的人,很多情况下也是一个团队合作的产物,科学没有单打独斗。

这期间中国实习生每人还分到一位印度"室友",同居一室以方便文化交流和语言沟通。2006 届本科生李丹说她感觉印度人还是挺刻苦的,快考试的几天室友都是凌晨 4 点回来。"最崩溃的一次是第二天考试,她晚上 9 点去教室,夜里 2 点 45 回来,然后在宿舍挑灯夜战到 4 点 45,再睡 2 个小时到 7 点,然后接着爬起来看书。"

不少实习生都有"分到项目组后坐了一阵'冷板凳'"的遭遇。这一方面是由外包项目的进度造成的,即使是正式员工也多有坐冷板凳的经历;另一方面则是相关项目的经理担心中国实习生的能力,不敢一上来就分配任务,有的则"只分配少量任务"。对于后者,实习生谢文艳的体会是,即使只分给你很少的或不重要的任务,你也要认真对待。"尽自己的努力把事情做好,用事实证明我能够干活!有一句话说 Do one thing, do it well!(做一件事,把它做好!)我觉得这是我们实习生应当铭记在心并付诸实践的。"谢文艳说有天下班前接受了一项任务,当晚从 8 点钟一直忙到凌晨 1 点半,实现那个功能后才敢回去睡觉。第二天早上把做出来的效果给经理看,"他很满意,也有些吃惊我这么快就做出来了"。

去印度实习只是软件学院学生出国学习的一个缩影。浙江大学软件学院副院长陈越介绍,目前该院与世界 20 多个大学有互换学生交流学习的协议,软件学院每年都有约 1/4 的学生可以获得出国实习机会,学费大部分免单,路费和生活费则由个人承担。学院每年都会把出国交流项目向学生做一个宣讲,学生自行报名之后再由学院遴选,遴选的依据主要不是学习成绩,而是看你有没有相关的科研经历。由于软件学院的学习内容非常丰富,又是项目驱动式教学,所以"科研经历"对学生不是问题。再加上 2+1+1 的教学模式,最后一年全部为实习时间,给了学生很大的自由度,他们可以自由选择在国内实习还是出国实习。

"我们出去的学生都很优秀,口碑非常好。2009 年浙大组织了一个海外交流论坛,很多前来参会的国外大学的院长告诉我,以前他们不知道浙江大学,接受了我们的学生之后他们记住了浙大,因为这些学生太棒了。"陈越说。

当然,有幸去国外实习的软件学院学生毕竟有限,但"人才培养国际化"却是软件学院必须坚定实施的战略。联合国教科文组织产学合作教席主持人查建中教授特别谈到,我们强调培养国际化人才,不是说我们培养的人都去为跨国公司服务,我们培养的人大部分还是要为本土企业服务的。问题的核心在于,"没有跨国公司人才的质量,我们如何去跟跨国公司竞争?我们的产业什么时候才能翻身"?

第四章

重提"工程师的摇篮"

自1990年以来,"理科"主导计算机高等教学的界定,长期影响了我们人才培养的理念和模式。而就在这期间,包括软件在内的计算机产业异乎寻常地发展起来,相关市场对"工科"人才的需求量远远超过了理科。软件学院重提"工程师的摇篮",无疑是新世纪中国高等教育与产业发展需求的一次主动对接,此举在为中国软件产业输送了大量工程型人才的同时,也通过对"学术至上"的反思,在"泛科学化"的工科教育中树起了一块新的路标。

（一） 瞄准软件工程师

在越来越多的高校更愿意说自己是综合性大学，在工科教育"去工程化"与"培养研究型人才"日趋成为流行时，软件学院却重提"工程师的摇篮"，旗帜鲜明地把"软件工程师"作为培养目标。

截至2009年底，37所国家级示范性软件学院已累计向产业输送了50 093名软件工程人才，其中本科毕业生33 301名，硕士16 792名。

与全国每年数十万软件人才需求的巨大缺口相比，这个数字固然没多少好炫耀的，但相对于众多工科院校那种研究型人才居多的培养比例，却足以称得上是"软件工程师大跃进"了。

在国内高等教育"去工程化"的流行面前，重提"工程师摇篮"似乎是一种不合时宜的"逆向举措"，但转换一下视角就可以知道，此举恰恰适应了社会对人才的需求，也顺应了世界教育发展的趋势。因为当下软件产业对人才需求的主流正是工程型人才，而全球软件工程教育的主要目标也是培养软件工程师。

美国国家工程院院长Richard Morrow曾指出："拥有一流工程技术人才的国家占据着世界经济竞争和产业的最高端。"就世界范围看，培养工程人才这一目标，自18世纪工程教育产生以来，从没动摇过。虽然20世纪60年代后的一段时间里，世界工程教育一度出现了"强调工程科学、弱化工程实践，脱离产业需求"的倾向，但进入80年代特别是进入21世纪后，发达国家纷纷开展了"回归工程"的教育改革运动,将工程人才的职场环境引入学校作为工程教育的环境,针对产业要求培养工程人才,工程教育脱离产业需求的倾向开始扭转。

示范性软件学院重提"工程师的摇篮",无疑是对这一世界范围内教育发展潮流的顺应,也是中国高等教育与产业发展需求的一次主动对接。

1. 为工程师正名

业界对国内高校近乎一边倒的"培养研究型人才"的倾向,包括工科教育"去工程化"的做法早有诟病。

谈此话题时,杨芙清院士首先申明"不能简单地否定过去的教学":学位有科学学位和专业学位之分,前者主要培养学术型人才,强调基础知识教育,这是需要的,况且就教育规律而言"一般来说首先发展的也是科学学位"。问题在于,"光是盯着科学学位这一块就不对了"。特别是现阶段,高等教育大众化了,"专职走科学家道路的能有多少人?大量需要的还是工程应用型人才"。这就要特别关注专业学位,发展有明确职业目标和就业指向的教育,培养"一到企业就能上手做事的人"。她还回顾 2001 年参加的国务院学位委员会的一次会议上,时任教育部副部长的韦钰就谈到专业学位教育要"有所突破",引起了委员们强烈共鸣。

中软国际高级副总裁唐振明对自己 20 世纪 80 年在清华上学的情景记忆犹新:清华有这么两句口号,一句叫"清华是工程师的摇篮",另一句叫"为祖国健康工作 50 年"。这两句口号带给我们这些学子最大的感受,就是清华对工程教育的重视,和产业贴得很近,对学生的导向也很明确——毕业后就是要到企业工作,当工程师。而能成为一名工程师在当时也是很荣耀的事。但是后来我读了研究生,慢慢感觉到了大学的变化——越是名校越往研究型大学上靠,即使二本院校也往这个方向上挤,大学排名也是看谁的研究经费多。那时的感觉是,更多的同学要去当科学家了。可是社会需要这么多科学家吗?

后一层意思用同济大学软件学院副院长刘琴的话说就是:高等教育大众化背景下搞纯理论研究的学生用不了太多,"像爱因斯坦这样的大科学家要多少?80%的学生毕业后还是要当工程师直接服务企业的"。

2008年5月在北京召开的"产学合作人才培养与就业高峰论坛"上,来自联合国教科文组织、教育部以及全国150所院校的负责人和代表对教育"去工程化"提出质疑,要求对高等教育特别是工科高校"到底应该是科学家的摇篮还是工程师的摇篮"的问题重新进行审视。专家们的意见近乎一致:专业教育应该"以就业为导向",面向市场需求设置课程、改进教法,培养学生为产业服务的理念和相应的知识技能。

一位不愿透露姓名的中国工程院院士坦言,现在不少工科教材,包括他自己写的教材,都是"几十年不变",完全不能适应社会需求。从绝对数量上看,中国工科院校的毕业生比美国要多,但真正达到国际工程教育标准的比例却很低。联合国教科文组织产学合作教席主持人查建中列举了一组数据:中国的工科毕业生中只有10%适合在跨国公司工作,而比利时的比例是75%以上。[1]

2009年5月就这个问题采访查建中时,他说尽管多方呼吁,工科教育的"去工程化"倾向仍没有得到根本扭转。交谈中他有些痛心疾首:这种人才培养定位的误区不仅制约了中国工程人才教育的规模,更严重影响了中国工程人才教育的质量。发达国家的产业数百年而不衰,很大程度上得益于对工程师培养和从业的重视。中国是一个产业落后、迫切需要大量优秀工程师的国家,可许多以工科见长的大学反而把目标锁定在培养科学家上,似乎研究型大学是不屑于培养工程师的,否则就是丢了份掉了价。我们绝不可在这项关乎国家根本实力的战略大计上自障双目,必须坚决为工程师正名,

---

[1] 原春琳:《高校缘何不愿承认自己是工程师的摇篮》,http://news.xinhuanet.com/edu/2008-04-29/content_8070722.html,2008年4月29日。

为工程教育正名。没有大批优秀工程师，中国的产业水平要赶超西方就是句空话。

约会查建中那天的上午他还在一个学术会上做报告，当听说采访的是工程型人才培养问题时，他即刻顶着正午的酷暑赶回北京交通大学，一见面就用略带沙哑的嗓音说：呼吁社会重视工程型人才的培养是自己最关心的事，辛苦一点值得。他说自己所以在 7 年前（2002）接受时任教育部副部长周济的建议，在繁忙的工作中申请联合国教科文组织"教席主持"的位置，起因就是发现大学培养的方向有问题，"一谈教育就是研究型人才培养，偏离了产业需求"，想利用这个名义来做产学合作方面的研究，为教育纠偏做一些事情。结果弄来弄去，把这件事情发展成了一个工程教育改革战略的研究，"因为我发现偏离产业需求不光是产学合作能解决的问题，它还是一个涉及教育方向的问题"。联合国教科文组织从 1992 年开始设"教席"职位，全球目前大概有 600 个教席，中国建了 20 个教席，"我是第 14 个。"查建中说。

中科院院士周兴铭认为深层次的原因是理论观念上的偏离，有必要重新认识"科学技术"这个概念。"科学技术"包含着科学、技术、工程三个领域。"人们习惯于把这三个概念统称为'科技'，实际上这是三个层次和三个领域的事情，其性质、做法，以及对人才的需求都有很大差异。"

具体而言，"科学"是对客观世界本质规律的探索与认识，主要形态是发现（Discovery），主要手段是研究（Research），主要成果是论文与专著。"技术"是科学与工程之间的桥梁，主要形态是发明（Innovation），主要手段是研究与开发（Research & Development），主要成果除了论文专著外还有专利。"工程"则是科学与技术的应用和归宿，是应用科学与技术对现实问题的综合集成求解，具体表现为设计、制造、应用与服务，其成果是产品或作品，还有工程实现与产业。

周兴铭分析，在"科学技术"这三个领域中，中国人大多重视前两者却忽略了工程这个层次，而科技为经济和社会服务的主战场恰恰就在工程领域，对人才需求最大的也是工程领域。我们需要科学家和发明家，更需要大量的工程师和各类工程实用人才。这就如同我们既需要研究法律的法学专家，但更需要大量善于打官司的律师；既需要研究人类基因和药物的生命科学家，更需要大量的临床医生。落实到软件产业上就是：我们既需要研究智能计算理论和新型元器件的科学家、发明家，更需要大量能解决信息化实际问题、振兴软件产业的工程型实用型人才。

2. 硕士的"工学"与"工程"之争

"工程"的重要性被忽略，也让教育机构颁发的学位有了高低之分。

"这些年社会对'工学硕士'的承认度比'工程硕士'来得高，认为前者体现为学术研究型，而后者是实用型的只能做些具体事。社会地位呢，相对来说后者就比前者低。这个错误的社会评判让很多优秀学生不愿意读工程专业"（卢苇）。

尽管这种看法既不实际又不公正，很长时间里却没人去细究它的对错，久而久之就酿成了忽视实用型工程人才培养的大错，在教育与产业的对接上形成了一个断裂带。仅就数量而言，"中国软件产业每年需要50万工程师并以20%速度增长，软件人才供不应求，培养速度与社会需求之间的差距越来越大"（查建中）。

周兴铭认为，这个问题与我国教育部门制定的相关标准也有直接关系：一流大学的标准，一流教授的标准等等都往学术研究型上靠，不可避免地会对社会产生一种价值判断上的误导，以为工程硕士比工学硕士要低一等。即使示范性软件学院，在确立培养工程硕士的时候也有过争议和困惑。

国外没有这种情况。英国把学生分成两类，一类是研究型的，一类是面向产业的，研究型的是少数，大量的都是面向产业的，分得非常清楚。即使培养研究型人才的大学，也强调知识向产业的转移。在德国，通常把理工科博士分成两类，一类是我们通常说的理学博士，主要强调学术水平，偏向于科学和研究。另一类叫工程类博士，主要面向企业，要求做出实际的产品出来。德国大量培养的不是理学博士，而是工程类的博士。这些人毕业以后很受企业欢迎。"人家非常实际，不像我们，培养目标与培养标准都与实际脱节。"周兴铭说。

查建中教授提供了一个"非常明确"的数据：美国麻省理工学院的学生，"只有15%到18%最后真正做研究（包括当大学老师），其余的80%多都是工程师"。这个数据是他最近访问麻省理工学院得到的。其他的一流大学如斯坦福等也是如此。那些读硕士上博士的，毕业后真正做研究的也不到20%。他由此得出一个结论："美国最好的大学培养的多是工程师"。

重庆大学老校长吴中福则强调，认为研究型人才高于工程型人才，说明你不了解理论和实际的关系，更不了解产业发展的链条。在一个完整的产业链条中，"科学、技术、工程"是上中下游的关系——科学是发现，技术是在"发现"基础上的发明，工程是对前两者的实现并直接检验前两者的真理性。三者相互作用、相互推动，缺一不可。如果仅仅是一个科学发现，或者仅仅停留在技术阶段，没有工程跟上来，就不可能变成生产力，只能永远停留在原理阶段，最终还会因缺乏需求动力和得不到实践检验而枯竭。

由是观之，不能说科学就是高层次的，工程就是低层次的，"三者都有它们的高、中、低层次"。软件工程人才就有一般技术人员、软件工程师、系统架构师或系统设计师之分，后者就是高层次的，一般人做不了的。

道理上一说就通的事，实践中却可以一错再错。而错误也是可以"传染"，可以形成"传统"的。

齐治昌教授分析，计算机教育领域崇尚"学术至上"有其历史原因：20世纪90年代初，我们国家刚刚实行学位条例，计算机科学技术是个一级学科，对我们来说又是个新学科，在我国计算机技术水平远远落后于世界先进水平的情况下，怎么赶紧把理论基础打好，怎么在高校与科研院所人才青黄不接的情况下，赶紧培养一批教师与科研人才，强化学术研究是必要的。所以，1990年教育部成立第一届"计算机科学技术教学指导委员会"时就在新机构的名称中加了一个括号："计算机科学技术（理科）教学指导委员会"。

问题在于：1990年作出的这个"理科"主导计算机高等教学的界定和理念，在不少高校长期延续了下来。而就在这期间，包括软件在内的计算机产业异乎寻常地快速发展起来，相关市场对"工科"（工程技术）人才的需求量远远超过理科，计算机教育若再不改弦更张，将陷入与产业背道而驰的窘境。

"计算机自1946年问世至今有60多年了，我感到60多年来其发展的主要推动力是在技术和市场层面而不是科学层面，譬如微电子技术的推动，市场需求的推动。与此相适应，对人才的需求，最大量的也是工程型应用型人员。可我们的教育却一直把重点放在学术研究上，重理论轻实践，重知识轻能力的倾向已经到了相当严重的地步。"周兴铭说。

软件学院的重提"工程师摇篮"之举，在为产业"雪中送炭"不断输送大量工程型人才的同时，也通过对"学术至上"的反思和改革，在"泛科学化"的工科教育中树起了一块新的路标。

3. "目标导向"和"精品课程"

确立正确目标不易，实现目标的过程更难。

这当中，"目标导向"的描述是不是明晰，相关举措是不是得力，是至关重要也很有学问的。工程教育作为"复杂巨系统"（美国国家科学基金会副主任Joseph Bordogna博士对"工程教育"的定义），目标导向更是个十分复杂的过程，"应当采用建立在系统工程科学和控制论基础上的方法来建模、分析并综合，使系统在正确的控制机制下优化运行并达到合理的目标"（查建中）。

查建中用卫星发射作比喻：要想把卫星送入预定的轨道，必须首先明确地定义这个轨道。卫星发射之后还要不断地准确测量它与轨道的关系，测量卫星的速度、加速度、相对位置，这样才能控制它进入预定轨道。软件工程教育的目标导向应该是与教育的利益相关者互动的过程。首先要确定利益相关者（产业、政府、学生／家长及学校），然后按受益者重要性的大小来做需求分析，将需求导入计划并确定目标。由于产业与市场需求是动态变化的，教育的目标也要随之调整，要通过持续的改革和调整，使毕业生的能力和素质满足产业的需要。此外还须在"教育系统之外"对教育进行评估，看看它是否满足了社会的需求。

而我国教育以往的问题之一，恰恰是目标太过泛泛。"你看我们的教育提出的目标是什么呢——创新人才，研究型人才，应用型人才，工程型人才——哪有定义？没有一个地方给出明确的定义，职场上对人才也没有这样的分类"。没有明确的定义就无从描述出实现目标的清晰路径，"导向"云云也就难以谈起了。这就如同没有定义轨道就发射了卫星，"发出去的卫星能不能进入预定轨道，就不得而知了。"查建中说。

齐治昌教授说得更直接："定位不对就是剥夺学生的就业机会。"这些年国内教育质量与大学生就业等诸多问题，有不少是那些含混的、泡沫式的、虚无缥缈的教育目标引起的。

另一个严重问题是我国教育系统的评估以往多封闭在教育系统内部进行，相关学校的专家们相互评估，难以发现问题不说，有了问题也容易相互迁就"内部消化"。"这如同你要考察评估摩托罗拉的手机质量，你不去问用户，而是问它的制造商与分销商一样"（查建中）。

软件学院所以能够成功，一个重要原因就在于它的培养目标具体而明晰，明明白白地指出就是培养软件工程师。而软件工程师到了职场上基本就是五种类型：开发工程师、项目经理、质量经理、软件设计师、需求分析师，每一种类型做什么样的事，需要具备什么样的能力与素质，都定义得清清楚楚。

譬如北京交通大学软件学院与中软国际公司联手制定的"精英型软件工程师"培养规格，从基础知识与工程技术、专业技能与素质、团队协作与沟通、系统与产品构建等四个方面详细定义出了培养目标，要求他们具有 10 大领域知识结构、6 种能力与 10 种专业素质。南京大学软件学院对培养对象的每一项能力素质都作出了专门的定义与说明，譬如软件工程师的"基础能力"包括：识别问题与寻求解决的能力、驾驭复杂系统的能力、数据抽象与处理能力、过程描述与控制能力。东南大学软件学院参照美国工程与技术认证委员会（ABET）的标准分解目标：先从四年级的培养标准定起，低年级则依据高年级的标准逐级分解。每项培养能力对应每门课的目标，"如果这个能力没有在你的课里培养出来，你这门课就失败了"。

定义好的目标每年都要根据市场需求动态改进，教学评估也由教育系统委托软件行业协会在产业界进行，直接听取用人单位的意见。这当中一个关键的环节是课程设置。因为"授课"是构成高等教育最基本的环节，若课程设置偏离了轨道，人才培养目标也就成了空中楼阁。做好这件事需要对目标进行转化，即把人才培养的目标转化成明确的课程需求，之后才可以操作。

以往我国计算机学科教育的课程设置不尽如人意，要么"课程设计的十分奇怪，不知道将来是干什么用的"（刘积仁）；要么就是"目标太泛泛"，譬如有些高校在填写学生能力培养认证表的时候，在每门课程对应的多项"能力培养"栏上"打了一圈的勾"。南京大学陈道蓄教授评价说：你打了一圈的勾，就表示你所有的课对所有的培养目标都有作用。这就太过泛泛，太没有针对性了，这样的教学目标能有什么意义？"这如同你说你要造一架既能载客又能运输又能歼敌的飞机"，那么这飞机造出来一定是一架几乎没有任何使用价值的"四不像"飞机。

软件学院"目标导向"的一个成功举措，就是在精确定义培养目标的基础上，围绕目标设计"精品课程"，确保课程教学走在与目标对接的路径上。

精品课程"精"在何处？陈道蓄认为"精"在目标导向上——它能够体现教育改革的目标，体现人才培养的目标。在"路径—目标"导向下，每一门精品课程的设置都"精确制导"，独一无二，有其他课程不可取代的作用。为此首先要做的是对培养目标精确定义，以便比较具体和明晰地描述出实现目标的路径来。唯有这样，课程设置才能最大限度地聚焦目标。

为尽可能精确地定义目标，南京大学软件学院不满足于对软件工程师基本能力的一般定义，他们还考察了这些能力的形成过程和相互作用的特点，从中找出最核心的东西予以聚焦。譬如他们发现，一个软件工程师的成长过程中，4项能力（识别问题与寻求解决的能力、驾驭复杂系统的能力、数据抽象与处理能力、过程描述与控制能力）并不是简单地叠加在一起的，它有一个构建过程，先是形成知识，然后是能力、技能，最后是意识。其中"意识"至关重要，它是一种综合运用知识、能力和技能的智慧，一个好的工程师和一个好的科学家基本意识是不一样的，他知道什么东西对他最重要，他的主要力量应该放在什么地方。

有了这样一个精准的靶子，课程设置的目的性就很强了。南京大学软件学院的两门精品课——"计算系统基础"、"计算与软件工程"——紧扣"系统"与"工程"的主线展开，强调"能力"的培养。陈道蓄说，通常情况下，学生在一年级的时候很难对"系统"和"工程"概念有深入的理解，概念是支离破碎的，学了前面忘了后面，但在课程中植入了"知识、能力、技能、意识"这些知识构建的理念和实现方法后，提升了学生对主概念的理解能力，教学效果很好。这两门课均被评为国家级精品课程。

4. Computer + X

美国计算机教育这些年流行一个说法：Using context in computer education。

Context 在英语中指一种上下文关系，Using context in computer education 是告诫人们"不能孤立的就计算机技术来教计算机技术，必须把计算机技术放在一个更为广泛的应用环境和社会环境下来教学，使学生能够了解软件开发深厚的应用背景"。

这个理念赋予了计算机技术一种无限宽泛的渗透性，同时也让教育者看到了复合型知识结构对软件工程人才的重要性，"软件人才不可能靠一个专业去包打天下"。

"在欧美，拥有两个本科学士学位的学生一定比拿硕士学位的好找工作；拥有两个硕士学位的一定比只拿一个博士学位的人好找工作。原因在于复合型人才更受欢迎。

应用与工程对人才的要求是知识面要广,不一定在某一点上搞得很深"(吴中福)。

吴中福认为,任何一个软件产品都是软件技术与行业知识融合的产物,从这个意义上,单纯的编程高手是不存在的。比如叫你编个会计软件,你连会计的基本知识都没有,你怎么去编?

东南大学吴介一甚至称"软件工程是一个平台不是一个专业"。因为专业是要针对领域的,"软件针对的领域是什么?现在没有一个领域不用软件"。这就是平台了。软件工程人才也就不能只懂得编程,还得有领域的知识才行。

欧美发达国家对宽口径、双学位的复合型人才的需求远比对综合性研究型的人才的需求要多得多,这种人才在职场上很受重视,也更容易找工作。这种就业导向,让大学生很重视双学位的攻读。遗憾的是我们这儿却反了过来,虽然教育部早就有文:"双学士学位应该当硕士学位对待",但很多地方不予认可,还是把双学士学位当成本科。这种社会评判也影响了大学生去攻读双学位。这是导致软件产业复合型人才匮乏的一个重要原因。

扣准"复合型知识结构"的人才标准,软件学院确立了"Computer + X"培养模式,其中的"X"表示多门专业知识。

最早提出这个概念的是浙江大学。"Computer + X"还是浙江大学老校长潘云鹤(现任中国工程院常务副院长)2001年提出的一个理念。这种理念与美国的 Using context in computer education 的计算机教育理念有异曲同工之效。不过与双学位的培养模式相比,它的培养主线更明晰,培养效率也更高。

"我们始终坚持 Computer + X,而不是 X + Computer。"浙江大学软件学院副院长陈越说。

Computer + X 是把计算机专业作为培养主线,学生有了深厚的计算机专业功底,再有了行业知识,就可以设计出针对不同行业的软件。如果是 X + Computer,那就需要把每个行业的知识从头到尾学上一遍。这种培养模式对于学生而言是吃不消的,因为时间不够用。而对于软件工程专业的学生学习其他行业知识,只需找到两个专业之间的契合点，有重点地学习即可。

浙江大学软件学院目前开设了 12 个课程群，所有课程群均涉及两个以上专业。讲授行业领域课程，采用与企业和浙江大学其他院系合作开课的方式。譬如金融信息学与美国道富银行合作，电子商务课与阿里巴巴合作，通信专业课与华为合作，传媒专业课与浙江大学的传媒专业院系合作。这种开放式的办学模式，最大限度地利用了教学资源，教学效果非常好。

5. 此"工程"已非彼"工程"

"不谋万世者，不足谋一时；不谋全局者，不足谋一域。"软件学院所以能咬定"工程师摇篮"目标坚定不移地前行，正是基于对"软件工程"这一新兴交叉学科内涵的全面把握与发展前景的深刻认识。

"软件工程将渗透到计算机开发的所有工程中去并起统领作用。因为在计算机科学所涉猎的对象中，唯独软件工程是跟人的思维、智慧密切相关的。"北大软微学院陈钟说。

"软件工程"，说白一点就是一种如何把软件开发出来的方法和规范。作为软件产业的支撑学科，"软件工程"将计算机科学、数学、工程学和管理学等众多学科的基本原理应用于软件的开发维护之中，特别强调软件的分析与评价、规格说明、设计和演化等内容，同时涉及管理、质量、创新、标准、个人技能、团队协作和专业实践等。

"软件工程"的概念是 1968 年在德国举行的 NATO 软件工程会议为应对"软件危机"的挑战而提出的，此前的软件只有"开发"没有"工程"，因而被称为软件工程的"史前时代"。那个时代的软件开发深陷"永远的 Delay，永远的 Bug"的泥潭之中，是"软件工程"让"软件开发"摆脱了原始的手工生产方式进入现代化大生产时代。IT 业界有句哲言："工业化把'不变'制度化，而信息化要把'变本身不变'制度化。""信息化"在这里称得上是"化中之化"，具有统领一切之力。可"信息化"又靠什么统领？

靠的正是软件工程，软件工程已经渗透到国民经济与社会生活所有的领域。"没有这样一种认识，就没有这一学科的进步与发展"（陈钟）。

"比较"是认识事物的起点。如果我们把镜头摇回到 40 多年前的"软件工程史前时代"，人们就会发现这个学科的发展之神速确如"互联网传教夫"尼葛洛庞帝所说——"数字化的未来将超越人们最大胆的预测"——今日的软件工程与 1968 年前的软件工程已不可同日而语了。

北京交通大学软件学院教师张红延还记得多年前她在高校讲授软件工程课的情景："那时候软件工程只是计算机系的一门选修课，内容很单薄。我讲这门课，越讲越觉得没有底气"。于是她选择了辞职出国深造。学成后的张延红进入了企业，接触的工作全是软件工程。14 年后她又回到高校登上讲坛，讲授软件工程时"找到了全新的感觉"。因为软件工程已今非昔比，越来越强大，可讲授的内容越来越丰富，学生也越来越重视了。

软件工程是怎样变得强大的？齐治昌教授总结了 4 个"强化"。一是强化了工程，二是强化了网络，三是强化了行业领域知识，四是强化了大型的复杂系统。

如果把软件工程比喻为建房盖屋，齐治昌认为早年的软件工程只是盖栋小房子而已，后来发展为盖高楼、盖摩天大厦，现在我们甚至可以称有些超大系统的软件工程是"建设城市"。"二者之间的差异由量变发展到质变。房屋、电气和水利系统属于工程范畴，可以采用传统的工程方法构建，但城市不能。城市受限于自然、社会和人的约束。一个或少数几个开发团队建设'城市'是无能为力的，需要许多开发团队按照规划、行业分工逐步建造。'城市'可以一边建造一边发展一边提供服务。系统不是静止的，是一个社会生态系统。社会生态系统有很高的复杂度和组织性。"[1]

软件工程从"史前期"进入"辉煌期"的标志是 2004 年 IEEE/ACM 软件工程学科组织推出了软件工程的规范。

---

[1] 齐治昌等：《软件工程教育：迎接网络时代超大系统的挑战》，《中国大学教学》2009 年第 3 期。

齐治昌认为软件工程要成为一门学科,应满足三个方面的条件,第一,它要定义一个知识体,就是这个学科的内涵是什么,有什么样的知识结构?第二是有没有其他学科能替代?第三,按照这个学科培养的学生,毕业后是不是有明确的就业岗位,如果培养的学生社会不需要,这个学科也就没有存在的价值了。

美国电子和电气工程师协会(IEEE/CS)定义了软件工程的知识体,认为这一知识体包括十个领域:软件需求、软件设计、软件架构、软件测试、软件维护、软件配置管理、软件工程管理、软件工程过程、软件工程工具和方法、软件质量,等等。该协会聘请了众多权威专家,分别就这10个领域的内涵进行分析界定,领域下面又分了许多知识单元和知识点。IEEE/CS对软件工程的论证非常严谨,全世界500多位专家教授参与其中,反复修改了七八年的时间,到2004年5月推出了软件工程的规范CCSE2004,这标志着软件工程作为一门学科得到了广泛认可,进入了规范发展的阶段。

侯义斌教授甚至看到了一个更大的软件工程概念:今日的软件就如当年的数学那么重要——因为有了数学的超常发展,才衍生出了后来的计算机科学和工程科学。软件工程的发展也是不可估量的——因为软件的渗透性和服务性可以不断催生新学科,发展新产业。这种衍生还可以不断地持续下去,动力在于软件的渗透是没有穷尽的。

不过,在谈及"软件工程"这一"朝阳学科"时,软件学院的院长和教师们的心情却有些复杂,因为软件工程至今还是计算机科学与技术一级学科下面的一个"三级学科"。与一级学科相比,三级学科的发展在很多方面会受到限制,譬如不能设博士点,这会直接限制到人才的深造,而"软件工程博士"正是软件产业最急需的领军人才。况且,仅就教育体系本身而言,"软件工程专业学位只有硕士、缺乏博士,这个培养体系也是不完整的。"杨芙清说。

2006年杨芙清、孙家广、周兴铭、李未等四院士曾联名上书国务院学位办,希望设立软件工程博士点。

早年的学科是这样划分的:计算机学科下面有三大分支——计算机理论与软件、

计算机体系结构、计算机应用。在软件工程还不够强大的时候，这种划分是有道理的，问题是这么多年过去了，技术和市场已经面目全非，譬如现在谁还提计算机应用？因为应用已经遍地都是了，"计算机"都已经被"计算"所替代，"计算"变得无孔不入了。遗憾的是我们的学科设置却还没有调整。陈钟说。

2009年11月1日在南京召开的"全国高校软件工程教育专业年会"带来一个好消息：2009年6月24日，全国高校收到了国务院学位委员会、教育部《关于修订学位授予和人才培养学科目录的紧急通知》。通知称：为适应我国经济、社会、科技和高等教育的发展，国务院学位委员会、教育部决定对学科门类和一级学科目录进行修订，形成《学科门类调整建议书》、《一级学科调整建议书》。

这让人们看到了"软件工程升为一级学科"的希望。因此大会安排的第一个报告就是软件工程教育指导委员会的代表所做的《关于增设软件工程一级学科的研究与思考》，从软件工程的学科内涵、学科人才培养现状及存在的问题、国内外设置该学科的状况和发展情况等10个方面论证了软件工程升为一级学科的必要性。

当这位代表走下讲台时被问及："看到希望了？"

他摇摇头说："还是个难题。我们搞软件的人论证了只是个开头，最后一关是国务院的学位委员投票。投票的专家来自各行各业，不都是搞软件的。是不是能够通过还是个未知数。"

"这叫许可制，也算是中国特色吧。"北京工业大学侯义斌有些自嘲地说。他说欧洲和美国是没有一级学科和二级学科之分和限制的，一个校长或院长认定这个学科有发展前景，就只管做下去，最后检验的标准是产业界是不是接受，市场是不是认可。

（二） 另类的课程别样的教法

软件学院的成功中，课讲得好是一个重要原因，学生的主动性在课堂上被充分调动起来了。而对于教学来说，"只有学生主动了才能保证教学质量"（杨芙清）。

这一成果来之不易，因为2001年刚刚起步时，软件学院面对的最严峻的挑战就是陈旧的教学内容和教学模式。在人类步入新世纪之时，沿袭了多年的传统教学模式，就如同都德的小说里描写的那台以风车为动力的磨坊，在蒸汽机的磨粉厂面世之后再也无法运转下去了。有专家引用著名教育家杜威的话批评当今的教育模式："把昨天的方法用于今天的教学，是对孩子们明天的剥夺。"

新世纪初起航的示范性软件学院肩负的改革使命中，首当其冲的便是对旧有的教学内容与教学模式进行改革。

1. 直面三大挑战

行云流水般的音乐轻轻响起，屏幕上出现了一间会议室，绿色植物环抱，同学们三三两两走了进来。

"我们开始小组讨论。"一个清晰的男中音响起。

"我认为对于不带参数的构造函数来说，使用时不太方便。我们希望在构造对象的时候能够给 X、Y 传递一些参数，也就是由我们传递的参数来决定 X、Y 的取值。"第一个发言的同学提出了自己的见解。

这是 2009 年 11 月 1 日清华大学软件学院刘强教授在南京召开的"全国高校软件工

程教学年会"上演示的一个教学讨论视频系统。虽然是一个虚拟的画面，但同学们的发言是真实的。刘强边播放边讲解："有4位同学在参与讨论。这个是主持人，这是同学甲，同学乙，同学丙。画面上的人物尽管是卡通的，但人可以有表情，还可以鼓掌，讨论的情况与气氛被真实记录下来。讨论结束后，主持人从网上把讨论过程传给出差在外的老师。"

"所以推出这一系统，是因为很多同学在参与讨论或技术协作的时候有一点遗憾，就是老师听不到或不知道他们做了些什么。有了这个系统，他们会感觉老师时时与他们在一起。"

这一教学视频系统是软件学院积极推进教学改革的一个缩影。参与这次大会交流的教学模式很是丰富，有问题牵引式教学法、项目驱动式教学法、目标教学法、游戏化的案例教学法(学生在其中扮演一个角色)，等等。每一场报告结束，讲台上便围满了要求拷贝讲稿PPT的老师。

粗略统计了一下：在参与大会主题讲演与分组交流的发言教师中，竟有90%来自软件学院。国家督学侯义斌评价说："软件学院成立以来，在教学模式改革方面总体走得都不错，相对于其他学院，软件学院做了相当多的努力。"

刘强认为，软件学院活跃的教学改革也是"被逼而为"。因为21世纪的教学面对着三个大的挑战。

第一是来自"数码时代原住民"的挑战。

"数码时代原住民"是人们对当代大学生的称谓。"我们这一代人是数码时代的移民，因为我们大多到了四五十岁才接触网络。而80后、90后的大学生，一生下来就是数字时代，所以叫数码时代原住民。"查建中教授说。

信息时代每年产生的信息是过去5000年产生的信息的总和。成长在这样一个时代的大学生们面对着更丰富的信息资源、更自由的交流空间(Web2.0的网络环境)。这样的环境激发了大学生自主、创新和竞争的意识，学习上则渴望自主选择、互动参与、学习趣味。以往那种以老师为中心的填鸭式传统教学显然无法适应，这也是造成这些年来高校"教"与"学"之间裂痕的一大根源,学生积怨和教师的压力都不少。"你教得不好,学生就不选你的课,还给你打低分"(北京大学信息技术学院梅宏教授)。

第二是来自"知识构建"的挑战。

软件工程是门对技能性和实践性要求很强的课程,其知识的获得是一个典型的"构建过程",学生很难从单纯的讲授和死记硬背中掌握这门知识。杨芙清院士多次讲过,软件工程学生的培养得在项目里头历练,而且最好是"经历大的项目",理论知识才能活起来。

北京交通大学软件学院院长助理张红延对此深有感触。她说自己曾给学生出了一道作业题,而"学生对这道题的反应让我很震惊"。

题目是这样的:老师有笔记本电脑和台式电脑各一台,老师要出差,想让这两台电脑的数据保持同步。请给出解决方案。

其实这道题就是课堂上经常讲的"资源管理器中两棵树的结点关系"。如果你这样提出问题:"把两棵树用程序来比对它们是否相等",学生肯定谁都会做,甚至算得比你还好。但是换成了一个具体的应用问题,他们就都傻了眼。"这说明了什么?说明我们的学生仍旧停留在背概念阶段,概念背得溜熟,一旦面对现实问题就全蒙了,知识的前后联系一点也没建立起来。"

在企业做了12年软件工程的张红延再次回到高校任教后找到了症结所在:"企业做软件工程所形成的知识体系与学院派对知识体系的传授是不同的。学校对知识的传授是顺序展开的,学生理解了一个概念再进入第二个概念。而企业软件工程实践对知识的认知不是顺序的,而是一个轮回迭代的过程。"

以数据的抽象设计到具体实现的过程为例。如果从理论上讲授,就是从概念模型到逻辑模型再到物理模型。接下来再依次讲授数据关系的"依赖"、"约束"、"可空"(NULL)与"非可空"这些知识。但企业的工程设计与实现过程却往往先从前面某个方面做起来,等做到了后面(譬如物理建模)才涉及前面的"依赖"、"约束"、"可空"、"非可空"这些知识,知识点到了这个环节也才能被贯穿打通。以"约束"为例,学生在没有进入实际设计的时候,很难理解"约束"的用途。而一旦进入设计,会发现有很多"不一致"跳出来反过来去修订概念模型,相关的"约束"知识也才派得上用场。知识在这里是一个"构建过程"——前面讲授的概念学生并不能马上就能理解,进到了后面的实践操作,他才有可能把前面的东西联系进来,加深理解。在这种轮回迭代中,书本上的概念才能变成学生头脑中活的知识。

第三是来自软件工程教学内容的挑战。

作为当今发展最快的一门学科,软件工程面世 40 多年走过了"面向过程"、"面向对象"、"面向构件"、"面向领域"等多个阶段,今天已经发展为"面向大众"的复杂系统与复杂网络。这种快节奏的变迁给软件工程教学带来的挑战是显而易见的,两者间的鸿沟清晰可见并有继续扩大的趋势。

在这样一种形势下,"如果在教学的方式和方法上还沿袭那些老的做法,就无法跟上学科的发展,也没有办法实现教育的改革"。

"陈旧的教学方法积累的矛盾已经很深,学生的学习态度已经说明了问题,诸如逃课、厌学,以及各种各样的心理问题,都与教育方法有关。再加上有那么多学生找不到工作,更是把高等教育推到了一个火山口上。不能再瞎对付了,改革的门槛必须得过。"查建中教授说。

清华大学软件学院刘强教授提醒:当前大学的软件工程教学应该经常思考"教学内容是否反映了新时期软件工程的理论与技术发展"、"教学模式是否能满足网络一代大学生的学习要求"以及"教学是否可以有效训练学生的团队协作技能"等这样一些重要问题。

挑战是压力更是动力,"求变、求新"的教学改革由此在软件学院驶入了快车道。

2. "做中学"登场

旧模式走到了尽头，新模式的登场势在必行。新模式就是"做中学"。

其实"做中学"作为一种教育模式，早在 20 世纪 20 年代就已问世。最早从教育理论上提出"做中学"的是美国著名哲学家与教育家约翰·杜威(John Dewey, 1859—1952)。杜威所说的"做中学"就是"从活动中学习、从经验中学习"。"从做中学比从听中学是更好的学习方法"——这是杜威经过大量实验后得出的一个结论。

"做中学"理念甫一推出便获得了教育界的广泛认同，目前全世界有几百所大学成功实施了"做中学"模式。把"做中学"发展到极致的，是美国麻省理工学院和瑞典皇家工学院等 4 所大学在 2000 年底推出的"CDIO 工程教育理念"和 CDIO 国际合作组织。

作为"做中学"原则和"基于项目教育和学习"理念的集中概括和抽象表达，CDIO 将工程产品、生产流程或生产系统的生命周期抽象为"构思(Conceive)、设计(Design)、实现(Implement)、操作(Operate)" 4 个阶段，以生命周期为载体来组织课程，建立课程间的关联，通过学习和完成项目来训练学生的获取知识能力(自学)、运用知识能力(问题求解)、共享知识能力(团队合作)、发现新知识能力(创新)和传播知识能力(交流沟通)。

CDIO 的贡献还在于提出了系统的能力培养、全面的实施指导，以及实施过程和结果检验的 12 条标准，可操作性很强。迄今已有几十所著名大学加入了 CDIO 国际组织，按 CDIO 标准培养学生。培养的学生得到了产业界广泛好评，一些公司甚至专门为 CDIO 毕业生制定了高出其他教育模式毕业生 15%的工资标准。[1]

"根据认识论，人们总是通过具象的事物形成抽象的认识，又用抽象的认识来指导新的具象的实践。因此，'做中学'是最有效的学习方法。"查建中批评那种"从理

---

[1]"做中学"与"CDIO"内容参阅查建中、何永汕《中国工程教育改革三大战略》，北京理工大学出版社2009年版。

论到理论的教学"就如同教学生游泳，只讲运动力学和游泳方法，却不让学生下水练习；教人骑自行车，只讲授运动平衡，却不让学生去练车那么荒唐。中国的工程教育，不仅脱离工程职场环境，在检验结果上也存在很大问题——"不是学以致用，而是学以致考"，应试教育贯穿始终。学生学得好不好，就看最后的考试成绩。然而很多死记硬背的知识，"学生考完了就清零"，然后再装别的东西。考了，但什么也没剩下。他说自己读研究生的时候有一门课非常抽象难懂，学的时候根本不知道有什么用，考前拼命学习，总算得了 100 分，喜出望外，但从此再也没有用到这门课的知识，至今也不知它有什么用，自然忘得光光的。

与之形成对照的是英语学习。查建中从小学到大学有 8 年学俄语，1978 年由于考研与工科学习的需要，决定"弃俄学英"。半年之内，从英语零基础达到了入学考试成绩合格。这要得益于学习有动力，自己有方法，"这是最好的因材施教，无论什么好的英语老师都不可能在这样短的时间里让学生达到这种水平"。不过那时他的英语口语与听力是零分，后来到美国学习工作，6 年内"听说读写全过关"。这就是"做中学"的力量了。

"同样的道理在北京交通大学软件学院也得到了印证。"查建中说。北京交通大学软件学院成立得晚，根基并不深，但这个学院的英语却是北京交通大学几十个学院中最好的。"不是他们英语课上得多，而是因为他们全部采用英语教学——大量使用英语。"软件学院还是北京交通大学唯一连续多年就业率保持在百分之百的一个学院。原因也很简单，就是他们的教学方法是"做中学"，实训与实习的时间比别的学院多。

四川大学软件学院洪玫副院长也谈到了这一点。四川大学软件学院课堂教学时间的分配，"基本上是只讲一半甚至还不到一半"，另一半是练习，学生在实验室里自己动手巩固和获取知识。如果再算上集中的实训和实习，"做"的时间远超过了课堂教学时间。

查建中在解析"做中学"理念时还看到了另外一层东西："做中学"从根本上改变了传统的师生关系，学生由知识的被动接受者变成了主动参与者，教师只是学生学习活动的引导者与协助者,学生的积极性与兴趣由此被调动了起来。这也符合英语"教育"(education)一词本来的释义——教导、启发。而在中国传统的教育模式中,教师处于中心位置。这种教师单方面的灌输使学生的积极性和主动性大打折扣,也是对创造性教育的扼杀。

流行了成百上千年的传统教育模式走到了尽头,但新模式的登场却不能一蹴而就,尚有诸多挑战横在路前。

这不仅因为"做中学"的教学资源投入大,教学开销大,还因为"做中学"的前提是"做中教",而"做中教"首先是对教师的挑战。一方面,这对教师的经历是个不小的挑战。"有些老师确实把课程讲得出神入化,因为他正在做这个项目"(华南理工大学软件学院院长闵华清)。"我们从企业聘老师过来,学生对企业老师打分都很高,我们自己的老师压力很大"(中南大学软件学院副院长胡志刚)。

另一方面,这需要教学的创新,需要教师沉到教学之中与学生互动,"言传身教",与先前局限于本本的填鸭式教学法是两回事,需要教师付出更多。

"'做中教'对老师的动手能力要求很高。我能够做是因为我在微软工作了十几年,有一个不错的基础,做起来得心应手一些。不是所有的老师都能够这样做,也不是所有的老师都愿意这样做的。这需要教师的奉献精神与责任心。"美籍华人凌晓宁说。

3. 微软工程师的一堂"做中教"

长沙岳麓山下橘子洲畔,绿树掩映的湖南大学软件学院教学楼在初冬的阳光照耀下显得明亮而温暖,从美国飞来的原微软总部项目规划经理凌晓宁博士正在给2007级(01)班讲授数据结构课。凌晓宁于1993年加盟微软,曾担任微软中国研究院的软件开发总工程师、开发部经理,是微软中国研究院的创始人之一,他个人还拥有多个图形学、用户界面、多媒体领域的美国及国际专利。

在美国俄勒冈州立大学获得博士学位的凌晓宁，加盟微软之前曾在北京大学教过几年书，对做教师有着一份特殊感情。而他不紧不慢、抑扬顿挫的语调，再加上深厚的业务根基和对软件事业的热爱，让他的讲课充满激情，同学们说听他的课是一种享受。

"做到微软的研究员之后我就跟我的老板讲：我希望每年用我工作量的15%的时间参与到中国的教育当中去。老板很支持。"凌晓宁最终选择了示范性软件学院作为他施展教学才能的舞台，先后在上海交通大学、北京大学、北京航空航天大学的软件学院担任客座教授，湖南大学软件学院是他退休后选择的第一所学校。

"做中教"是他坚持的教学模式，这还得益于他在美国上学的体会。"有一次上高级数据结构算法的课，上课的时候我没有听得太懂，就找老师问。老师马上把电脑打开，一边编程一边讲解，我立刻就搞明白了。我当时非常惊讶：程序还可以这样写？算法还可以这样设计？老师的言传身教给我留下了深刻印象。"

凌晓宁那天给湖南大学软件学院学生讲数据结构时，使用了一个解决幻灯片放映问题的编程案例，这还是1993年他在美国做过的一个项目。"微软的比尔·盖茨非常喜欢艺术品，他在世界各地买了一些艺术品数字化的版权，我们部门的任务是让这些非常漂亮的东西可以在比尔·盖茨的客厅里放映。因为当时没有大屏幕，所以专门设计了一个大屏幕。但放映时碰到了问题：当第一张幻灯放完之后要用一种艺术化的手法把第一张图片盖过去，然后再推出第二张图片。解决这个问题只能通过软件。当时有位叫汤姆的工程师推出了很多算法，最终他没有解决这个问题。后来比尔·盖茨从好莱坞请来一个懂艺术的人，这个人有好的想法，但不懂软件，他就找到我，让我通过软件来实现他的想法。我推出了一大堆算法，大概有二三十个，把问题给解决了。"

通过投影仪，凌晓宁把自己当年的编程从头到尾为同学们演示了一遍，还推出了汤姆当年那个算法，一边运行程序一边从理论上分析各种算法的优劣：这个算法有什么缺点？从概率上分析为什么行不通？为什么这一种算法是最优的？

"在编程过程中，同学们不仅学到了算法，还看到了我作为一个职业工程师是怎样编程的，我有哪些习惯，我为什么能熟练使用这些工具，等等。我会告诉他们：微软的工程师是这样写程序的，其中的道理是什么。这就是'做中教'。"

因为是自己经历过的事情，凌晓宁讲起课来就如同与朋友拉家常那么轻松，很多理论问题信手拈来，放映的艺术图片也很好看，课堂气氛轻松而愉悦。

这时一位男生从座位上站了起来，走向讲台："凌老师，我能改一下您写的程序吗？"

"没有问题，你可以改。"

男生开始在电脑上敲击起来，十几分钟后他抬起头来，有点不好意思："对不起，老师，看来我的算法有问题。"

"噢，我知道你的思路了。"凌晓宁拍拍男生的肩膀。等男生回到座位后，凌开始分析他的算法，找出为什么行不通的原因，然后对大家说："这个同学很勇敢，我很欣赏。"

"这种学生到讲台上修改老师程序的事经常有。因为我讲编程的时候会告诉同学，我的编程有可能是错的，错了你们要告诉我，要监督我。这就激发了学生的参与热情。"

湖南大学软件学院院长林亚平说：学生害怕动手。凌老师的教学法是亲自动手做一件完整的事情，从设计开始，带着学生一步一步分析编码，最后进行测试通过，遇到问题与学生一起讨论解决，从而让学生感觉到动手编程不是一件很难的事。

在凌晓宁眼中，做一个具体的工程项目并不难，难的是如何把一些枯燥的基础理论课讲得让学生有兴趣。为此他在 2006 年受聘湖南大学软件学院教授之初就带领一个教师团队启动了"做中教"的改革，切入点就是项目驱动。"这里说的项目不是一个个零散的小项目，而是一个能够由浅入深，整合多个知识点的大项目。"要在一开始就加入定义说明书和设计、开发、测试这样一些软件工程的具体理念，用这些理念把多门课程贯通起来。理论与实践在这里是交替进行的。譬如软件工程有很多步骤，做第一步的时候先讲理论，然后就有项目跟上，让学生按照相关的理论方法把第一个步骤做出来。然后老师与学生一起检查讨论。这样做的好处就是学生真的是带着问题去听课的，他手里有事要做，所以非常主动。用这种方法我们已经做了三年，建立了丰富的项目库。一位学生在自己的项目文档里写道："这门课将使我受益终生。"

让凌晓宁感到幸运的是他遇到了一个责任心很强的教师团队，大家配合默契。湖南大学和软件学院的领导也给了很多支持。"因为我们的改革把原来的课程体系全打乱了。在还没有看到改革成效的时候，学校领导放手让我们去尝试，给了我们很多自主权，他们也承担着风险。这就是创新的精神。"

4. "成就感"从何处来？

一位教育学专家正在接待一位前来求助的"问题孩子"的家长，碰巧这位孩子来找父亲，孩子的话还没说完，父亲的脸就沉了下来，手指戳着孩子的脑门："你总是这么不争气！"

这位专家待孩子离开后说："我已经找到了问题的症结了。症结不在孩子而在你——什么时候你把向下戳的食指变成往上翘的拇指，你的孩子就会争气了。"

这是央视2008年播放的一档教育节目。显然，这位专家说的"往上翘的拇指"就是表扬和鼓励，就是要让孩子有成就感。此即所谓"兴趣是最好的老师，而成就感是兴趣之源"。

与其他学院相比，软件学院在满足学生成就感方面做的事情更多一些，成效也更显著一些。这还得归功于"做中学"。

"一定要让学生获得成就感，我们的学生一定能获得成就感。"湖南大学软件学院教师李睿说。李睿的自信来自"做中学"教学模式。这不仅因为对于软件工程类课程来说，"动手才是真正的学习"，还因为软件学院很多基于项目的学习课程，在完成教学任务之后有机会进入企业变成产品产生利润。

他扳着手指数了一下：湖南大学软件学院这一类的教学项目还真有不少。譬如"面向对象程序设计与数据结构的一体化教学课程"项目，在完成教学之后被分解成两个实用项目，一是做成了一个迷你数据库，二是在迷你数据库的基础上扩展了一个基于电子地图的交通智能导航系统。这个教学项目申请了国家级的 SIT 项目并获得了通过（SIT 即大学生创新训练，获得国家级项目之后有经费支持），该项目参加"全国大学生软件创新大赛"还获得了优胜奖，相关论文在湖南大学学报发表。项目在长沙产生影响之后，当地旅游公司又来找我们做旅游搜索系统，"学生的成就感油然而生"。

这类教学项目不设标准答案，着眼于培养学生对实际问题的分析解决能力，鼓励创新。因为是做中学、做中教、按需学，又有明确的需求目标，这就给了学生很大的发挥空间，激发了他们的主动性。又由于这个项目把面向对象设计、数据结构、算法分析三门课程有机地串联了起来，形成了一个应用导向、关联密切的课程群，教学效果非常好。学生在第一个教学项目中获得成就感后，进入第二个教学项目就会投入更大的热情。由此，在"做中学"这一轨道中，成就感与学习兴趣、学习动力之间形成了一种相互推动的正循环。

基于项目的"做中学"模式在湖南大学软件学院推行之后，最令教师头疼的抄袭作业和逃课现象也随之消失了。

以往学生相互抄作业的现象司空见惯，是因为大家做的东西都一样，做实验又少。如今变成基于项目的学习，每个人做的东西都不一样了，设计方法与实现途径也都不同，无法再抄别人的东西了。不再逃课是因为学习兴趣提高了，学习被看成了一种享受与需要。李睿说学生逃课在很多大学都存在，有的学生长期逃课，考试的时候科科都不及格，最后是要家长来陪读的。湖南大学软件学院也曾出现过这种现象，"做中学"教学模式推出后，逃课现象基本消失了。有一个男生，从前一到上课时间别人走出宿舍他也走出宿舍，不过他不是去上课而是去玩游戏，他甚至连什么时间上什么课都说不清。"现在我每次上课都能看到他，他的学习成绩也有很大提高。"

最大的成就感来自创新。软件学院在激励学生创新方面也做了不少努力。华中科技大学软件学院院长陈传波说他们以每年投入 100 万的代价，鼓励学生自主创新，在校期间就做出自己的产品，注册自己的公司，有的已得到了风险投资。"这对学生是不小的促进，注册成功的话会有一个全新的体会。"由于有资金的投入，资助项目的选择自然也很慎重，先是对学生和导师提出来的项目进行初选，然后是中选，最后是终选，不同阶段上给不同的支持。"初选出来的项目给的资金比较少，进入中选的给的资金多一些，最后选出来的我们给的资助额度就非常大。"评选过程中还要请企业参与。

5. "折衷、交叉"也是一种模式

"模式"是指一种从解决具体问题中抽象出来的解决方案。解决某一问题的方法一旦形成模式，就会相对稳定，不断被重复使用。

软件学院在教学改革中推出了许多模式，却不肯简单重复这些模式。因为事物是发展的，教学模式的探索也没有止境。

清华大学软件学院刘强教授在 2009 年全国软件工程专业教学年会上所作"网络时代的软件工程教学初探"的主题讲演，从一个侧面展示了这种探索精神。

刘强首先肯定了"项目驱动"与"问题驱动"的教学模式：与满堂灌的填鸭式教学相比，这类模式能调动学生的积极性，学习效果不错。但她同时指出任何一种教学法都是有条件有局限的，用起来要因时因地因人而异，不可一概而论。

譬如项目驱动教学主要靠学生自己做，老师只起一个引导、协助的作用。但这需要两个前提：第一是对老师要求非常高，老师相当于咨询师；第二，学生必须有学习热情，动手能力要强。两条件缺一都会有风险。譬如学生对软件工程的概念与知识的理解不正确，做项目就会走入误区。所以这种模式也不能全盘使用，"我们希望把理论课的讲授与项目驱动式教学、问题式教学等模式结合起来，折衷、交叉一下"。老师讲课时，可以通过分析学生的特点，划分一些学习单元，对相关知识和概念做一些梳理。

在学生能在正确理解概念的基础上再进入案例学习。然后在案例教学中设计一些问题进行引导，让学生在解决问题的过程中学习，用项目把一个一个的问题和知识点串起来，达到构建知识的目的。

这当中，设计好"问题"至关重要。刘强举例说，比如，想让学生理解什么叫好的软件，只从理论上讲，讲得再多学生也不能完全理解。教师给他们一个小软件（如俄罗斯方块、薪金计算器等），让他们去修改和进行功能扩充。这当中老师会提出一些问题：该软件运行正确吗？如何评价该软件的代码？如何优化该软件的设计？该软件是否可以移植到其他系统上运行？等学生做完了这件事以后，再坐下来讨论"什么叫好的软件"、"为什么要用软件工程的方法"等问题，学生就比较容易明白。

刘强认为软件工程教学的另一个难点是学生团队协作的训练。通常情况是，学生虽然在项目开发中分了合作小组，但由于他们从来没有做过项目，学校的环境又与企业不同，所以根本不知道该如何进行团队合作，实际的团队开发往往蜕变为个人工作的集成。

解决这些问题有两个途径，一是做好相关的准备工作。譬如在考察了解学生们的态度、能力、配合的基础上认真选择组长和成员，拟定好项目开发原则，确定总目标和系统功能，分析个中风险，合理进行时间管理，分配开发任务，讨论形成小组的开发计划等。

二要利用好网络环境与相关工具。Web2.0网络环境最强的一个功能就是"协作"，Wiki、Bloge都是很好的协作平台。刘强尝试着把这些东西引入案例教学，发现了很多"与以往不同的东西"。譬如以往学生把文档编出来之后，你不知道是三个人编的还是一个人编的，现在大家通过Wiki平台协同编写，可以清楚地看到每个人的贡献。更可喜的是学生通过这种协同工作平台做项目获得了新的体会："必须合作，分角色（专业分工）"。因为他们发现项目越是往深里做，每个人的角色就越是重要，越是独一无二不可替代。"我觉着这种学生自己在实践中体验总结出来的东西，比我们老师讲的任何东西都好都管用。"

（三） 另一种"顶天立地"

在2004年的一次示范性软件学院院长联席会上，时任教育部副部长的吴启迪谈到软件学院人才培养途径时用了"顶天立地"这个成语。

《辞海》对"顶天立地"有两种解释。一指人的外表："形象高大，气概豪迈。"一指人的生存状况："头顶青天，脚踏大地。"即做事牢靠，基础扎实，前程远大。

吴启迪强调的显然是后者。她希望软件学院探索的"顶天立地的人才培养途径"，就是理论教学与产业实践结合，直接服务于产业的途径。由此培养的学生应把"顶天立地"作为自己成才的目标甚或是生存的状态——既有扎实的理论根基，又有直接服务于产业的理念和技能。

其实，示范性软件学院原本就是为解决教育与产业对接的问题而生的，这些年的运转也一直围绕国民经济主战场这个轴心展开，并循此不断更新和拓展教学理念，开发人才培养的新模式。

1. 实训VS实习

软件学院推出的众多教学新模式中，与产业维系最紧的一项要数"实训"了。"实训"与"实习"虽一字之差，做法却大不相同。

实习是在企业的真实环境中进行职业工作的体验，实训则是在模拟的企业环境中学习体验。具体而言，实训的环境、路径、评价标准等完全是在教师的指导之下，按照教学意图和目标设置的。这意味着：对于学院和教师来说，学生"实习"的情况是不可控的，"实训"却是可控的，这是最大的差别，也是实训最大的优势所在。

"实习的不可控会带来很多问题。"中山大学软件学院院长助理孙伟博士举例说：学生前往实习的企业有可能无法提供一个完整的工作项目，而"这是常有的事情"。因为企业有企业的任务，它的核心项目只能交给自己的核心团队去做，不能要求企业为了照顾学生实习而误了自己的订单。

再譬如，实习学生碰上一个不怎么负责任的企业，就是把学生当个劳动力看，不肯花工夫去教，更难做到组织一个导师组去指导学生，"很有可能就是让学生来做个帮手，哪儿缺人就到哪儿补缺"。虽说这也能得到职业工作的体验，但很不完整，更无法达到系统构建知识和提高能力的教学目标。

实训就不一样了。实训的中心任务就是培养人才，是一种完全意义上的教学环境。其"虚拟企业环境"中的"虚拟"成分仅指"不是真正的企业"，但就锻炼学生的动手能力和实践体验的条件而言，实训的"企业环境"完全具备。在这个环境中，学生通过实际项目的操作，可以让学过的知识"重现"并把它们"贯通"起来，达到在实践和体验环节上"构建知识"的目的。此前人们担心的很多问题，特别是理论脱离实践的问题，大学生就业"最后一公里的难题"，等等，都可以在实训中得以解决。

孙伟博士把实训比喻为"飞行模拟器"，新飞行员必须在模拟器上先"飞行"一把才能去驾驶真正的飞机。"如果没有模拟飞行，飞行员只读了飞行手册就驾机上天，那是很危险的。"

"企业实训是我们最先提出来的。"北京交通大学软件学院院长卢苇说。因为我们看到很多大学生到了企业不能马上工作，企业要用半年或一年的时间培养他，花费大量人力物力不说，有些学生一旦能上手干活了还要跳槽，以至于"很多企业宁可岗位空着也不要那些没有工作经验的应届毕业生"。这个问题促使我们思考：如何才能让学生一毕业就达到企业的要求？这便是"企业实训"的缘起。

2003年北京交通大学软件学院刚刚成立就提出了企业实训的概念。但当时有一个困难，就是教师自身缺乏这种实训教学能力。好在软件学院有这种机制，就是可以聘请企业的教师来上课，与企业合作建立实训基地。"2003年学校还没有实训基地，我们是带学生到成都的拓普软件园去实训的，在那里成立了中国第一个企业实训基地。"

软件圈子里的人大都还记得"拓普软件园"的名字，如今这个名字已作为"中国软件园发展史上一个被吹破的泡沫"而消失了。但这个名字的消失却丝毫没有影响曾经在那里办过实训基地的软件学院实训教学的发展。与拓普软件园的"泡沫"不同，软件学院的实训基地拥有坚实的基础——就是与产业密切结合，顺应了教育的规律。这些年来，实训不仅在全国的软件学院遍地开花，而且发展成了一个很大的产业——很多著名软件企业也加入了实训行列，提供第三方实训。目前全国已有软件企业创办的实训基地500多个，有些基地的投资高达数亿元，与软件学院共同构建了一个人才培养的产业链。

实训的内容也越来越丰富，已经形成了课程实训、学期实训、企业实训三个环节。

课程实训是教师教三分之一，学生自学三分之一，学生做项目三分之一，目标是掌握理论知识。

为期三周的学期实训是以团队的形式完成项目，通过做项目来培养学生的创新能力、解决问题的能力、沟通表达的能力和团队合作的能力。

企业实训是把学生送到企业创办的实训基地接受"准员工"式训练。中软国际公司设立在无锡软件外包园的"软件工程专业大学生（ETC）实训基地"，通过"5个真实"（真实的工作环境、真实的实训项目、真实的项目经理、真实的工作压力和真实的工作机会）的培训体系，让学生体验软件开发的全过程，加深学生对软件公司工作和管理方法的理解，积累项目开发经验，从大学生变为准员工。中软国际高级副总裁唐振明解释说，学生在这里做的"真实的项目"并不是面向客户的项目，而是中软国际已经做完的项目，他们有针对性地挑一些出来作案例。现在案例库里有40多个项目。他们从来不用学生做面向客户的项目，那是有风险的。

作为教学环节的实训还有一项重要功能，就是从企业视角对学生能力作出评估。

中南大学软件学院副院长胡志刚说，学院每年都有学生到中软国际公司做实训，中软有个"雷达模型"，是用来评价自己职工的，他们的学生在那里实训，中软也通过这个模型给出评价结果。"因为连续几年都是在中软国际公司实训，一年级时的能力怎么样，二年级三年级时又怎么样，从纵向比较中寻找教学方向，分析出现的问题和原因，就比较客观了。"胡志刚说学院很重视企业对学生能力的评估，"企业给出来的评价结果要占40%"。学院在和相关公司签约时的一个重要条件，"就是实训过程中能不能比较好地评价学生"。

实训虽然优势多多，却不能完全替代实习："虚拟企业"毕竟不是"真正的企业"，学生的毕业设计一定要在真实的企业环境里完成，因为毕业设计要解决实际问题。况且，如今的大学生就业是双向选择，学生寻找实习企业时有着很现实的考虑，"很大程度上是为了能够留在这个企业"。

"现在企业对实习的学生有严格的面试和筛选，不是说有多少学生就要多少，他要的是能够帮助企业解决问题的学生，因为对实习学生是要付报酬的"（卢苇）。在这种情况下，实训就成了学生能够顺利实习的重要跳板，因为学生在实训中已经"虚拟"地体验熟悉了企业环境，完成了向准员工的转换。这些年来，北京交通大学软件学院的学生通过课程实训、学期实训以后，90%的学生找到了实习单位，"去年剩了8个学生没有找到实习单位，我们把这8人送到中软国际的实训基地实训了一个月他们就找到了实习单位"。

软件学院的实训也不都是一个模式。武汉大学软件学院陈珉说他们在上海长江科技园里有个产业基地，主要为研究生提供实训环境。与中软公司实训基地不同，这是软件学院的一个分支机构。陈珉说他们学院的研究生是两年制的，第一个半年在学院本部学习，主要传授基础知识。第二个半年"把他们全部派到产学研基地里面进行实训"，负责业务训练的老师也都来自合作企业。最后一年到相关单位去进行带薪实习，使其最大限度地贴近软件工程师的培养目标。这也是他们对研究生课程体系改革所进行的探索。

陈珉还说，他们的产学研基地是有当地政策扶持的。还以位于上海长江科技园的产学研基地为例，"我们的学生去实训，上海方面给我们免费提供住宿，学生毕业后如果选择在这个园区找工作，上海再提供半年的免费吃住。他园区里面的人报考我们学院的在职研究生，园区补贴一万块钱学费"。陈珉还说广州、无锡等地的优惠更多。例如无锡有个嵌入式软件基地，"我们每派一个学生到那儿实训三个月，无锡政府便给这个企业补助一万块钱。2010年我们派53个学生到无锡实训基地，相关企业拿了政府53万块钱的实训补贴"。

2. 素质教育，"着力点"不再是个问题

"当学习的目的不是为了成长、成才，而是为了提高自己的社会身份，一切关于素质教育的说教，一切在教育系统内部发动的大小改革，就全都失去了着力点。"这是一篇名为《看外国素质教育在中国的惨败》的文章得出的结论。[1]

文章指出，"应试教育"的病根儿，不在"应试"，也不在"教育"，而在于我们生活在一个机会极度短缺的身份社会。因为不论老师、学生还是家长，对于"应试教育"的弊端其实都看得很清楚，在这方面并无争议。譬如，谁都承认，死记硬背的填鸭式教育会扼杀学生的想象力和创造力，但问题是：当接受教育的目的首先并不是把自己培养成一个创造型的人才，而是为了"农转非"、"工转干"，谁还能安心素质教育吗？大家都承认，兴趣是最好的老师，一个爱好化学的学生不应强逼着他去学法律、学经济。但如果从事法律和经济工作的人社会地位和经济收入比化工工程师高得多，他当然会抑制住专业兴趣，转学自己并不喜欢的法律和经济。

虽然多少年来"应试教育"一直是社会各界穷追猛打的一件事，"从应试教育转向

---

[1] 参见倪铭：《看外国素质教育在中国的惨败》，《中国青年报》2001年12月11日。

素质教育"的呼声让人们听得耳朵起了老茧，可应试教育的势头反而愈演愈烈，这就是做事的"着力点"在作怪了。而在很多情况下，"着力点"并不取决于个人，它还是环境使然。譬如时下几乎全社会都在对"奥数"口诛笔伐，但若是听说中考会有"奥数"加分，或是高考会有"奥数"考题，多半家长恐怕还是会争先恐后把孩子往"奥数"班送的。

这其实也就是人们常说的"指挥棒"的力量。在如此强大的社会指挥棒面前，所有素质教育的决心与努力都会在顷刻间瓦解。

作为新世纪中国高等教育的一块试验田，示范性软件学院甫一问世就把素质教育确立为自己的价值目标，虽历经曲折却从未动摇过。期间推出的"项目驱动"、"问题式教学"、"企业实训"等教学模式，无不贯穿着素质教育的理念，对接着素质教育的目标。软件学院的毕业生深受企业欢迎，工作一两年后大都会有能力和职位的提升，所靠的主要也是自身较高的素质，及由此而来的较高的职场适应能力。

由"着力点"的视角看，软件学院的素质教育所以得到了老师和学生的响应并取得不错的成效，秘笈也在于"指挥棒"上——它指向的主要不是分数而是能力。这一点既表现在软件学院课程设置上，也表现在教法与考核标准上。

究其原因，植根于产业服务于产业的软件学院，其人才培养的指挥棒最终是握在企业手中的——"高分低能"的学生不会被企业接受。软件学院唯有把教学重点放到素质教育上，没有可供讨巧的捷径。

与应试教育相比，素质教育投入大过程长，不可能像对付考试那样"突击一下就能见效"。软件人才的编程思路、编程方法、良好的编程习惯、团队合作精神、创新能力以及诚信为人等优良品格，都属于素质教育的范畴。这些素质的养成不是一蹴而就的事，需要教师热情和艰苦的付出，需要长时间的积累，需要良好环境的熏陶。

为达此目标，软件学院开展了全方位、立体化的素质教育。除了课程、教法、考核、管理等方面的创新外，还包括教师的遴选，师生关系的重塑，开设相关人文学科，邀请著名专家与行业名人开设讲座，组织各种有益学生身心的讲演、文艺活动，等等。

3. 孔子76代传人的"餐行健"

素质教育在软件学院是不是成功，最有发言权的是学生。

孔令博，孔子第 76 代传人。在位于北京大兴区的北大软微学院校区见到他的时候，他正与几位同学聊天。小伙子看上去有些瘦弱，如果不是事先了解过，还以为是个在校生呢。从北大软微学院研究生毕业，到留校任北大软微学院专职团委书记，再到辞职"下海"，孔令博创业不过三年，却已小有名气，中央电视台、北京电视台、中国青年报、人民网、新浪网等多家媒体采访过他，受中华青年精英基金会等的邀请，他还到多所高校做过创业教育报告，他的企业获团中央授予的"青年就业创业见习基地"称号。

接过他递来的名片，可以看到一个彩色环状的LOGO——"餐行健"。他解释说，"餐行健"是个餐饮业数字化的理念，譬如数字化的菜谱产品，数字化的餐饮高效服务，等等。"餐行健"已获得国家专利和软件著作权。

问及成功的缘由，他说原因是多方面的：环境、机遇、灵感、坚守，等等。这当中，母校的素质教育"不可不提"。

北大软微学院的素质教育渗透于学习生活的各个方面。孔令博印象最深的，一是名目繁多的人文社科讲座和讲演比赛，二是学苑式管理。

李政道说"科学与艺术是一个硬币的两个面"，缺一不可。北大软微学院对此高度认同，并在自己的教育中成功实践了这一理念。

"我们主攻的专业是技术，可学院却常常要求我们围绕人文社科的主题做讲演，讲演之后还要总结考评。刚开始的时候大家还有些不解，做得多了就尝到了好处。"孔令博说做这种讲演需要人文社科方面的素质，得看很多技术之外的书籍。同学中"有讲甲骨文的，有讲商朝古城的，有讲艺术的，还有讲奥巴马的"，关注点不同，风采各异，在相互竞争和分享中开阔了视野，增强了素质，提高了想象力和表达力。这种学习过程十分有趣。"如果不是我在读书期间接触到这么广泛的领域，'餐行健'的理念也设计不出来。"

学苑式管理则打破了传统的管理疆界,一种学生自由组合、自我管理、自我提升的管理机制由此形成,生活于其中者因此学到了很多书本上学不到的东西。

如果到北大软微学院大兴校区找某位学生,可能会遇到一点麻烦,因为这里的学生宿舍不分班级和专业,学生是自由组合住宿的。走进银灰色的宿舍楼,看到的是以"苑"划分的居住区,诸如"文化苑"、"科技苑"。

学苑由学生们根据兴趣爱好或相近的研究方向自由组合而成,每个学苑十几人到几十人不等。学生按照自己的爱好和兴趣自由组合住宿,一个宿舍的学生可能既有学管理的,也有学技术或搞艺术的。这种跨专业跨年级混合住宿的方式有助于开阔学生视野,增强交流沟通能力。北大软微学院不设班主任,学苑就是基层管理单位,基层党团组织和学生会也是按照"学苑"体系设计的。"苑长"竞选产生,负责宿舍的管理,组织学生做义工,开展文体生活等。学苑经常组织学生开展各种音乐、书法和舞蹈等比赛活动,业余生活丰富多彩。

据说学院式管理的发源地是英国剑桥大学,"香港中文大学也采用学院式,我们为了区别于软微学院的'学院',方案设计时就改用了'学苑',这样更符合中国特点,也有文学色彩"(杨芙清)。

曾两次赴剑桥考察的陈钟院长介绍,剑桥的学院(College),在美国一般叫Co-oper,意为"合作"。剑桥的计算机系有45名研究生,分别住在33所学院(College)的宿舍里。陈钟住过的那个学院叫罗宾森College,是一片绿地中的几幢小楼,全是本色的红砖,属于乡土气息很浓的那种建筑。宿舍里没有电视也没有电话,晚上想看电视还得跑到一楼拐角的一所小房子里。但那里边的国际会议室却一个挨一个排得很满。同一学院里的学生什么专业的都有,学生们白天到不同的教学楼上课,晚上回到各自的学院里生活,自己管理自己。"我后来才明白,为什么西方人那么善于竞选演讲,原来他们在大学的Co-oper里就开始参与学生委员会的竞选了。"陈钟说。

同样的好处,毕业于北大软微学院的孔令博也感受到了:"我能顺利创业,与学苑式的生活环境不无关系。"

在孔令博看来，按专业和班级对学生进行管理固然方便一些，但这种管理对学生而言是被动的，且大家接触的圈子专业单一，不利开拓视野碰撞灵感。学苑式管理把选择舍友的主动权交还给学生自己，让其有机会寻找共鸣、发展兴趣、增强互补，其好处不言而喻。"主动地选择与被动地接受，效果是不一样的。"

这种管理对创业的好处尤为直接。孔令博形容创业是一个"实践落地"的过程，需要不同专业和能力结构的人才去落实，譬如科技研发人才，开拓市场的人才，组织管理团队的人才，等等。孔令博所在的科技苑就能满足这个条件。这里的学生来自多个专业，有嵌入式软件、网络通信、信息安全、电子商务，还有项目管理、金融管理和管理科学，等等。"可以说，创立一个 IT 企业所需要的专业人才，这个小小的圈子都囊括了。"

也正是在这个圈子里，孔令博结识了最初的四位创业伙伴——吴敏刚、梁禹、邹广伟、姜飞。"我们一直手拉手走到今天。其实我们五个人的专业背景和兴趣爱好都不太一样，却恰好形成了一种知识结构与能力的互补。如果当年宿舍是按专业来组合划分的，我们就没有机会认识了。"

4. "为企业"还是"为产业"？

"为企业培养人才"还是"为产业培养人才"？两个说法似乎没太大差异，但在软件学院圈子里却是一个热议的话题。

焦点集中在"定制培养"模式上。"定制"，就是为某一家企业量身定做——企业需要什么样的人才，就培养什么样的人才。从服务目标的角度看，"定制式培养"最大限度地贴近了企业需求，为很多企业解了燃眉之急，尤其受到软件外包服务企业的欢迎。可这个模式并不被国家示范性软件学院看好。

"很多政府官员喜欢在各种场合讲软件人才的定制式培养,这种培养模式对全日制大学并不合适。"陈道蓄教授坦言。他说,通过对企业的调研,不同的企业对人才的需求是很不一样的。比较大的企业要求学生的基础好,适应性强,有后劲。因为大企业的舞台大,对人才的需求是从长计议的。一些小企业就不是这样了,有的恨不能要个人现在就能够给企业赚钱,至于明天业务转向了员工还能不能干,对企业无所谓,再找别人就是了。当然,这类小企业也有自己的道理。即使大企业,业务上也有因产品线的调整带来的对人才技能的阶段性需求,"定制式培养"不失为一种好模式。但这种模式适合培训机构做,全日制大学应该有自己的培养定位,应该面向更广阔的产业,"为产业服务"而不是"为某个企业服务"。这与"为人民服务"而不是"为某一个人服务"是同一个道理。

同济大学软件学院副院长刘琴也表达过相近的观点:"与产业紧密联系"和"与企业紧密联系"是有差别的。高校应该与产业保持紧密联系,但不应该把自己与某个企业拴在一起。刘琴曾在英国的高校任教很多年,见过一些因合作的企业拆分合并或产品线改变等原因而遭受了重创的学校,原因是他们培养的学生在专业上与这些企业联系太紧密,一旦市场有变,高校就陷入被动。培养专业人才不能完全被市场牵着走。

可见,"跟着市场走"也是一把双刃剑,跟得太紧就会走向另一个极端。要想"抬头看路"就必须站在"产业角度"与市场保持一定的距离,调整好了再前行。

何况人才培养还有个"明天"与"后天"的问题。"从发展的角度看,'今天需要什么人,就培养什么样的人'也不一定就是科学的"(陈道蓄)。定位于培养精英型高端人才的软件学院应该充分考虑"明天"与"后天"的问题,只有立足于为产业服务,才能站在技术与市场的前沿,培养出拥有"明天与后天"的高端人才。

重庆大学老校长吴中福就此分析:对"实用型人才"的看法也应该是辩证的,"强调实用型不能忽略高层次应该有的基础",否则要不了多久这些人才可能就"不实用了"。他说自己曾做过比较,"高职高专培养的人很实用,一出去马上能上手,大学生也没有他们上手快",可几年后大学生的后劲就显露出来了。示范性软件学院不能把自己

"变成高职高专",不能说一强调实用型就忽略掉高层次人才应该有的学科基础,忽略掉应该掌握的共性技术和集成能力。否则就是牺牲学生的明天,进而也会牺牲产业的明天。

华南理工大学软件学院院长闵华清也强调"一定要把核心的基础课程学好"。他说最近在调整学习计划,在"最基础的课程"的教学上和国外大学做交流,"交流就是2+2,学生在这里读二年,去国外读二年"。人家说你那里的课程要和我们这里一致才好衔接,所以我们教学的内容和人家是完全对应的。"现在说就业难,我们并不怎么觉得,因为我们的学生有很好的基础,有很好的工程背景。"

其实,企业,尤其是那些大企业也一直非常重视"明天"与"后天"的问题。北京工业大学副校长侯义斌说美国的赛灵思(Xilinx)公司最近给北京工业大学软件学院投资2 000万人民币用于嵌入式教学。"企业都是趋利的,可Xilinx这一次投资纯粹是用于支持我们教学,没有任何附加条件和要求。"

"但企业毕竟不是慈善机构。"当这话被质疑时,侯义斌说:"是的,Xilinx还是有自己的目的。"Xilinx是全球最大的通用嵌入式器件制造商与供应商,生产的通用芯片FPGA可用于各种软件应用编程,最后形成一个专门的嵌入式应用系统。FPGA机的发展取决于嵌入式软件产业的发展。Xilinx一开始是看中了他们的科研能力,现在又开始对他们的教学也感兴趣了。因为北京工业大学的嵌入式教学搞得好,就会促进嵌入式应用的发展,从而间接地带动通用嵌入式器件的销售。所以说,北京工业大学的教学与Xilinx的"今天"可能无关,却与它的"明天"和"后天"关系很大。

第五章

改革的"深水",发展的"蓝海"

作为中国高等教育改革的一块试验田,示范性软件学院在经历了九年风雨后,已步入改革"深水区",今后的路程将更具挑战性。尤其涉及深层次体制、文化、利益关系等方面的改革和调整,更是一个艰难的、长期的任务。其中不少问题的解决还需要顶层设计、整体推进、文化转型,非一所二级学院所能独立完成。但可以肯定的是,"深水区"里的改革带给软件学院的不只是挑战,也是机遇。因为软件学院改革的"深水"区,也正是中国高等教育发展的"蓝海"所在。

（一） 不差钱，差制度

2006年3月"两会"期间，中央领导"两次高调谈论改革"，引起了社会舆论的强烈反响。一次是3月6日胡锦涛总书记在参加上海代表团讨论时强调，要在新的历史起点上继续推进社会主义现代化建设，说到底要靠深化改革，扩大开放。要毫不动摇地坚持改革方向，进一步坚定改革的决心和信心。[1]另一次是3月14日温家宝总理在"两会"新闻发布会上指出，要坚定不移地推进改革开放，"前进中尽管有困难，但不能停顿，倒退没有出路"。[2]

高层领导人这两次讲话，被解读为中央针对自2004年起社会上关于改革问题争论的表态和回应。学界普遍认为，2004年以来的这次争论，是继1982到1984年间的第一次大争论、1989到1992年间的第二次大争论之后的"第三次改革争论"。[3]

值得关注的是，"第三次改革争论"虽然发端于经济领域（主要针对国企产权改革，标志性事件为"郎顾之争"），但促使这场争论升温的，却是此后公众广泛参与的社会民生领域（医疗、教育、住房、分配等）中问题的大讨论。

教育改革便是其中最突出最受关注的问题之一。而诚如教育部党组在2009年的一篇文章中所说，教育改革的核心是体制问题，关键在于体制的创新，"体制改革是推动我国教育事业发展的强大动力"。[4]

---

[1]《胡锦涛 吴邦国 贾庆林 曾庆红分别参加审议讨论》，新华社北京2006年3月6日电。
[2]《温家宝总理答中外记者问》，《人民日报·海外版》2006年3月15日。
[3] 李梁等：《2004—2006年中国第三次改革论争始末》，《南方周末》2006年3月16日。
[4] 教育部党组：《体制改革是推动我国教育事业发展的强大动力》，《求是》2009年第2期。

1. 有限的"特区"

同济大学软件学院副院长刘琴,是位三十出头的"海归"。2009 年 5 月的一天,她与华南理工大学软件学院院长闵华清一起接受采访,其间几次捏着手机匆匆离开,事后抱歉地向我们解释,说是"招海外研究生遇到了麻烦":由于同济大学软件学院没有独立授予学位的权力,相关信息多靠"内线"通气,"有时了解点情况感觉像是用人肉搜索"。方才就是"内线"向她通报学校招海外研究生的信息。

刘琴还抱怨,由于同济大学软件学院没有独立授予硕士学位的权力,进不了一级学科硕士学位点,很难拿到国家的建设经费。"上次示范性软件学院在香山开会,谈论最激烈的就是这个问题。在职能部门的名单上,我们是被划入另册的,从学科建设来讲连经费都没有。"同济大学软件学院成立已经 8 年,今年才"第一次拿到'985'建设经费"。

软件学院的"处境"各不相同。华南理工大学软件学院从学校争取到了硕士学位授予权,但没有列入国家正式序列,"有实没名,很多事名不正言不顺"。类似事情还可以举出许多。

这也影响了优秀人才特别是海外人才对软件学院的看法和职业选择:"他们从国外回来可以到任何一个大学任何一个学院执教,有什么理由非要选择我们这样一个边缘化的群体呢?"刘琴说。

"我们的目的是建一个特区,大胆地去尝试。"软件学院初创时,软件学院院长联席会一位负责人曾满怀激情掷下了这样一句话。

但在现实中,这个高等教育特区所拥有的特殊权力显然是有限的。即使抛开软件学院自身的原因,它也不能不受到诸多有形无形的限制。这些限制有文化和理念上的,有习俗和潜规则上的,但更多地还是体制和机制上的。在这些限制面前,有的软件学院甚至"给了自主权,都不敢用"。

这也就难怪,那位负责人在掷下"建一个(高教)特区"的豪言的同时,不忘强调

"我们很低调",希望安静的探索,先干再说。"低调"的背后无疑是对改革艰巨性的领悟,"改革是无参照物的,是危险的"。

不少软件学院领导和教师都谈到,软件学院毕竟是"学校这个大环境下面的二级学院",可以说"既在体制外又在体制内",如果"有些东西跟学校差距太大",得不到学校的理解和支持,慢慢地会被边缘化的。

"示范性软件学院不是独立的,你在学校里面,不可能太过特殊。"杨芙清院士说。她还告诫笔者:写软件学院,"不能写得太突出了,那反而会给它造成很大的麻烦,不好做人,不好办事"。

同济大学软件学院院长周兴铭说,软件学院其实是"很弱势的"。拿职称评定来说,高校里谁不想当教授副教授?软件学院的老师也一样。可软件学院强调动手能力,产业背景,"有些老师直接就是从企业聘来的",学生欢迎,可就是评不上教授。因为"著作不够数",学术上"没得什么奖",更没有"进SCI"的论文。举例来说,沈阳机床厂是全国最大的机床厂,去年生产十万台,全国运行它的机床上百万台,同济大学软件学院的老师帮这家厂子开发客户服务系统,两年不到就开发了出来,沈阳机床厂非常满意。可"这样的东西拿去评教授,人家不认可的"。所以软件学院教师职称"在高校环境里很被动"。

教学评估也存在类似问题。虽然教育部发文说软件学院不参加评估,可在现行的大学体制内,不参加评估会被一些人看做"不入流",甚至一些软件学院的领导和教师也这样看,觉得不参加评估矮人一头,在学校里没地位,影响自己的声望和前程。

还有聘任制带来的矛盾。南京大学软件学院首任院长陈道蓄说,高校改革最难办的是人的问题,软件学院实行聘任制,除了教职人员,所有行政和教学支持人员也全是聘任的。"这些都是软件学院运行机制里的人,跟学校其他部门临时请来看门的、打扫卫生的毕竟不一样"。现在把他们打入另册(学校也没有权利让这些人转为事业编制),要求把这些人的档案关系全部放到人才交流中心,"那这些人心里就有些不平衡,那就等于不是南京大学的正式员工了。所以我认为这个改革现在受到很大的挫折"。

因此仅口头上支持软件学院没有用，必须要有一整套的政策，包括教师职称评定、成果认定、项目经费申请、人事制度，等等。目前这些政策还不能说已经配套了。比如"软件学院教师表面上看起来工资高一点，但计算机系的教师人人手上都有科研经费，有的数目还很大，这个事情怎么平衡好"？

即便在"示范中的示范"的北大软件与微电子学院，也不是一切都尽如人意了。杨芙清就曾谈起，北大软微学院的"聘任老师享受不到北大教师的待遇"，譬如子女可以优先进入北大附属的小学和中学，而"这对年轻的教师很是重要"。她得出的一个结论是：一个新的机制不能总罩在一个老的体制里头，必须从整体上改革。

事实上，一些软件学院的改革者已感受到了许多无奈，有的已经在向"体制内"靠拢，如主动要参加评估；有的教师是从计算机系调来的，现在想重回计算机系。

陈道蓄就此评价："软件学院的改革不能说已经画上了句号，因为现在很多深层次的问题还没有解决。"这些问题有的已经暴露出来，还有很多会陆续暴露出来。"而跟中国其他领域的改革一样，容易解决的都解决了，剩下没解决的都是难解决的问题。软件学院要真正做到可持续发展，深层的问题是一定要搞清楚的。"

2. "我要是那个处长我也不愿意"

这是北京一位软件学院院长接受采访时甩出的一句话。他说按照2001年下发的《教育部关于试办示范性软件学院的通知》精神，国家鼓励示范性软件学院走出校门合作办学，引入包括国外高校和企业在内的智力资源、产业资源，借助或依托合作方的学术环境和实践条件尽快培育高素质软件人才。可实际操作起来才知道有多难。

来自合作方的门坎还好说，最头痛的是"体制内"的障碍，有些时候，"学校的一个处长就可以卡住你"。他会跟你摆这样那样的困难，要这样那样的批文，用这样那样的理由拖着，你毫无办法。要问谁对谁错，"我会说那位处长也是对的"，因为要办的是他以前没办过的事,"我要让他盖章、签字、签合同等等",有些可能是要担责任惹麻烦的。所以,"我要是那个处长,我也不愿意,你凭什么让我来担这个责任冒这个风险"?站在对方立场上,最好是不办,已经办的也早点把它关掉,"这样就没问题了,大家就都相安无事了"。

这位院长认为,这当中的根子还是体制。新事物发生在老体制的框架里,做起来就难了,因为"多数情况下,人是抗争不过体制的"。都说办软件学院差钱,这不是最主要的,"最主要的还是制度不到位、不配套"。要是制度上没有大的突破,软件学院和整个高等教育的改革都走不远。

耐人寻味的是,采访的教育部和软件学院领导中,不少都谈到了"处长"这一级的事,他们所说的主要是大学里的处长,有时也包括各级政府主管部门中的处长。

南方某大学的一位软件学院院长说,有些事情包括观念方面的问题,"校长的问题比较容易解决",因为他们常到教育部开会,会逐渐接受这些观点,"但是学校处长就不一样了",他们往往按照传统的那套东西想问题办事情。比如软件学院培养的是工程方面的人才,相关的经费申报与"985"和"211"大学的指标要求有些不一样,"我们做了很多工作,省政府认可了,学校认可了,但是学校的学位办不认可,这就没办法了"。因为"'985'和'211'的经费都是按照学位办的评估来给的"。而诚如这位院长所说,软件学院"大多数的时间还是跟处长打交道,不可能什么事都找校长"。

国务院学位委员会办公室主任张尧学也分析:"做院长的不可能天天去找校长",所以在具体操作层面上,"很多问题还是要通过机关促进,因为毕竟是要经过处长办事,不是经过校长办事"。在张尧学看来,机关"这个力量是相当大的",负责具体操作的中层部门领导思想解放办事得力,会化解很多问题,相反则会积累很多问题,软件学院的改革就会遇到很多困难。碰到后一种情况,教育主管部门和学校领导当然也可以一一解释,一一化解,"但过程会很长,精力耗尽了"。这也是目前遇到的一个共性的问题。

北京理工大学软件学院丁刚毅院长称大学是"超稳定的结构",包括课程设置、教学模式都在"重复使用"。这种稳定相对于学生的培养周期有它的合理之处，相对于体制创新则是很麻烦的事情。这倒不是说稳定就不能创新，而是说在学校这种"超稳定"的地方，"创新的代价太高了"。国家给示范性软件学院的一些政策，"在一些学校执行起来是有阻力的"，主要是体制上、人事上的阻力，"有些事能做就做，做不到就扔一边去了"。

自称"从政府官员转变为学者"的中国政法大学教授蔡定剑（曾任全国人大常委会秘书处秘书组副局长）撰文称，自己转变为学者后一个深切的感触是大学太官僚化了。"我原来从没认为大学校长、下面的那些处室是什么官，但是一到大学里，发现他们确确实实是官，而且相当多的人拼命争这种官。"一所副部级的大学，副局级以上官员仅在任的差不多有几十个，"处级干部光是在任的从上百个到几百个不等"。[1] 教育部也曾经下文，规定什么大学可以有十几个最多不能超过20个处级机构，到了学校就突破了，"在突破的同时，还增加了很多副处级机构"。这种官僚化的体制不解决，就谈不上教育改革。

但这一改革的艰难也是可想而知的。按照中国教育学会常务副会长谈松华的分析，在前期改革革除了表层的、显性的弊端之后，现在要解决的是深层的、难度更大的问题，制度供给、制度建设、制度创新已成为现阶段深化改革的重点。而前期改革在调整了旧有利益关系的同时，也形成了新的利益格局，一些既得利益的强势群体有意无意地成为深化改革的阻力，改革"攻坚"的难度更大了。新的改革任务的复杂性和艰巨性，既要求改革者的勇气和责任感，更需要改革者的智慧和操作艺术。

3. "上面的圈不圆底下的圈再怎么也圆不起来"

从软件学院与所在大学的关系中可以看出，软件学院的改革诉求，注定会指向包

---

[1] 蔡定剑：《没有大学自治，就谈不上教育改革》，《中国改革》2009年第4期。

括大学体制在内的一个庞大系统。对于大学辖下的软件学院而言，所在大学的体制、习俗、文化，以及学校领导的理念和支持的力度，对其都有直接的影响力。

软件学院作为二级学院，在体制、财力、招生、学位学历、办公条件等方面都离不开所在大学的支持，"这些问题我们开始就想到了。"张尧学说。在具体操作层面，一个二级学院如果不合学校领导的思路，不顺着整个学校的节拍走，难免会生出这样那样的问题来。而这么多年办下来，"听到最多的也是学校领导不协调不支持"。

在这一点上，北京交通大学软件学院院长卢苇无疑是幸运的，因为他遇到了开明的校领导："像交大的软件学院，这么漂亮的楼，我们没有出一分钱，都是学校无偿提供的"。

但并非所有示范性软件学院都这样幸运，譬如"有的软件学院还要付房租"。卢苇说有的软件学院"在学校里的地位也很低"，其存在好像就是为了给学校创收。他援引教育部领导的话说，软件学院也有不同层次，这与所在大学的办学动机和教育理念有关。有的大学"真的是通过办软件学院带动学校的教育改革，带动人才培养"；但也有的大学"办软件学院动机就不对"，目的是为了挣钱，要软件学院"上缴大量的利润"。

教育部高等教育司理工教育处副处长吴爱华认为：有新思想的人一定要有一个体制支持，没有体制上的突破和创新，一些问题永远找不到解决的答案。大连交通大学校长葛继平说得更为直接：学校之上还有各级教育行政主管部门，学校之外还有社会。而体制改革的一个基本规律和内在要求便是：涉及重大利益关系的各方需要"联动"，如若不然，遇到深层次问题便往往会止步或徘徊了。

杨芙清院士把这种关系比喻为"画圈"，"上面的圈不圆底下的圈再怎么也圆不起来"。她接受采访时说，软件学院改革的圈能不能画得圆，得看所在大学的改革，同样地，大学改革的圈能不能画得圆，则要看教育部的改革。"所以我希望教育部能够继续把圈画圆。"杨芙清还以投资体制为例说，要软件学院完全靠自负盈亏运转是很难的，"办大学也有公益性一面，这很关键"。国家不投入，完全让办学的人来承担软件学院这个经济投入，也不太公平。

中国教育学会常务副会长谈松华分析，教育体制改革包含诸多领域：人才培养制度、现代学校制度、政府治理制度、社会参与制度，等等。需要综合配套，整体设计，正确处理各方关系，逐步形成政府宏观管理，社会有效参与、学校自主办学的教育新体制。这当中，"政府治理制度即教育行政体制改革是推进教育体制改革的关键，制度建设则是重点"。换言之，政府治理制度这个"圈"画不圆，现代学校制度改革便难以深入下去。

北京交通大学查建中教授强调，软件学院承担着推进高等教育改革的使命，软件学院在改革"深水区"遭遇的"制度短缺"困境，应当成为深化整个教育体制改革的警示和动力。现在有些事情大学校长也无能为力，"他们也是被捆绑的"。这就涉及一个机制和体制的问题，能改的一定要改，"教育部领导新近还在强调：我们过去的发展要靠改革，今后的发展更要靠改革和开放，部分问题可能要进行更深刻的改革，包括进一步扩大大学自主权"。当然，改革也有约束条件，譬如"要考虑政治和社会稳定问题"，考虑各方承受力，减少振荡。但"如果不改，潜在的危险更大"。举例来说，如果培养出来的大学生那么多人找不到工作，我们的高等教育岂不是"坐在火山口上"？

4."一校两制"的是是非非

在示范性软件学院的改革中，"一校两制"是个很难绕开的话题。教育部前副部长吴启迪接受采访时，就用"一校两制"形容软件学院在大学里的特殊地位：一所大学里有计算机学院，又搞软件学院，"两个东西政策不一样"，政策对软件学院比较宽松，学生收费的标准也不一样，"这个算是'一校两制'"。她认为，作为高等教育改革的试点，这种"一校两制"还是很有意义的探索，譬如示范性软件学院可以"引来不少学校外部的资源"，开放办学也让所在大学"更了解社会需求"，有助于整体推进人才培养制度的改革。并且，办示范性软件学院的都是教育部的重点学校，"起点高一些"，比较容易找到高水平的办学伙伴，9年来培养的人才也受到了社会欢迎，所以"这是很正面的一个经验"。

但她又说，示范性软件学院的改革发展，"困难也体现在'一校两制'上。因为体制是新的，连教师的待遇都不一样，一些政策和资源还不能共享，"所以有好多学校觉得这个有点别扭"。她在同济大学当校长时就碰到过类似问题，"当时同济跟德国合办了一个中德学院，跟法国合办了一个中法学院，其实都是'一校两制'的事情，确实比较难"。主要难在一些行政部门不理解，有些人看你收入高了不高兴，一些大学的领导层对"一校两制"感到麻烦。吴启迪说大学领导有些想法"我也能理解"，但该做的事情还是要做起来，怕麻烦不做也不对，"因为有些东西不这么做，很难闯出比较好的结果来"。

有大学领导笑称，在中国，自从邓小平提出"一国两制"的构想后，"一×两制"的口号就满天飞，但真正成气候的，除了"一国两制"外，大概只有"一校两制"了。曾主管教育达10年之久的第十五届中央政治局常委李岚清，20世纪90年代就多次在正式场合谈到过"一校两制"的事情。[1]

不过，社会对"一国两制"和"一校两制"的评价却大不相同。"一国两制"好评如潮，被国内外舆论认为不仅是我国完成统一大业的基本国策，也为解决国际社会的争端提供了重要模式。相比之下，"一校两制"特别是伴生其中的高学费和择校热等，却往往被解读为教育机构的"逐利"行为，在教育目标和教育公正层面上备受非议。

其实，中国教育界的"一校两制"有着十分复杂的情况，难以一概而论。引起争议的主要有两种情形。

一种是义务教育阶段以"校中校"、"校中班"等形式出现的"一校两制"，主要是公立的名牌中小学校以体制创新的名义，在同一学校内分批次招收新生，盲目扩大规

---

[1] 参见《深化教育改革，全面推进素质教育，为实现中华民族的伟大复兴而奋斗》（李岚清在第三次全国教育工作会议上的讲话，1999年6月15日），http://www.tech.net.cn/info/open/middle/89.html；《李岚清副总理在全国高等学校后勤社会化改革工作会议上的讲话》（1999年11月3日）相关内容，http://www.moe.edu.cn/publicfiles/bussiness/htmlfiles/moe/moe-638/200407/888.html。

模,而且按不同批次收费,增加财源,后来逐渐演变成"校中校"、"校中班",引起了社会相当大的争议。为此,教育部2006年发文停止审批义务教育新的体制改革学校,强调要"严格禁止义务教育阶段搞'一校两制',更不准以改制为名高收费"。各省教育和物价主管部门也纷纷发文,规定义务教育阶段一个学校只能有一个收费标准,不得以"实验班"等名义向学生高收费,更不得通过"校中校"、"校中班"、"一校两制"或其他任何方式变相向学生乱收费。

另一种是高等教育阶段"国有民办"性质的"一校两制",即公立普通高校以体制创新的名义设立民办机制的二级学院,从而形成了同一所学校内两种收费标准、两种管理体制并存的局面。20世纪90年代后期,这种办学模式曾被认为是加速我国高等教育发展步伐的有益尝试,很短时间就得到了迅猛发展。但这种"一校两制"也很快引起了非议,症结还是出在"公立"该不该、能不能,以及怎样与"民办"结合上。虽然向社会资本开放教育特别是高等教育市场,走多种形式办学的路子,是新时期中国教育发展的现实选择(1999年,时任国务院总理的朱镕基就强调"我国是穷国办大教育,不走多种形式办学的路子,别无选择"[1]),但以公立普通高校"二级学院"模式兴办的民营教育机构,其独立法人的地位和民办机制显然都难以得到保证,从而有违教育改革的初衷。事实上,一些此类二级学院以"公立"的名义招生,又以"民办"的名义高收费,教育质量低下,已程度不同地沦为投资者圈钱的工具,损害了学生利益和教育机构的声誉。

为此,李岚清明确指出:民办高等学校,应当成为独立法人,但不能搞"一校两制"。[2] 周济2005年也在一次谈话中批评:相当一部分高校在校内举办了所谓"二级学院",这种"校中校",本质上是变相地在搞收费"双轨制",影响教育公平,存在引发学生不稳定事件的隐患,法人、产权等重大法律关系问题也不明确。他还说,有的

---

[1]《朱镕基在全国教育工作会议闭幕会上强调进一步解放思想,加快教育改革和发展》,《人民日报》1999年6月21日。
[2]《李岚清副总理在全国高等学校后勤社会化改革工作会议上的讲话》(1999年11月3日),http://www.moe.edu.cn/publicfiles/business/htmlfiles/moe/moe-638/200407/888.html。

同志想搞"公办机制"的"高收费二级学院",这种办学形式不能发挥公办和民办的各自优势,相反,却很可能将两方面的缺点都继承下来。[1]

不过,在高等教育"一校两制"问题上,示范性软件学院的身份显然有些特殊。第一,它们全都是公立普通高校内的"二级学院",非独立法人、独立办学、独立财务,亦非民营,因而并没有真正形成独立于所在高校的"两制";第二,教育部给它们的"倾斜"性扶持政策,特别是收费标准、合作办学、用人机制、管理机制等政策,又使得它们明显区别于其他院系,成为"不一样的二级学院"。就此而言,用"一校两制"形容示范性软件学院的地位,亦无大的不妥。

而这些学院的领导和老师们接受采访时,对软件学院是不是"一校两制"的看法也并不相同。有说"算是一校两制"的;有称"不好这么叫"的;还有说是在"打一校两制擦边球"的。持后一种看法者还认为,既然是打"擦边球",软件学院的改革便是在"走钢丝"。

南京大学陈道蓄教授说"这个问题后来发现不好解决":软件学院如果脱离了母体,是没法单独来办的;如果在母体里边,又难以真正解决软件学院的地位问题。

或许,这种现象本身就说明了示范性软件学院改革的艰难,也反映了整个中国高等教育改革的艰难。但历史经验证明,在改革的一些阶段上,重要的也许不是忙着给相关行为从概念上定性,而是从实际出发先干起来再说。而实践操作不只需要原则性,也需要灵活性和艺术性,需要一定的弹性空间。

5. "如果要等所有条件都到位那就什么也别做了"

进入改革"深水区"的示范性软件学院不可避免地遭遇到"制度短缺"的门坎,

---

[1] 参见《教育部禁止高校"二级学院"采取措施变相收费》,《北京晨报》2003年7月16日。

但倘若当事人以此为由放缓改革脚步,甚或重新向"体制内"靠拢,似乎也不好多说什么。毕竟,"制度"的问题不是一个二级学院所能左右得了的。

但《中国工程教育改革三大战略》的作者查建中教授对此并不认同:"别说不能这样做,连有这种想法都是不对的。"他的理由也很简单:"要是人们都盯着上面,要等所有条件都到位了才去做,那就什么也别做了。"

查建中分析,第一,这世界上蹚路子的事没有哪一件是零风险的,谁也不可能"上足了保险再做"。譬如发射航天飞机,这就是个大工程,要是等着科学家把发射中的所有问题都解决了,并承诺什么事都不会发生,"那你永远等不来,也永远上不去"。创新每次都是有风险的,"科技先进的国家都是机毁人亡多少次,仍保不准下一次会出什么事",人们能够做的,只是摸石头过河一次一次改进而已。况且,"如果等所有条件都到位了,也没你的份了"。办示范性软件学院也是一样。

第二,"要说难大家都难,为什么有人就能做到?"查建中谈及软件学院的办学环境时说,"一些人怨政府怨学校,怨政策不到位产业不积极,怨这个怨那个的",总之是教育资源不够,教学环境不行。可全国几十所软件学院,"大家面对的大环境都是一样的",为什么有些学院就能办得很好?查建中以自己所在的北京交通大学的软件学院为例说:卢苇院长、张红延老师他们刚开始做的时候非常难,可他们做得很好,把软件学院做成了学校里最好的学院之一,做成了"大家普遍接受的一个模式"。所以"事情都是人做出来的"。

持此观点者不在少数。北大软微学院的杨芙清院士,东南大学软件学院的邓建明院长,华南理工大学软件学院的闵华清院长,同济大学软件学院的刘琴副院长都谈到,若把示范性软件学院这一教育"特区"的"限度",悉数归罪于现行体制和大学领导的支持力度,至少也是不全面的。毕竟,软件学院领导层和带头人的理念素质,对这一"特区"的发展影响更为直接。

事实上,北大软微学院能办成"示范中的示范",固然有北大的声望等某些得天独厚的条件,但很大程度上还是得益于学院带头人自身的素质和努力。杨芙清多次谈到,条件也是创造出来的，包括"上面"的支持也要你自己争取。"有家软件学院的院长抱怨校长不支持，我告诉他'校长不支持你要去争取支持'。"杨芙清说自己常做的一件事就是"争取学校支持"，因为软件学院是新体制新事物，不少问题学校都不知道怎么办，所以要多汇报多沟通。2009年初，"周（其凤）校长上任不久，我就请他到我们这里来听汇报"，为此杨芙清花了很多时间写汇报提纲，还亲自参与做PPT。"PPT上有张图，我的两个博士后怎么画都画不出来，我就自己画，然后发给他们。"她说汇报时制作PPT是自己的一个习惯，虽然很难很麻烦，连学生都说"跟杨老师干事累"，但这样汇报起来逻辑清楚。身为院士的杨芙清不仅向校领导汇报，还常就一些具体事情向学校的相关部门汇报，"大的方面沟通了，碰到具体的事情还是要一点一点地沟通"，因为业务上的许多事需要机关的支持和配合。

东南大学邓建明院长说他"做教育改革"，也经常找学校要政策。譬如，教改中的"项目驱动"，要求改变现有的教学模式，需要相应的配套政策和措施，这些东西符合建设软件学院的宗旨，但有些与学校一贯的做法相抵触，所以"弄起来还是蛮难的"。邓建明就反复跟学校沟通，"我们是'特区'，不能完全按照学校过去的规矩来做，需要一点灵活性"。学院很多改革措施都是在"要来的空间"里发展起来的。

华南理工大学软件学院发展势头好，受到了珠三角地区企业的认可，闵华清院长认为经验之一是"以融入促发展"，即把学院的发展与所在地区的产业结合在一起，"我们融入里面"，帮他们解决技术难题，培养人才。现在珠三角有个说法：毕业证书一定是要华南理工大学的。对于软件学院发展中一些难题如一级学位授予权，一时解决不了的就先用变通的办法处理，譬如只要实权不要名分。同济大学的刘琴副院长评价：闵院长他是用聪明的办法解决了这个问题。

教育部前副部长吴启迪谈及此事时认为，在办软件学院这件事上，大学这一级是应当也可以有所作为的。软件学院要多争取学校支持，"因为软件学院设在学校内部，要能够运作得好，先得把事情告诉学校的领导"。

吴启迪同时指出，解决软件学院的问题，"最主要的解决层面是在高校"。软件学院的体制和政策在大学里有特殊性,学校领导要"把它当做特殊机构"处理,这当中虽然有困难但并非不可克服,"我也相信,学校的领导有足够的智慧来解决这些个事"。她还希望大学领导层关注软件学院的事,一所大学下面有很多二级学院,还有其他很多部门,"大学校长要办很多的事,管很多的事",不可能专顾软件学院这头,但要是校长们怕麻烦不想办,事情就真的麻烦了。

从这个意义上,"如果要等所有条件都到位那就什么也别做了"这个理儿,不只是对软件学院这一层说的。

(二) 更新文化传统是最大的难题

自称中国"奥数班始作俑者"的北京师范大学教授、教育管理学院院长顾明远(1986年任北京师范大学副校长时就曾组织一个奥数班集训两年捧回奖金),现在成了遍地开花的"奥数班"的"坚决反对者"。他在一个素质教育座谈会上严厉抨击"奥数是摧残人才":每个小学生都要学奥数,"出的题目中学生都不会做",这不是摧残人才吗?

但令顾明远没想到的是,自己说完以后,一个小学生举手发言:"顾爷爷,我们不上奥数班,我们上不了好的初中,上不了好的初中,我就上不了好的高中,上不了好的高中我就上不了好的大学,上不了好的大学就找不到好的工作,我怎么养家糊口?"

兼任国务院学位委员会学科评议组召集人、教育部高等学校设置委员会委员、中国教育学会会长等职的顾明远就此分析:一个十来岁的孩子,我估计也就是五年级的孩子,说出这样的话里代表了他父母的心声,代表了我们社会的现实。所以素质教育的问题不是那么简单,不是我们搞一个制度设计就能解决的。这与文化背景有关,当然也有一些制度问题。

这个道理同样适用于软件学院的改革。实践证明,改革越是进入"深水区",就越是触及"文化"。与制度相比,文化是更深层的东西,是制度的灵魂,离开文化层面上的更新和引领,制度创新只能是徒有其表。

1. 从一位毕业生的"文化告白"说起

胡特,东南大学软件学院2005级学生,"数学很好,美术也很好",2009年毕业前决意考研深造,结果同时被中央美院和美国卡内基·梅隆大学录取。他选择了卡内基·梅隆,就读于该大学计算机系的娱乐技术中心(ETC),算是同时兼顾了他本科时的软件专业和打小就培育起来的美术爱好。

与胡特的交谈就从他选择卡内基·梅隆的缘由说起。没想到的是,他一上来就说到了"文化":之所以选择卡内基·梅隆,是因为对国内一些教育文化和体制不是太赞同,"这种文化和体制也许更适合那种比较正统的人,像我这种喜欢特立独行的人,看上去偏一点怪一点的人,不会有特别的空间去发挥,也不会有很多的余地给你去做事情"。胡特认为这是一个挺大的弊病,这个弊病不只是教学模式的问题,也不只是国内高校的问题,而是整个社会的文化和体制还没有完全转变过来,"这需要一个过程"。

上软件学院并非胡特的选择,"我是被调剂过来的"。他说考大学第一志愿填的清华,"只差了一点分,被调整到东南大学",到东南大学后又"只填了建筑系",因为东南大学的建筑系"非常强",又可以发展美术方面的爱好,但因某些原因,最终没能进建筑系,而是被"调整"到了软件学院。这让胡特感到气愤,也多少有些伤心。

但在软件学院几年学下来,却让胡特有种"歪打正着"的感觉,因为他发现,软件学院的"文化"比较对自己的脾气:自由、宽松、框框少、不压抑。"这儿的体制什么的都是新的,不会把人压死,也不会把人框住"。还有就是软件学院的老师"有新鲜的思想",教学路子也不再是那种填鸭式的,而是在关键的时刻输入新的观念,鼓励学生自己想,鼓励学生自己尝试着去做,"我觉得这是真正的自由,自由才能出成果出人才"。

相比之下,那些"发展很成熟"的专业系,一切都是按部就班的,反倒少了活力少了个性。有的老师也告诉他,"在软件学院能够取得的成就,在别的系可能就不行,就因为软件学院的环境和文化比较宽松"。

胡特说自己并非是个一味反传统的人。他信奉钱学森所说的理工科的大学生一定要读人文、要全面的理念,喜欢阅读中国和西方的典籍,如老子的《道德经》,黑格尔的哲学,西方文艺史,欣赏其中的人文精神。老子说最有品格的人像水一样,"上善若水,水善利万物而不争。处众人之所恶,故几于道",《道德经》他全能背下来。

他甚至说自己"比较古老",因为很欣赏五四运动前后那批仁人志士,民国时期那批学者和教育家。蔡元培任北大校长时期培育起来的大学精神让他印象深刻,周恩来等老一辈无产阶级革命家的那种精神志向也让他钦佩。

但他同时认为,传统的东西需要和现代的东西结合起来,和个性化的东西结合起来,"我们这种传统的东西,如果能有更多的个性化现代化,这个传统会更加的丰富多彩"。大学不能压抑人的精神,不要被世俗眼光框住,而应当崇尚鼓励自由的学术精神,鼓励人们展示自我的东西,把人们的价值发挥出来。

一个国家也是这样,"传统文化和当代文化要结合得非常好",中国未来的发展方向应是"既要很中国,又要很现代",否则文化软实力这一块就不行,就"只能说是一个经济大国,还不能说是综合性的大国"。

循着这个思路,胡特对现时中国大学文化表示了担忧:"那种崇尚学术的精神,自由思辨的精神越来越少了。"他感慨"中国这些年出不了大师,反倒是西南联大在抗战那么艰苦的岁月里,还出了一大批大师级的学者",老师中有梅贻琦、陈寅恪、傅斯年、闻一多、吴宓、朱自清……学生中则出了杨振宁、李政道两位诺贝尔奖得主,朱光亚、邓稼先等6位"两弹一星"的元勋,黄昆、刘东生、叶笃正3位国家最高科学技术奖获得者,新中国成立后的两院院士中,联大师生占了164人——要知道,西南联大存在的8年中,就读学生不足8 000人,毕业生不过3 000人。

胡特说他一直在思考,为什么西南联大能够把"爱国、民主、科学"的精神和"刚毅坚卓"的校训坚持得那么好,为什么老一辈的教育家能做到"会泽百家、至公天下",我们现在反而发挥得不好?"我们现在就是被西方的这种拜金主义、物质欲,染得太多了。"这是一种精神上的差距,境界上的差距,文化上的差距。

一个20刚出头的年轻人这番对中国大学文化的告白和剖析,即便是有这样那样的稚嫩和片面,也不能不让人感受到某种启示甚或某种震撼。

有人说中华民族的崛起取决于大学的崛起,大学的崛起取决于大学精神、大学文化的崛起,大学人则应从自己内心的崛起做起,在自己的心灵中,在自己的行动中,营造健全的大学生活。软件学院毕业生胡特做到了后一点。这种内心文化的崛起,无疑是软件学院乃至整个大学文化崛起的基础。

香港中文大学副校长金耀基说得好:大学不能遗世独立,但却应该有它的独立自主;大学不能置外于人群,但却不能随外界政治风向或社会风尚而盲转、乱转。大学应该是"时代之表征",反映一个时代之精神,但大学也应该是"风向的定针",有所守,有所执著,以烛照社会之方向。

的确,大学应是社会文化的引领者和示范者,是社会进步的"思想库",承担着坚守、传承和弘扬优秀的人文精神的重任。大学存在的一个基本价值就在于不断创造新知,不断追求更高层次的精神理想,引领国民精神和社会文化不断实现自我超越。失去这一功能，大学将不成其为真正意义上的大学。

马克思主义哲学和文化学研究领域的知名学者、现任教育部部长袁贵仁提出："在一定意义上可以说，大学即文化。"大学的教育教学过程，实质上是一个有目的、有计划的文化过程。所谓教书育人、管理育人、服务育人、环境育人，说到底都是文化育人。大学传统、大学精神，实际上是大学的文化传统、文化精神。"总之，文化是一个大学赖以生存、发展的重要根基和血脉，也是大学间相互区别的重要标志和特征。"

2. "教育改革也要从文化的角度反思"

在解释软件学院"为什么不在计算机学院的基础上创办"时，中国工程院院士、高等教育司前司长张尧学分析，"这里头有个传统文化和新的改革冲突的问题"，在原有的机制和文化氛围下不好解决。他说大学里"最难改变的实际上是文化传统"，大学里教的也许是最先进的技术，但思想和文化方式却可能几十年都不会变，这样的文化和机制很难培养出适合经济发展需要的高层次的软件人才。从某种意义上说，"学校本身是一个堡垒"，文化的堡垒。堡垒有好的一面，"百年高校"，但也容易产生惰性，不会轻易地去改变什么东西，"你甚至找不到哪一个地方比学校的惰性更大"。

这当中包含着一个逻辑或曰理念：软件学院的改革也是大学教育文化的更新，而不仅仅是机制体制、教学内容和教学模式的改变。改革中产生的问题，遇到的障碍，有很多都需要从文化的角度反思。

在中国教育学会会长顾明远看来，"文化"是比"体制"更深层的东西。譬如说，中国的应试教育为什么长期解决不了？"这跟我们东方文化有关系"，"我们东方人长期受学而优则仕的思想影响，学成以后就要去当官。中国人还有一层文化背景，就是把子女当做自己的私有财产，如果我的孩子不能上大学，我邻居的孩子上大学了，我的面子搁在哪儿？"

为什么近代科学、近代发明不在中国？这也跟文化传统有关。中国长期以来是重经史轻技术，中国的知识分子读四书五经，却鲜有人去研究总结技术层面的东西，以至于老祖宗很多好的工艺都失传了。"我找了150多本课本，只有十几本是讲到自然科学的"，《本草纲目》算一本，《九章算术》算一本，其余大部分都是经史典籍，"教你怎么孝，怎么忠，没有讲科学的"。再就是学术思想，技术思想，思维方式上存在的一些问题，"我们是笼统的，我们不加分析，我们讲整体是好的，我们不讲局部"。这些都是文化层面上的问题。由于这些原因，"很多东西要从文化的角度反思，包括我们的制度，为什么我们的制度不能创新，也是文化原因。"顾明远说。

北京工业大学副校长侯义斌接受采访时也谈到了这一点："受中国文化的影响，中国高等教育的改革不像一般的改革那么简单，也不会像经济改革那样快。"中国从孔子开创的儒家教育思想，一直到后来的文化，深刻影响着每一个家庭，家长都希望自己的小孩能够上大学，"我们现在的观念就是小孩不上大学，就失败了"，这样一种教育文化和国外差别就很大。而文化观念上的东西，改起来是很难的。

"从我上大学到现在，我们基本的教育文化没有变，教育的思路和模式也就不会有大的变化。"侯义斌说。我们的教育喜欢沿着传统的路子走，喜欢走得稳一点，不像有些领域那样敢改敢闯，"这还是受文化因素的影响，反映了中国人对教育文化的理解"。当大家都接受这样的文化按这样的文化行事时，中国的高校也就大同小异了。"我曾经说过，拿北京工业大学和北大相比，教育体制和方法上面没有多大区别，要说差别只在两个地方，第一个北大的师资比北京工业大学强，第二个北大的生源比北京工业大学强。"而大学的文化更新"是非常难的事，为此我们要做的教育改革需要很长时间"。

侯义斌就此评价了软件学院之于高等教育改革的意义："软件学院实际上打开了一个缺口"，这个缺口不只是办学模式和教学内容上的，还有文化和观念上的。软件学院是做IT工程教育的，工程技术的发展非常快，再沿袭老的办学观念就跟不上，就没办法改。从这个意义上看，"办示范性软件学院这件事情是应该载入史册的"。

从文化角度反思软件学院乃至整个高等教育的改革，争议最多的便是制度和文化的关系。这个问题有点类似于"鸡和蛋"的关系，容易陷入循环论证的怪圈：一方面，文化需要"落地"，需要制度去承载和体现，没有文明进程中的制度安排和支撑，文化只会是空中楼阁；另一方面，制度的制订、维护和更新，又需要文化的引导和支持，得不到社会主流文化认同的制度，最终只会是种摆设。

但可以肯定的是，无论"文化"与"制度"有着怎样纠缠不清的关系，文化的地位和作用都是不容置疑的——尤其在大学这样的"文化机构"。

关于文化在教育机构中的作用，美国教育家、普林斯顿大学前校长亚伯拉罕·弗莱斯克纳有句名言："在保障大学的高水准方面，大学精神比任何设施、任何组织都更有效。"北京大学在蔡元培任校长时期形成的"思想自由"、"兼容并包"的精神，清华大学"自强不息，厚德载物"的校训，对相关大学竞争力的形成和当下教育改革的作用，是谁也无法否认的。梁漱溟在论述北大精神时说："彼此质疑，相互问难，兼容并包，追求真理。在这种气氛中，怎能不奋发向上。"

华中科技大学姚国华教授在一篇文章中谈到，被誉为"日本近代教育之父"的福泽谕吉告诉日本人，一个民族的崛起需要三个方面的改变，第一是人心灵的改变，第二是政治制度的改变，第三是器物与经济层面的改变。这三个方面的顺序，应该先是心灵，再是政治体制，最后才是经济。把这个顺序颠倒过来，表面上看是捷径，但最后是走不通的。近代日本基本上按福泽的路走，它成功了。今天日本最大面额钞票（一万日元）上面的那个头像既不是天皇，也不是任何政治军事人物，而是办了日本第一所大学的福泽谕吉。

1620年，英国102名清教徒乘五月花号船抵达北美洲，16年后，这批教徒在还没有完全站稳脚跟时就建立了北美最早的大学即哈佛大学。而美国和美国宪法的建立却是160年以后的事情。这或许可以作为"文化立国"的另一个例证。

中国的崛起也是一样，不能只有经济的发展，制度的更迭，它还需要社会观念体系的变革，需要国民心灵深处的文化建构。历史上的洋务运动和戊戌变法所以失败，与片面看重"器物"层面的模仿，忽视心灵层面的更新有直接关系。就此而言，改革发展中的经济决定论是不对的，制度决定论也是不对的。如果一个民族只有"硬件"的盘算，只有世俗的眼界，只热衷于追逐眼前犬儒功利的乐趣，这个民族不可能真正崛起。这种情形诚如温家宝总理经常引述的黑格尔的那句名言："一个民族有一些关注天空的人，他们才有希望；一个民族只是关心脚下的事情，那是没有未来的。"[1]

大学教育的改革更是如此，没有新的大学精神的铸造，高等教育改革也不可能真正完成。中国政法大学教授蔡定剑评价新时期中国教育改革时认为，这一改革是有功绩的，它完成了一个目标，就是达到了规模世界第一。"但是欠缺很大的是教育软实力、科技软实力、文化软实力、学术软实力。"大学不能光有高楼大厦，更要有世界级大师，有学术和科技的创新能力。清华大学老校长梅贻琦也讲过："大学者，非谓有大楼之谓也，有大师之谓也。"不言而喻，后者更多地关乎大学的"无形资产"，亦即文化层面上的东西。

而文化更新的一个基本规律，便是需要"整体推动"。好几所示范性软件学院领导涉及"文化建设"的话题时都谈到了整个的大学文化、教育文化乃至社会文化。"很多事情可以单拿软件学院说事，但文化这个层面上的事情更多地需要整体推进。"尽管这并不意味着软件学院自身不能有所作为。

3. 软件学院需要什么样的"文化名片"

教育部部长袁贵仁把大学的文化传统和精神称为大学的"文化名片"，大学绵延的"文化基因"。这种"名片"和"基因"展示在大学的校训校风上，构成了师生思想和行为的"文化模式"。

---

[1] 温家宝：《仰望星空》，《人民日报·文艺副刊》2007年9月4日。

以校训为例，清华大学的"自强不息，厚德载物"；北京师范大学的"学为人师，行为世范"；同济大学的"同舟共济，自强不息"复旦大学的"博学而笃志，切问而近思"；中国政法大学的"厚德、明法、格物、致公"；哈佛大学的"与真理为友"；华盛顿大学的"通过真理取得力量"，等等，这些"名片"无不凝结着所在大学的文化传统和文化内涵，体现着所在大学的文化自觉和精神追求。

示范性软件学院的改革和发展，也需要建构自己的"文化名片"。这里所说的文化名片并非特指"校训"这种形诸文字的东西（二级学院似乎也不宜有独立的"校训"），而是指文化建设上的价值追求和主体精神。在2009年国家级示范性软件学院和省级示范性软件学院院长工作会议上，教育部示范性软件学院办公室主任吴爱华就提出了"建立软件学院自己的文化和改革方向"的要求。

软件学院的"文化名片"应该是什么样的，不可能有统一和固定的答案。因为每一所软件学院乃至每一所大学，都要"靠特色活着"。对此只要看一看前头列举的各具特色的校训即可明了。但就文化内涵和精神追求而言，不同的软件学院，不同的大学，还是应当有很多共性的东西。只不过，共性的东西需要通过个性表现出来。

国务院学位办主任张尧学首先强调的是"道德"层面的文化名片：诚实、勤奋、宽容、俭朴、爱国、奉献、守法，等等。他在软件学院初创期就提出，示范性软件学院的办学要强调"诚信"，就是要培养守法、诚信的软件人才。"他至少是一个遵守《宪法》，遵守《知识产权法》等法律法规的人；是一个有职业道德的人。"软件学院对于高等教育来讲是新生事物，对于老百姓来讲也是新生事物，办学单位有责任把国家针对这类学院办学制订的政策向社会说明，有责任把学院的招生、办学、就业、收费等环节事先向家长和学生作明确的说明。"从一定意义上讲，'诚信'也是市场对办学单位的一种要求。"

张尧学看重软件学院"文化名片"建设中的道德内容，还有软件产业本身发展的要求。"对于软件产业来讲，核心技术的保护更需要从业人员具备良好的职业道德。否则，竞争规则就会被破坏，产业发展就会受到制约。"张尧学认为，软件文化从某种意义上说就是一种"服务文化",从业人员要有很强的"服务意识",而这恰恰是我们所欠缺的。"不少人骨子里是以自我为中心的",缺少站在别人的立场上去想怎么做才好的意识,"这种文化反映在软件开发上就是不考虑别人的需求",很多人编程序不是千方百计想着怎么去适应用户,而是"站在自己的立场上去想去干,然后让用户适应自己",用户当然不高兴,产业也就上不去。

道德追求、人文关怀其实是所有大学精神的核心内容,大学文化向来就是崇尚道德的文化。被公认为"中国大学最好校训"的清华大学校训,就引用了《周易》中"厚德载物"的名句,要求学人增厚美德,容载万物。北京师范大学"学为人师,行为世范"的校训,美国宾州大学"没有道德的法规是徒劳的"的校训,更是直指道德。在哈佛大学的教育理念中,一个人能不能有所成就,"不仅看智商,还应看情商,进而看德商"。

现在的问题是,当今中国大学的文化名片中,对优秀道德的坚守已成弱项。这一点仅从屡禁不止的学术造假和乱收费中就可以感受到。从近年的学术腐败事件看,论文抄袭造假风波已经波及院士和大学校长,而在一些学校里,学生考试和论文中的作弊抄袭甚至到了见怪不怪的程度。中科院院士、复旦大学老校长杨福家举例说,自己做校长时"最感到脸红"的事情,是收到美国大学的来信,要求证明他们收到的同学的成绩单是真的还是假的,"这是专寄中国的询问信"。软件学院"文化名片"的构建当以此为戒。

软件学院第二张文化名片,应是崇尚真理,严谨求实。这也是中外大学文化的精髓所在。杨福家院士说一位哈佛大学前校长与自己谈起,曾经有位刚进哈佛的新生对他说"我一直在跟踪你的数据,你的数据有错误"。一个新生可以对校长说"你错了",这就是一种崇尚真理的文化。一个大学拥有这样的文化才有可能成为世界一流大学。

作为精神的殿堂,大学理应以追求真理为己任,奉严谨求实为准则,并把这样一种文化渗透在学校工作的方方面面。

以课程设置和教学方式为例,兼任东北大学副校长的东软集团董事长刘积仁说:

我也参加过教育部专家课程体系的讨论，可以不客气地说，"我们现在有的课程设计得十分奇怪，不知道将来是干什么用的，我们的教育更多强调的是过程，完成多少课时，教师有多少工作量，却忽略了教育的实际功能。这对学生十分不公平"。刘积仁就此提出，"软件学院应该建立一种新的观念，就是要为学生创造价值"，比如课程设置上一定要知道学生需要什么，市场需要什么，社会需要什么。没有用的东西就不要讲了。教学方式也要求实，有的课程"老师讲10个小时，学生做50个小时更适合"，不要满堂灌，这样"老师轻松，学生也变得有激情"。

再譬如教学评估，必要的教学评估还是必需的，20世纪90年代以来的教学评估，对高校教学条件和教学质量的改善和提高也有目共睹。但也不能不看到，一些学校程度不同地存在着形式主义倾向，以应对评估为目的，个别的甚至组织教师和学生集体造假，修改往年的教学文档。从文化建设上看，这是自毁崇尚真理、严谨求实校风的行为，会伤害师生心灵和学校长期发展。

对软件学院来说，崇尚真理、严谨求实的文化名片还特别表现在理论联系实际上。麻省理工学院的校训就是"动脑又动手"。这一点对软件学院尤为重要，因为软件工程人才光在课堂上培养肯定是不行的，一定要经过实践积累起经验才行。用东软总裁刘积仁的话说是"教学要与产业对接"。

中国高等教育长期以精英教育为主，强调研究高深学问，培养大师级人才。软件学院的出现和迅速发展，标志着高等教育的大众化走向，体现在文化上，则要求在继承大学优秀传统文化的基础上，重新审视和处理"精英文化"与"平民文化"的关系，在大学文化中加入开放的、务实的内容和价值追求，譬如按市场要求动态地调整学科设置，尝试着弱化大学教育中等级化的东西。在教学理念和方法模式上，则应强调开放多元、务实有效、平等交流。

当然，软件学院改革中务实的社会价值取向，并不意味着放弃精英文化，拒斥理想的感召和精神的力量，而是要立足高等教育大众化的现实和当今社会发展的实际，寻求学生全面发展和经济社会全面进步的结合点。大学就是大学，"从其产生之日起，就不是消极地顺应社会，而是对社会发挥着批判、监督、匡正和导向的作用"。[1]高等教育的"务实"也不同于市场经济的目标，市场经济是要追求效益，实现利润最大化，高等教育的"务实"则是要培育适应社会进而促进社会发展的人才。大学"务实文化"的真谛不在于工具层面的"实用"，而在于使人的生活更真实更有价值，经济社会发展更科学更迅速。

软件学院第三张文化名片，应是开放的心胸，创新的精神。示范性软件学院办公室主任吴爱华认为，软件学院是在一个新的体制里头做事，只有面对问题，不断地找到解决的办法，不断想办法从制度上创新，管理上创新，从具体的改革措施上来创新，才能始终走在高等教育的前列。为此，示范性软件学院"要有改革创新的文化"。

创造新的知识和技术，培育有创新素质的人才，是大学的一个根本任务，也是大学文化的本性。特别是20世纪70年代以来，世界各国在大学文化的设计和建设中，都把培养创新能力和创新精神放在重要位置，并为此推出了"问题教学法"、"合同教学法"、"个性教学法"等多种教学方法和相关机制，鼓励学生标新立异、发展个性，敢于怀疑、敢于批判。改革开放以来，我国大学的生存和发展环境也发生了巨大变化，这就要求大学必须适应新的环境创新求变。示范性软件学院的建立本身就是中国高等教育创新求变的产物，坚守和弘扬创新精神理应成为软件学院文化建设的重要内容。

创新和开放是联系在一起的，开放的办学平台一定要有开放的文化，教学要吸纳国内外先进的做法和理念，师资要借助国内外优质资源，教学实践要面向社会与企业合作。示范性软件学院已经做出了自己的努力和成绩，但相对于所承担的高等教育改革先行者和试验田的任务，其创新还只是开了个头，如何在改革"深水区"继续弘扬开放创新的大学文化，对示范性软件学院将是更大的考验。

---

[1] 韩延明：《论高等教育面向市场背景下大学精神的铸就》，《教育研究》2007年第5期。

4. "大学行政化"的文化辨析

时下谈及更新大学文化传统，人们通常都会议论到"大学行政化"现象，认为这种现象反映了大学中"官本位"的思维定式和行为习惯，破坏了大学应有的"文化生态"，降低了大学的精神品位，使大学赖以安身立命的学问神圣、人格高洁失去了制度和文化基础。

一个被媒体热炒的实例是：2008年4月，南方某大学的校长、副校长等六位校级领导同时迎接教育部评估专家组一位年轻秘书。另一个实例是2008年发生在深圳的"40个教授竞争一个处长职位"的事情。此类事件所以受到舆论强烈关注并引发争议，无非是人们把它解读为"大学行政化"的直观符号了。或者说，它至少从一个侧面反映了教育机构中"教授贬值官位升值"的现象，反映了大学行政化在某些地方对"大学文化"、"大学精神"的侵蚀。

不少学者担忧，大学中官本位风气会伤害教育的本质。当大学越来越像行政单位而非独立的教学科研机构时，当大学内部高度行政化，行政权力凌驾于学术权力之上时，真正践行教育理想和学术创新的行为在大学中势必被挤压，而修炼人格、崇尚真理、求实创新、尊师重教等优秀大学文化也会被边缘化。

一些大学领导和教育部领导也表达了相似的意见。2003年吴启迪由同济大学校长调任教育部副部长，在学校为其举办的欢送会上，同济名誉校长李国豪说，他当年担任校长的时候只能批批出差请假，批批出差能不能坐飞机，造个寝室楼房间的大小也要教育部批。这让吴启迪感慨颇深："我当校长的时候，我对高校行政化也有很负面的看法，高校变成官僚机构是不对的。"

作为大学辖下的二级学院，"大学行政化"同样构成了软件学院改革发展的一个重要环境因素。一些领导和教师说软件学院是"有限的特区"，是"既在体制外又在体制内"，所作所为"不能跟学校差距太大"，表达的都是这个意思。

大学行政化的影响也表现在大学文化建设中——"行政化"或者说"官本位"不只

是个体制问题,也是一种复杂的文化现象,对它的认识和变革需要在文化层面上加以辨析。

不过,在试图批判和变革"大学行政化"及相关文化现象时,首先要做的,也许应是辨析它在一定时期内的必然性和一定限度内的合理性,否则恐难以寻到中国大学改革的现实路径。

按照江苏大学教授王长乐的分析,中国现代意义上的大学自创立以来,就缺乏大学自治的传统,国家也没有"大学自治"的资源和传统可以利用。新中国成立后,以前的私立大学和教会大学被取缔,所有的大学收归国有。在这样的体制下,国家既负责提供大学所需要的经费及其他条件,又领导管理着大学的招生、分配、财务、专业、课程、干部、教师、职称等事项,规范控制着大学的办学思想、办学方式、组织机构、领导人任命等活动,大学由此成为了国家行政部门的下属机构。政府在大学中的权力则演变为大学中的行政权力、教育权力、学术权力,从而使"大学行政化"获得了思想和文化方面的支持。由此也衍生出了今日大学中浓厚的"官本位"文化。

这里所说的,至少是部分的国情和历史。而国情不是可以视而不见,历史也不是可以轻易割断的。

事情的复杂性还在于,行政权力并不都是负面的。为此,我们在变革"大学行政化"、"重建政府与大学的关系"之前,还应当客观地评价现行体制的功过是非,在批判其弊端的同时如实地承认其合理性的成分,包括客观地对待和评估来自各个方面的意见,正视并慎重调整目前形成的利益格局,从而务实地选择改革的模式和路径。做不到这一点,我们的改革可能只有"破旧",却难以"立新"。

陈道蓄教授认为,对社会上负面的评价也是要区别对待的:一种评价是真正研究过,看到了问题和缺点,是善意的中肯的,那么即使讲的话难听,也值得重视。还有一种评价是并不太了解或基本上不了解,就从概念上开始批判,譬如"一听是政府推动的,好了,就开始说它怎么怎么"。示范性软件学院也是政府推动的,因而也曾遭遇到这种不负责任的评价。但这件事总体上值得肯定,现在发展的也还是很不错的。

的确，包括高等教育在内，新时期中国改革发展很大程度上是"行政推动"的结果。这与历史和国情有关，也与现时期我国作为后发展国家的处境有关。历史上的后发展中国家（包括早期的德国和日本）为赶上先进国家，行政权力都介入了教改，问题只在于谁来行使权力，以及行使权力的程序和限度。

客观地说，新时期由行政权威推动的高等教育改革，固然有这样那样的问题，但诚如中国教育学会会长顾明远评价的那样，30年来"我们取得的成绩还是很巨大的"。这些成就中包括教育观念的改变，"从阶级斗争为纲转变到科教兴国的发展战略"。也包括制度的创新，"不管怎么样，我们制度是有所创新的"。制度创新最大的成绩是"集权向分权转变"，尽管现在分权分的不够，还有很多集权，"但是毕竟要比过去好得多，现在大学的自主权要比我当校长的时候好得多"。

东南大学原副校长吴介一教授也谈到，软件学院发展中，"做得很好的事情大都是国家支持的"。令他印象深刻的一件事情，是高等教育司组织示范性软件学院部分学生去印度实习的事情，并说由于在选拔中成绩突出，"两次去印度实习，都是东南大学软件学院去的学生最多"。

分析大学行政化在一定时期内的必然性和一定限度内的合理性，不是为了给大学行政化辩护，更非为官本位文化辩护。事实上，尽管"行政推动"对高等教育改革包括软件学院的问世和发展起了重大作用，但其弊端也显而易见。大学有自己运行的规律，也有自己的文化传统，行政权力的行使并非总能准确把握和尊重这种规律，弘扬这种文化。特别是当行政权力不恰当地强化，凌驾于学术权力之上，大学的办学自主权被严重压缩，甚至大学内部也是官本位文化盛行时，"行政推动"与教学规律的冲突，官本位对大学优秀文化传统的侵蚀，更是难以避免的事情。由此也许会带来一时之利，但它损害的却是中国高等教育长远和科学的发展。

2010年2月28日，《规划纲要》向全社会公布并征求意见。数万字的正文中，涉及高等教育的行政化和基础教育资源分布极端不均衡两个问题的内容引人关注。尤其是针对大学行政化，《规划纲要》明确提出要取消各类学校的行政级别和行政化管理模式，推进政校分开、管办分离，落实学校办学自主权。将"去行政化"予以如此明确的表态，可说是前所未有。

为此，软件学院的改革需要进一步解放思想。2008年4月，天涯社区网站上刊出一篇引起轰动的文章《特区不特，深圳路在何方》，说深圳人现在的思想"比内地还内地"，深圳之所以滞步不前，深层原因是"三十年前思想解放之余荫已消耗殆尽"。此话或许偏激了些，但思想解放的程度，文化发展和更新的程度影响制约着体制变革和社会发展，却是千真万确的。这个道理同样适用于软件学院及其所代表的高等教育的改革发展。而随着改革进入"深水区"，解放思想会越来越难，其作用也越来越大。

但解放思想不等于一味批判，更重要的是找到科学务实的建设之路。邓小平主张解放思想，目的也是为了做到实事求是："解放思想，就是使思想和实际相符合，使主观和客观相符合，就是实事求是。"

对大学行政化及相关文化现象的态度也是如此。"破旧"固然不易，需要解放思想，"立新"更难，更需要解放思想。在公布《规划纲要》的新闻发布会上，教育部部长袁贵仁坦言："随着改革的深入，共识度会越来越低，因为它既涉及观念，涉及体制，还涉及切身利益。"吴启迪十分反对高等教育行政化，她任教育部副部长期间多次强调"高校不是官僚机构"。但在谈及部分高校的"副部级"待遇这一问题时却表露出一种审慎的态度：在没有可替代方案前不应该去动。北大前校长许智宏2010年6月接受采访时也谈到：中国是个级别的社会，不光大学，医院还有级别，部级医院、副部级医院，甚至和尚还有级别。"这种状况下，我不赞成现在废除大学的行政级别，如果只是把大学的行政级别取消了，问题也都解决不了。"

包括软件学院在内，中国的大学的改革发展需要探索有自己特色的新的制度和文化，这种制度和文化需要借鉴他人，却一定不能照搬他人。历史上已经有太多的教训证明，一种制度适合一个国家，未必适合另一个国家。任何制度都有其长处和不足。而评判这一切的，仍然是三十多年前邓小平启动改革开放时所倡导的"实践才是检验真理的唯一标准"。

这也是一种文化，解放思想与实事求是统一的文化，解构与建构并重的文化。身处改革"深水区"的示范性软件学院，尤其需要从这种文化中汲取力量。

（三）企业化运作之思

无论是国家给示范性软件学院的政策，还是软件学院这些年所进行的改革探索，"合作办学"和"根据办学成本收费"两项，都是最敏感最有争议的话题。之所以如此，无非因为这两件事都与钱有关。

"合作办学"尤其是与企业合作，涉及引入社会资本问题。而资本有趋利的本性，投出去是要寻求回报的，由此带来的一个问题便是——软件学院的运作要不要走企业化之路？

"根据办学成本收费"，则意味着软件学院的学费要远远高出公办大学一般的标准。按照2002年发布的《国家计委、财政部、教育部关于高等学校示范性软件学院收费标准及有关事项的通知》，示范性软件学院实行按学分收取学费的最高限额标准为：本科及第二学士学位学生，每生每学分学费标准最高400元；工程硕士学位学生每分不超过1 000元。完成本科及第二学士学位学业所需总学分数不高于80学分，工程硕士不高于40学分。这意味着本科生学费最高限额为32 000元，平均一年达8 000元，硕士生为40 000元，平均1年超过13 000元。而据当时主管教育的李岚清副总理在其回忆录中的资料，2002年普通高校本科生学费全国平均水平为3 895元，其中学费标准最低的贵州省约为2 000元，最高的上海市约为5 000元。

仅从这两点便不难看出，为什么办示范性软件学院对公立大学有那么大的诱惑力，以至于出现申报时"爆棚"的场面了。毕竟，经费短缺是困惑中国大学发展的最大难题之一，而在市场经济转型的大背景下，教职人员对物质利益的追逐也已成了大学校园里公开的秘密。

事实上，不只软件学院，新时期中国高等教育的改革，包括社会上热议的教育公平问题，政府责任问题，大学体制（包括投资体制）问题，大学价值问题，大学精神问题，等等，大多与钱有关。

这是进入改革"深水区"的软件学院，也是整个中国高等教育改革需要认真探索和解决的问题。

1. "大学还是企业"？[1]

软件学院"试水"伊始的2002年1月，南方某大学的李文教授从学校组织部获得了一个新头衔：该大学软件学院副院长，主管业务及经营。他被告知，软件学院虽为学校的二级学院，但可采用公司化体制自主经营，深信"中国教育变革中孕育着巨大商机"的李文，觉得自己赶上了"千载难逢"的机遇。

让李文印象深刻的是，自己到软件学院后"很多老师都来找我要调过来"，原因再

---

[1] 本小节引用了李桂云、杜建立：《示范性软件学院两年试点全景透视》一文中的部分材料，特此致谢。该文载于2003年11期《中国远程教育》（资讯）。

简单不过，就是到软件学院可以多拿钱。"其实很多人都是冲钱去的，因为软件学院的待遇要比其他学院高不少。"这个"不少"更确切的定义是"不只一两倍"。

李文本人虽说"绝对不是冲钱来的"，但对软件学院的赢利前景显然同样兴奋和憧憬。当时的他因患腰椎间盘突出正住院治疗，在学校安排下他毅然提前出院"绑着厚厚的护腰"飞往深圳，为的是跟一个公司协商合办产业基地，让软件学院参与其中。他甚至想到了上市：软件学院不可能上市，但是办产业基地却可以。

这个事例摘编自《21世纪经济报导》2002年2月的一篇文章，其精华之笔应是文章作者为这段描述提炼出来的标题："大学教授的新财富梦想"。

应该承认，怀揣着此类"财富梦想"投身软件学院者当时不在少数，从"商机"上看待软件学院的改革者更是大有人在。

但在清华大学软件学院院长孙家广看来，这样一种试图把软件学院办成盈利机构的冲动，并不符合软件学院的宗旨。曾做过董事长、经理，被媒体称作继袁隆平和王选之后又一"院士富翁"的孙家广，在清华大学软件学院开学典礼所做的演讲中向学生宣布：软件学院不走企业化办学的道路，因为"办学校和公司的目标出发点不同，办学校是要培养人才，公司则是追求利润最大化，两者很难统一"。据说曾有企业提出要为清华大学软件学院盖一栋大楼，但提出要占部分股份，被孙家广拒绝了。

并且，对相关政策作"财富梦想"式的解读，也不符合国家办示范性软件学院的本义。分析起来，教育部、财政部等发布的关于示范性软件学院的规定中，一句"根据办学成本收费"，就已经把软件学院定位于非盈利机构了。南京大学软件学院首任院长陈道蓄接受专访时反复强调，软件学院是收学费的，但"按照当时教育部的要求，必须是成本收费，就是不能盈利"。

国家给示范性软件学院的政策中，还有"与国内外企业合作，拉动社会资金投入"，"运作企业化"等内容，这些虽然给人们留下了"赢利想象"的空间，但严格说也经不住推敲。因为这些政策的本义都不是要示范性软件学院去赚钱，而是要求通过这些路径开展产学研合作，推进办学模式改革。况且，"运作企业化"的提法，本身就说明软件学院不是企业，也不能办成企业，否则岂不多余？对于示范性软件学院来说，企业化运作只是一种管理方式，为的是更好地配置教学资源，提升办学的质量和效益。

诚如不少软件学院领导所说的那样，很多事情是"知易行难"，因为理论远比不上实践复杂。后者涉及许多前所未遇的具体问题的处置，也涉及许多利益关系上的考量。其中的许多"细节上的事"，教育部没有也不可能有明确规定。

以引入外来资金的运作为例，北京工业大学软件学院领导说：教育部鼓励外来资金投入，但"投入"不是"投资"；鼓励按股份制模式运作，但"股份制"不是"股份制公司"。那么，软件学院作为学校管辖下的二级学院，其"实体化"该如何体现？如果软件学院不是赢利实体，那么外来资金的回报形式就不适合用现金体现。那么该如何体现？

收费也是如此。当把办软件学院看作一种"商机"时，特殊的收费政策也可能被当成盈利工具。示范性软件学院开办不到一年，媒体上就出现了"唯利是图"的指责，说软件学院收费标准"每学年至少 2 万元以上，高的甚至要 5 万元"，并发出了"软件学院培养人才到底是从国家的人才战略出发，还是从集团的利益出发"的质疑。

况且，即便抛开学校和个人利益上的追求，仅从软件学院发展的要求考量，也需要多"弄些钱"。联合国教科文组织产学合作教席主持人查建中教授说，软件学院的人才培养必须走产学结合的路子，而"产学合作成本很高，按照加拿大的经验，大概要增加20%的教育成本"。

南京大学陈道蓄教授也谈到，办软件学院需要更多的经费，"跟企业合作也罢，请外面的教师也罢，总需要有钱，没钱很难办"。他说自己当计算机系主任时，凭私人交情也可以请到教师，至于报酬，因为系里没有这项开支，只能"给一点意思意思"，但不能老是这样，老要请人家就得"按国际标准付他报酬"了。软件学院强调与国外大学合作，引入高水平智力资源，光有政策不行，你还得账上有钱。

中科院北京软件工程研制中心一位负责人则表示，各个软件学院目前还是亏本状态，没有资金支持很难。他的主张是：教育部应该管一条，就是不能降低培养人才的标准,"把住这一条,其他就应该放开,让他们放手去干"。

此类问题的解决,显然不只是"澄清观念"那么简单。尤其在软件学院创办之初,走些弯路几乎难免。难怪一位教育部官员说:"对于示范性软件学院的人才培养贡献不担心,而如何把软件学院办成既像企业又不是企业其难度是很大的","真正优秀的软件学院应该依托一个或几个优秀的企业,而不是最终办成企业"。

2. 理事会和董事会

北大软微学院院长陈钟曾经笑谈,自己和北大其他所有二级学院的院长都不一样,因为他得通过各种渠道"找钱":"教育部要求软件学院拉动社会投资、实现运作企业化,不占用北京大学的任何物理资源。"

杨芙清院士也谈到了"找钱"的事:办示范性软件学院,涉及许多学校体制上过去没有的东西,"举个例子,当时定的就是说不拿国家和学校的一分钱,自筹资金,拉动社会资金投入"。

靠着他们自身的努力,也靠着北京大学这面金字招牌,北大软微学院在其初创的半年多时间里就从跨国公司和国内企业筹到了价值 1 200 万人民币的各种捐赠,其中包括建立联合实验室、设立奖学金、派兼职教授和兼职系主任等。学院在北京大兴的新校园,建设资金也全部是由合作企业垫付的。

靠拉动社会资金建起来的软件学院,应该办成什么样子?譬如是不是要办成"教育发展股份公司"一类的机构,建立董事会领导软件学院的运营,以吸引资金和保障投资人权益?

几经权衡,北大软微学院选择了"理事会"的机制,以示自己区别于企业。"我们专门成立了一个理事会,理事会是在学校领导下的,学校要我当这个理事会的理事长,学校通过理事会来领导学院的建设,日常事务则由院长负责。所以我们叫理事会领导下的院长负责制。"杨芙清说。

杨芙清和陈钟都特别谈到，理事会归学校领导，但它体现的办学理念是开放的，不搞排他性的封闭式办学，理事会成员中有主管软件学院的学校领导，有知名专家，也有资助企业及相关机构的代表。

南京大学、上海交通大学等也为软件学院选择了理事会的机制。上海交通大学2002年9月与上海联和投资公司、微软（中国）公司、国家软件产业基地浦东软件园组建成立四方合作办学的理事会，制订了《上海交通大学软件学院理事会章程》，确定对软件学院实行理事会领导下的院长负责制。南京大学也在同一时间成立了由7人组成的理事会，南京大学校长和南京高新区负责人分任正副理事长，此后的理事会中又增加了思科公司的代表。

采用"理事会"而非"董事会"的领导机制，表明软件学院是大学而不是企业；"理事会"中有捐助和出资企业的代表，又显示软件学院与企业合作的态度和企业化运作的方式。这应是北京大学、南京大学等高校贯彻教育部2001年6号文件有关规定，探索拉动社会资金投入软件学院的一个成果。

南京大学软件学院副院长骆斌对此有个解释：理事会和董事会不一样，董事会是谁出钱多谁当董事长说了算，理事会则"柔性"得多，理事长都由大学里出，保证软件学院是在大学的领导下，对大学负责，对教育负责，对学生负责。

上海交通大学软件学院院长傅育熙还曾谈到，他们选择合作伙伴有几项原则，其中包括：投资各方应视投资教育、发展软件教育产业为己任，对软件学院的投资不以赢利为目的；投资不改变软件学院的性质，软件学院仍是上海交通大学的二级学院，办学权归上海交通大学，软件学院和其他学院的区别在于体制、机制和办学理念，而不在于它的性质。

不过，若要较起真来，理事会、董事会其实都只是一种名称，关键在于其权责的具体内容，以及行使职权的机制。吴启迪接受采访时就谈到，理事会和董事会"实际上我觉得也没多大差别"，只是大家听得惯听不惯的事，"觉得理事会学术味道比较重一点,和企业挂不大上钩,学校里的人比较愿意听"。

很多人都知道,美国的大学,无论公立的还是私立的大学普遍采用董事会制度,但此董事会(大学董事会)非彼董事会(股份制企业董事会),二者的构成和责权及运行方式是有严格区别的,譬如大学董事会成员多为校外人士,包括政府官员,董事会对高校事务拥有最后决定权但并不直接参与日常管理,即使私立高校也是非营利性的,等等。我国大学所办的示范性软件学院所以选择理事会而非董事会,无非因为董事会在国人理解中就是股份制企业的机构。

2010年6月,中共中央和国务院颁布的《国家中长期人才发展规划纲要(2010—2020年)》中,就明确指出要取消科研院所、学校、医院等事业单位实际存在的行政级别和行政化管理模式,"探索建立理事会、董事会等形式的法人治理结构"。

所以,问题的实质不在于软件学院机制创新的名称,而在于如何保证软件学院既要与企业合作又不能办成企业,既要引入或部分引入企业化运作机制又不能办成赢利机构。这是所有示范性软件学院共同的问题,也是需要继续探索的问题。

北京工业大学副校长侯义斌接受采访时说:开始办示范性软件学院的时候,教育部提出了引入企业化运作办学的理念,但执行过程中出现了偏差,"一些学校理解示范性软件学院就是企业,完全用企业的做法,把示范性软件学院看做和其他二级学院不一样的另类,这就偏了,软件学院的性质就变了"。况且,"如果变成企业以后学校不管了,哪一个软件学院都办不起来"。

教育部没有说要把软件学院办成企业,只是认为可以引入企业的一些机制办这件事。对一些学校执行上出现的偏差,"教育部2002年就发现了问题,2003年用很大努力纠偏,明确软件学院是学校的二级学院"。与企业合作可以,但控制权必须是学校的,不能让企业占大头。

至于解决这个问题的方式,各校也并不相同。"理事会"只是其中的一种,且不能说已经是成熟的一种。有的学校虽成立了理事会,但作用并不显著,有待继续探索。"其实教育部也不希望三十几所软件学院都是一个模式,最重要的是办出自己的特色。"

3. 软件学院教育改革也要体现公平

山西老区左权县一位贫困生以优异成绩考取了南京大学，所填志愿是软件学院。考虑到这位考生的家境，有关部门建议他改填计算机学院，这样可以少缴一多半的学费，软件学院的课他也可以去听。得知此事的左权县委书记和县长做出了一个决定：各资助他两年的学费，帮他实现了入读软件学院的心愿。

这是南京大学骆斌教授谈及示范性软件学院如何实现"教育公平"，让贫困生也能平等进入时举的一个例子。人们普遍认为，现阶段对"教育公平"最大的挑战，是城乡差距和贫富差距对教育"机会平等"的侵蚀。一个不争的事实是：尽管我国《高等教育法》赋予了所有公民接受高等教育的权利和机会，但具有优越经济条件和其他社会资源家庭中的子女，无疑会更容易得到优越的学习机会，可以相对轻松地迈过重点高校和优势学科的门槛。相比之下，贫困家庭子女接受高等教育特别是优质高等教育的机会则少得多。在这里，"权利平等"不等于事实上的平等。

杨福家院士曾列举《人民日报》和《文汇报》的报道说，在安徽省，一个人18年收入才能培养一个大学生，再往西走，35年的收入才能培养一个大学生。

一个典型案例，当属引起广泛关注的"重庆万人弃考"。有报导称，重庆市2009年毕业的高中生与3年前的高中入学人数相比，正式报名参加2009年高考的人数减少了上万人，约占重庆当年高考报名人数的5%，"其中大部分是农村户口考生"。重庆招生办一位负责人分析原因时，排在首位的便是"有些学生受家庭经济影响，只好无奈拿个高中毕业证外出打工"。进入公办普通高校的学生中，家庭比较贫困的亦占20%左右。

而在温家宝总理看来，"体现社会公平最主要的就是教育的公平"。[1]他在2009年初召开的国家科教领导小组会议上说："过去我们上大学的时候，班里农村的孩子几乎占

---

[1]《温家宝：教育的公平最体现社会公平》，《新华每日电讯》2006年4月26日。

到80%，甚至还要高，现在不同了，农村学生的比重下降了。这是我常想的一件事情。"

以"皇甫平"笔名发表过一系列有重大影响文章的《人民日报》前副总编周瑞金援引清华大学一个研究小组的报告说：改革的前期即1978—1990年间，中国很多社会基层家庭的子女，能够走出其父母所在的低阶层的机会，远高于90年代以后。因为这之前家庭所承担的教育支出较少，很多贫寒子弟可以通过高等教育获得上升的通道。但90年代末之后已很难发现大面积的、来自社会底层的青年人有上升的机会。

2010年上半年，"二代"现象（"富二代"、"官二代"、"贫二代"）成了一个社会广泛关注的话题，"富二代、官二代"被认为"掌握着致富升官的法器"，而"贫二代"们要改变命运则难之又难。

在哲学和社会学家的视野中，阶层分化不可怕，真正可怕的是阶层固化，个体失去了向上流动的机会和希望。而解决这个问题的关键环节，就在于保证每一个人拥有平等接受教育的机会。诚如英国哲学家培根所说："只要维持公平的教育机会，贫穷就不会变成世袭，就不会一代一代世世代代地穷。"国际21世纪教育委员会主席雅克·德洛尔也指出，当人类面临未来种种的挑战与冲击时，教育将成为人类追求自由和平与维持社会正义最珍贵的工具。美国著名社会学家帕森斯则提出了"教育穷人"的概念，认为与收入领域一样，在教育领域同样存在一个"贫困"问题，那些不能如愿完成学业的教育中的"掉队者"，正在成为"教育穷人"，对这部分人国家应该特别予以扶持。

除贫富差距外，破坏高等教育"机会平等"的还有教育资源的配置（义务教育和高中阶段教育资源向城市倾斜造成城乡考生起点不公），招生指标尤其是重点高校指标的分配（北京上海等城市考生的机会远高于其他省份），以及招生过程中的腐败现象（如伪造少数民族身份）等。由此造成的教育不公已成为现阶段社会关注度最高的问题之一，也是高等教育发展改革中备受责难的问题。

相关问题显然已经引起了党中央的高度关注。党的十七大报告中关于"教育公平是社会公平的重要基础"的表述，无疑有其特定的现实指向。

示范性软件学院所进行的改革，也不能不关注"公平"问题。左权县那位考生是幸运的，他遇到了热心教育的地方政府官员。但个案的解决不等于制度的普惠，而软件学院高出普通专业1倍以上的学费，也不可能不让有志于此却家境窘迫的优秀学子在填报志愿时心生顾虑。

事实上，国家计委、财政部、教育部关于示范性软件学院收费标准文件中，就要求高等学校认真贯彻执行国家的"奖、贷、助、补、减"等各项政策，帮助经济困难学生解决问题。南京大学软件学院副院长骆斌说，对考入南京大学软件学院的贫困生，他们会提供多种形式的帮助，"目前还没有一个软件学院的学生因经济困难辍学的"。

但一些软件学院领导也谈到，"更彻底更根本"地解决这一问题，需要国家在高校投资体制、投资额度和助学制度上推出力度更大的举措和改革。以经费投入为例，教育部前副部长吴启迪就曾说过：现在世界上绝大多数的国家高等教育投入都比我们高。这类问题显然非软件学院所能独立解决。

高等教育的公平不只表现在入学机会上，还表现在教育过程、就业选择、投资和管理体制等多个方面。在这些方面，示范性软件学院更应当有所作为。

以教育过程为例，此问题涉及教育质量。而同等地拥有或享受较高质量的教育，也是大学教育公平的重要内容。从面上看，由于高等教育经费的不足，加之稀缺的资源向重点大学倾斜，我国的高等教育在数量大发展的同时，不少学校也出现了质量下降的趋势，所培养的学生难以适应社会需要，其中还有不少人失业。这对学生也是一种不公。

示范性软件学院的学生缴纳的学费高出普通专业1倍以上，理应受到更好的教育，有更好的就业前景。在这方面，软件学院已经做出了自己的努力。但要在整个高等教育系统产生示范效应，无疑还有很长的路要走。

第 六 章

软件精英的职业生涯

软件精英最终是在职业生涯中而不是在软件学院里炼成的。在通往软件精英的道路上，除了专业知识外，职业规划、职业能力、职业态度等都是绕不开的话题。对这些个话题的探讨和描述，注定要超出软件学院的范围，进入人们常说的"职场"领域。但这并不意味着本章的讨论与示范性软件学院无关。因为无论明示与否，示范性软件学院无一不把自己定位于软件精英的摇篮，而选择软件学院的学生也无一不对软件精英之路有着这样那样的认同和期盼。更重要的还在于，讨论时下软件精英职业生涯中的话题，无疑也是对软件学院的启示和反思。教育是为产业服务，为受教育者一生的发展和幸福服务的。就此而言，软件精英发展的话题和需求，亦应是软件学院教育改革的路标和方向之所在。

（一）职业规划中的几个"入门级"问题

近些年来，兴起于北美的职业规划理论，已成为国内一些高校和培训机构的热门课程，职业规划师、职业咨询师、职业顾问、职业指导师等亦成了一些人追逐的职业，至于指导青年人如何进行职业规划的机构和"范文"更是数不胜数。但在采访的软件经理人、软件学院师生和有关专家中，谈及软件人才职业规划时说得最多的，却几乎都是些"形而下"的很具体很实在的问题，而非诸如"霍兰德六角型职业生涯规划"之类的热门理论。

在这些"形而下"的问题中，较为集中和有代表性的有：程序员到底是不是"吃青春饭"的行业？做软件是不是进入富裕阶层的阶梯？软件人的发展平台上有几条路径？软件精英一定要从底层做起吗？一辈子做项目是不是枯燥乏味？等等。事实上，这些问题不仅困扰着职场人士，也困扰着不少软件学院的学生。我们不妨称此类问题为软件精英职业规划中的"入门级"问题。但最简单的东西往往也是最基本最重要的东西。在不少企业家和学者眼里，恰恰是对这些看似简单问题的认知和回答，很大程度上左右着软件人的职业规划，并对青年学生走上软件精英之路起着规范和引导作用。

1. 一辈子做个程序员？

软件人"吃青春饭"吗？多少年过去了，业界还在热议这个话题。一个普遍观点是：软件人的黄金时代是 20 岁到 30 岁之间。软件工程师招聘广告上也几乎都注明年龄要在 30 岁以下，肯放宽到 35 岁已是少有的仁慈，一个人如果 35 岁还"两耳不闻窗外事，一心只在编代码"的话，那就不得不说是一种悲哀了。结论则是"编程序的与搞体育的职业寿命相仿佛"。

著名软件厂商欧特克副总裁、中国研究院院长黄健铭博士对此不予认同。他接受采访时说：不少中国人说软件是吃青春饭的，这个看法不对。他的美国同事中，五十几岁六十岁还有做软件的，并且做得很高兴，不在乎是不是有经理头衔什么的。这是因为一个好的软件人才的培养不是一年两年的事情，可能需要十年二十年的积累。就如同，工厂里面为什么老的工程师大家都特别尊敬？因为他有太多的积累和经验。软件人才也是一样，尤其那些顶层的设计人员、架构师，没有十年十五年以上的工作经验很难培养出来，而这些人是软件企业的灵魂。"如果我们的软件人员五年后都要做管理，那么中国的软件业永远不会有批量的优秀架构师出现，永远没办法开发属于自己的产品，形成有竞争力的产业链"。

黄健铭进而认为，中国目前的软件产业之所以缺少核心竞争力，一个重要原因正是从事软件研发的队伍太过年轻，缺少年长者的经验，缺少高水准的软件人才。"做软件除了要有年轻人的创造力，还要有年长者的经验。一个真正的软件工程师要做很多工作、写很多代码、看很多书籍，才能达到一定境界。"黄健铭还开玩笑说，我看见"吃青春饭"这样的观点就很紧张，如果这样，"我第一个应该被淘汰"。

国家工业和信息化部软件与集成电路促进中心（CSIP）教育训练部主任杜广斌、迈达博尔（北京）信息咨询公司运营总监罗杰接受采访时也表达了同样的观点。杜广斌说印度软件企业里不少人"一辈子就做编程工作"，自我感觉还挺好的，"并不想去做管理，觉得自己不适合做那个，就踏踏实实编程"，旁人也不会因为他是编程人员低看他。中国不是这样的，"在中国如果到四十岁还编程呢，就好像已经很老很老了"。罗杰说他考察过不少国外软件企业，看到很多编程人员"干了十几二十年还是工程师"。在这些企业里，"软件人员的技术级别和管理级别是不相干的，那些十几二十年还是工程师的薪资已经非常高了"，待遇地位并不比管理人员差。相比之下，中国的软件人员更青睐管理职位，且"耐不住寂寞"，平均 3 年不到就要跳槽。

创新工场董事长、前谷歌大中华区总裁李开复也多次谈到，他不认为一个编程人员的黄金时代是 20 岁到 30 岁，"20 多岁的时候可能是你能编出最多程序的时候，但是 30 岁以后也许是你能编出最好程序的时候"。微软的一位编程高手今年已经有 55 岁了，另一位最厉害的架构师今年也快 60 岁了，所以"如今美国的情况是，年龄越大的软件人才越有竞争力"。

造成中国程序员"吃青春饭"的原因，除了观念问题外，还有发展机会方面的问题。

从事软件教育工作多年的杜广斌分析，把软件当成"青春饭"吃，跟软件人的浮躁有关，也跟中国软件产业发展太快、机会太多有关。在美国，想跨阶层流动是很难的，从一个工人到经理人到资本家是很难的，但中国就容易得多，因为发展太快，周围有些人可能卖几年茶叶蛋就当老板了，总之"感觉机会非常多，让大家心理比较浮躁"。软件产业更是如此，每年 30%以上的增长率，这个过程中有多少机会？中国没有印度软件业那种严格的等级制度，程序员很容易产生非分之想，做两年时间就想做项目经理、CEO，甚至开一家公司。

把软件当"青春饭"吃的现象，与中国软件产业的发展水平也有一定程度的关联。有分析称李开复讲述的美国程序员"老而弥香"的情况，与美国在全球软件产业链中的位置有关系。美国大部分软件企业是搞大型系统软件、服务支撑软件的，产品有延续性，不是随便找个新手就能干好的。而中国大部分软件企业都是从事软件外包或管理软件开发的，用年轻人成本低，"薪水要的少，熬夜干活体力资本多"，这也就没法怪老板不肯要"老人"了。

但这种情况正在发生改变。首先是中国软件产业的水平和规模正快速提升，在全球软件产业链中的位置也在往前靠，程序员也因此有了越来越广阔的发展空间。

以服务外包为例，被评为"2009CCTV 中国经济年度人物"的东软总裁刘积仁告诉笔者，随着业务层次和竞争层次的升级，早期软件外包领域那种单纯靠"简单成本优势"制胜的模式已成为历史，取而代之的是"成本＋技术优势"的模式。如今东软的外包业务已进入了设计层次，拥有了医学影像识别系统、汽车自动驾驶系统等众多自主知识产权的产品。对于软件外包中的发包方来说，他使用了你的技术，他产品的质量和你绑在了一起。这"意味着他把自己生命的一部分包给你了"。

刘积仁还就此驳斥了"外包没有核心技术"之说："一个大的产业一定是有分工的，外包的层次很多，有 ITO 外包、BPO 外包，也有 R&D 外包，能做到 R&D 外包，那就是高水平的研发创新外包了。这样的外包，意味着你有能力帮别人做更好的东西。做外包的公司应该站在产业链的高度，努力使自己成为大系统的一部分。在某个层次能做到最好，就是核心技术。"

除了外包业务的升级，具有自主知识产权的大型系统软件、操作软件的开发也势在必行并已取得进展。这样一种发展趋势，对编程人员的技术和经验积累的要求越来越高，"一辈子做个程序员"日益得到产业需求的支撑。

其次，如杜广斌分析的那样，中国软件产业达到一定规模之后，发展可能就平缓了，"突然爆发出来的机会就没那么多了"，软件企业管理者和软件人员的心态也会发生变化，"多数人会静下来想一想，反思以往的想法和追求"，对人才的选用和自己的职业规划也会更加理性。

罗杰主张，今后青年人在规划自己的软件人生时，要走"实力派"而不是"偶像派"的路子，"最好在大学教育期间就把这个观念根植进去，告诉学生要有一个明确的职业发展规划"。而有文章分析，大学生寻找第一份工作时，26.4%的人完全没有考虑过职业规划问题，66.8%的人考虑过但不全面，只有8.6%的人比较充分地考虑过职业规划问题。

对于认同"实力派"而非"偶像派"路子的软件人才来说，规划中不应把程序员当做跳板，也不应把签约企业当跳板。职业规划中的短视和浮躁行为要不得，否则会在起点上自毁前程的。

2. "要挣钱,学软件"?

《北京晚报》2009年一项调查显示,40%被调查者认为"白领"的收入标准应该高于5 000元,更分别有18%的被调查者认为应在8 000至10 000元以上,否则难以维持白领应有的体面和生活。

不管明示与否,薪酬收入在人们的职业规划中都占据重要位置。事实上,不少人选择软件白领之路,或多或少都与"要挣钱,学软件"的情结有关。众多软件培训机构包括一些示范性软件学院,毕业后的"高薪"亦是招生广告上的最大卖点之一。

"要挣钱,学软件"的想法本身无可厚非。"人人都需要钱,人人都希望有更多的钱,希望有钱不是坏事"(李开复)。薄熙来任大连市长时也提出,要让软件白领们"口袋鼓鼓的,穿得漂漂亮亮的,周末去健身、打球"。在薄熙来的心目中,软件白领富足健康的生活状态本身就应当成为城市一道亮丽的风景线。[1]

剩下的问题是,第一,"学软件"的薪酬究竟几何,口袋能否真的"鼓鼓的"?此问题涉及职业规划的现实可能性。第二,职业规划所追求的目标是一个体系,薪酬在软件精英的追求中应居何等位置?此问题涉及职业规划的价值取向。

先说第一个问题。现如今软件人才的薪酬究竟几何,没有也很难有准确全面的统计,不同的企业差别也很大。但总体上看,程序员在白领中仍算得上是收入不错的阶层,尤其那些就职于有实力的大企业者,以及有三五年以上从业经历者,拿到万元左右月薪者不在少数。北京市劳动和社会保障局公布的2006年新参加工作者的月薪指导价位中,高位数中最高的是软件技术人员,月薪达到8 030元。

从公开披露和私下了解到的情况看(企业对员工薪酬问题通常的回答是"不方便说"),在"软件新领军城市"大连,有三五年工作经验的软件工程师通常能拿到4 000~6 000元;如果是项目经理或日语强(大连众多软件企业做对日外包)的话,

---

[1] 由大连软件园总裁高炜2007年6月接受笔者采访时提供。

薪资可达 8 000 ~ 10 000 元，高层技术与管理人员在 10 000 ~ 20 000 元左右。这样的水平相对于当地人均收入（大连劳动和社会保障局公布的 2008 年在岗职工月平均工资为 2 859 元）已经令人羡慕了。大连软件园汇聚了众多世界 500 强中的软件企业，薄熙来描绘的让软件白领们"口袋鼓鼓的，穿得漂漂亮亮的，周末去健身、打球"的景观已随处可见。

但这并不意味着做软件就一定可以拿到高薪。况且，任何一种行业内部的差别是很大的，即使软件人整体上收入不错，能跻身高薪层次者也只能是少部分人。在类如大连这样的沿海城市，就职于软件企业的刚毕业的大学本科生工资也就 2 000 元左右，1 年后升到 3 000 元已经不错了。2009 年 11 月 12 日《人民日报》海外版一篇关于大学毕业生"蚁族"的报道称，在著名"蚁域"（"蚁族"聚居地）之一的北京唐家岭，来自河北的 3 位大学毕业生刚与软件公司签了合同，"每月无责底薪 1500 元，外加 200 元补助"。这可以算作初入此行的部分软件白领的一个写照。

再来看第二个问题。薪酬在软件精英的追求中应居何等位置？也很不好回答。但按照李开复给软件人才的忠告，"如果一个人只想着自己将来能拿多少薪水，那么他的成功必将是有限的"。在李开复看来，软件人的价值追求中，至少要把"爱好"排在"赚钱"之前。今天的大多数学生都会选择收入最丰厚的热门工作，而不管自己是否真正喜欢这项工作，这不能不说是个误区。"一个仅仅为钱工作的人所能发挥的潜力是非常有限的，因为他凡事都会想'怎样才能赚更多的钱'"。

在这里，李开复事实上提出了薪酬之外的另两个价值目标：快乐和成功。这两个价值与人的幸福和发展有着更直接的关系："只有做自己热爱的工作，才能真心投入，才能在工作的每一天都充满激情和欢笑。这种人才是最幸福和最快乐的人，也最容易在事业上取得最大的成功。"

况且，不能在事业上取得成功的人，其"钱景"也可想而知。统计表明，软件行业中的平均薪酬要比起薪高得多，一线城市和部分二线城市里软件工程师的平均年薪在 8 万元左右，这意味着软件人进入较高薪酬的机会和比例较大，关键在于能否不断提升自己，不断取得成功。如果急功近利，眼光只停留在"加班—做项目—拿工资"上，对自己的发展是很不利的。

3. "从影后和影帝做起"？

把初到企业的员工戏称为"影后"、"影帝"，是从大连软件园副总裁于恒庄那儿听来的。这位 2001 年毕业于东北财经大学的 MBA，精通软件、财会和管理。他认为一个大学本科生如果一直学会计，到毕业的时候就可以把 CPA（注册会计师）考下来，可进到会计事务所第一年也就做些最基本的素材收集工作而已，"整天在复印机前影印资料，就是打杂的"，由此被戏称为"影后和影帝"。于恒庄说他们中的不少人干四五年后"年薪会达到六七十万"，但第一年也就干这些打杂的活儿。"虽然你也是注册会计师，不是助理的，是正式的，但你初来乍到，面对这么复杂的业务得熟悉得学习，学校里学到的知识不够用，很多可能还用不上，不少东西还得从头学。"

到其他企业也是一样。"像到惠普公司，你开始做的通常是非常非常窄的一项工作，把这个活做专了做精了才行。"这个时候最需要好的素质，"首先有没有这个毅力，有没有耐心，能不能吃得了苦"。处在最底层的时候，大家谁也不会重视你，你能不能熬得住？能不能下决心"从影后和影帝做起"，通过每一项最平凡的工作展现自己的素质和价值？这也是软件精英在职业规划中必须想清楚的问题。

在黄健铭看来，高级人才都是"在实战中磨出来的"。从学校出来后要经历过不同的软件项目，处理过多个问题特别是棘手的问题后才能获得经验。"所以一个软件人才的培养不是一年两年的事，可能十年二十年历练才能成功。"

这些都意味着，无论从经验和能力，还是从识才选才的过程和规律看，"从影后和影帝做起"对多数人应该是适用的，除非自己创业，或加盟的是个很小的公司，再或者"父母是董事长，才能直接升你为总经理"（于恒庄）。

有分析称，软件人融入一个新的环境通常需要 6 个月，在新环境中发挥出影响力大概需要 12 个月。"也就是说在加入新公司的头 12 个月里，你对公司的贡献其实很小，站在公司的角度来讲你往往可有可无，大公司这种情况更明显。"

以此论之，"从影后和影帝做起"不应仅仅看做一种"无奈"：找个工件不易，先这样吧。这就消极了，做得窝心不说，也不符合实际情况。

于恒庄说如今的家庭教育和学校教育都拼命强调技能，一个大学生若所学东西到企业用不上，就会觉得企业的活太简单，太简单他就不爱干。比如，到企业做数据服务，他可能就觉得这个活太枯燥了，不爱做。本科生语言不错，去到惠普或戴尔做电话营销，也会觉得没有意思，抱怨屈才了。而实际上人的发展通常都是阶梯式的，"一步一步熬上去的"。

不甘"从影后和影帝做起"，还很容易产生"跳槽"的念头。而经验表明频频跳槽反倒可能失去后续机会，对人才成长也是不利的。

IT 被认为是一个跳槽非常普遍的行业，"没有哪个行业会像 IT 人那样频繁地更换工作"。有的毕业才一两年，工作却换了四五家，而很多人跳来跳去只是单纯地为了薪资待遇，"个别年轻人甚至为了能增加一两百元工资就会跳槽"。

非理性的频频跳槽，首先是对个人职业能力的积累不利。有人比喻，做软件就像"挖井"，如果挖两下没见到水就换个地方再挖，结果是挖了许多口井也没能挖出水来。这对程序员的青春是个巨大的浪费。熟悉一家企业的业务要有一个过程，想有所建树需要的时间就更长。就技术而言，软件开发都是针对特定领域的，领域经验的积累应当有连续性和可扩展性，换到其他领域很有可能失去价值。如果频繁跳槽，每进入一个新的企业或业务领域都需要重新开始，结果始终处在陌生的环境和业务之中，这对自身发展的影响可想而知。

非理性的频频跳槽，也不容易得到赏识和重用。有人概括，"在一个行业里做上五年，就可以号称是资深人士，在一家公司里做上五年，就可以算得上是元老"。频频跳槽无异于让自己"总处在试用期"，工资也总是拿最低的，何谈发展前途？不仅如此，频频跳槽者还常常会被招聘企业拒绝，反倒容易成为职场上的"剩男剩女"。因为"短时间内换这么多公司，旁人难免会怀疑他的能力或对公司的忠诚度"。

迈达博尔信息咨询公司罗杰主张，"第一份工作一定要干两年以上，我们建议至少要做到三年"，除非这个企业你确实觉得不行。因为"你不做两三年根本不可能了解这个行业"。罗杰说大学生第一份工作很宝贵，你不能因为另外一家企业多给五百块钱，或者给一个什么经理的名头就过去了，这个就太短视了。

这当然不是说跳槽一概不好。在一些情况下跳槽是激发职业发展潜力的机会。软件精英跳槽的也很多，李开复就有多次跳槽的经历，先后在美国苹果电脑公司、SGI电脑公司、微软公司、Google公司等工作过，2005年7月李开复辞去微软中国研究院院长出任谷歌大中华区总裁，更是轰动一时。

所以问题不在于跳或不跳，而在于跳的理由、时机和目标。"跳"的理由通常有两方面的原因：公司的或是自身的，亦或兼而有之。如果问题更多地出在自己身上，跳槽往往改变不了什么，此时最需要做的是反思和提升自己，否则没有哪家企业是真正安全和适合你的。有些事情如薪酬、升迁等要站在企业和他人的角度上想一想，尽可能做到适应和理解，"你不能整天不甘心这个位置"（于恒庄），不要整日满腹牢骚或动不动就想跳槽。须知世界上没有绝对的公平，包括你对企业的看法和他人的评价也未必就是公平的。

关于"跳"的时机，最好是在有所成就后。或者换一种说法，经历过磨炼并有所成就后的"跳槽"通常会更理性更主动，对个人的发展也更有利。按照南开大学MBA中心教授、职业生涯开发与管理培训导师程社明的概括，人在同一个工作岗位上一般要经历四个阶段：学习阶段，进步阶段，掌握阶段，熟练阶段。前两个阶段还处于被动和适应期，在这两个阶段上"跳槽"属于低水平重复。后两个阶段处于主动和创造期，此时选择"跳槽"更有可能获得本质性的发展。

在"跳"的目标上，要把发展空间放在首位，力争跳一次能带来不同的经验，跳一次能在事业上进一步，切忌每"跳"一次都进入另一个"零"的起点。

4. "方向比努力更重要"

有一个现代版的西游记故事：唐僧师徒4人西天取经归来，唐僧乘坐的白龙马也随之名动天下，被誉为"天下第一名马"，引得众马羡慕不已。于是很多想要成名的马都来找白龙马，询问为什么自己同样努力却一无所获？白龙马的回答是："其实我去西天取经时，大家也没闲着，甚至比我还累，我走一步，你们也走一步，只不过我目标明确，十万八千里走了个来回，而你们却在磨坊里原地踏步而已。"

这便是"方向比努力更重要"了。做任何事情首先应当考虑的是"做对的事"，其次才是"把事情做对"。如果开始时的方向选择就是错的，那接下来的发展就难以如意了。

软件人的职业规划亦如此。北京迈达博尔公司运营总监罗杰以"挣钱"为例解释说，选择职业方向，也可以说是"明确自己以后要挣什么钱"。挣什么钱不是说要挣多少钱，三万还是五万，而是说要到哪个地方挣钱，在什么职位上挣钱。"打个简单的比方，一个应届毕业生找工作，摆在面前的有两家企业，一家是海归老总办的创业型企业，一月一千五百块钱，另一家是成熟企业，一月两千块钱，选哪一家？"这就触及职业规划中的方向问题了。

罗杰称这种选择是个艰难的判断过程，难度之大往往超出个人能力，"但你必须要做这个判断，做比没做好"，必要时可以寻求咨询和帮助，因为这件事对职业生涯太重要了。所谓男怕入错行，女怕嫁错郎，说的正是这个道理。还拿"挣钱"的例子来说，"在这两个企业中选一个，现在每个月差五百块钱，等到三十岁，或者说十年后，可能是年薪十万和年薪一百万的区别"。

湖南大学软件学院王如龙教授曾担任过软件公司高管，参与过多项大型管理软件项目的研发工程。他主张，软件人要把自己的人生"当作项目"规划和管理，因为"生命是由一个又一个项目来完成的"。项目管理是一门艺术，人生规划管理也是如此。软件精英的职业规划，最要紧的是确定一个"未来发展的平台"，要了解自己的能力，知道自己适合做什么，这也就是选择职业方向。

譬如受资金与人脉的限制，很多80后的年轻人把机会押在互联网上，选择以互联网为平台创业发家。这里就有两个问题，一是自己的潜质个性适合不适合进入这个行业；二是以什么样的身份选择哪块市场介入这个行业。"世上没有两片相同的树叶"，每个人的特长和背景都有差别，对这个人可能是正确的方向，对那个人可能就是错误的方向了。

个人如此，企业也如此。方向错了，再努力再辛苦，也很难到达胜利彼岸，甚至可能南辕北辙。柯达惨败就是一个例证。在数码相机时代之前，柯达在全球胶卷市场上可谓风光无限，在最辉煌的时候，2毛多成本的胶卷可以卖到24元，以致有人戏称柯达卖胶卷就像印钞票。但本世纪初柯达突然陷入了严重亏损，并一再传出在全球大幅度裁员的消息。原因就在于数码相机技术的快速成熟和用户喜好的快速转向。

高阳在其历史小说《胡雪岩全传》后记中写道，显赫一时的"红顶商人"胡雪岩之所以"其亡也忽焉"，主要原因是当瓦特发明蒸汽机导致工业革命后，手工业没落只是时间的问题，"胡雪岩非见不及此，但为了维护广大江南农村养蚕人家的生计，不愿改弦易辙，亦不甘屈服于西洋资本主义国家雄厚的经济力量之下，因而在反垄断的孤军奋斗之下，导致了周转不灵的困境"。

通常认为，软件人员有两条发展路子，一条路子是做技术，程序员、软件工程师、系统分析师、架构师，一步步成为高级技术专家；另一条路子是做管理，项目小组组长、项目经理、研发总监，一步步地成为高级管理者。罗杰还谈到了第三条路子，"走咨询路径"，这条路的要求是"懂技术、懂业务"。罗杰说要想成为软件精英，就应该在有了两三年工作经验以后，能够明确自己未来的发展方向。

中国人力资源领域知名专家佟天佑在其成功心理学著作《赢在过程》中谈到，人在企业，有的工作三五年就找到感觉，有的十年八载还是云里雾里，个中原因无非是方向、悟性和勤奋等方面的差距。其中方向选择是排在首位的因素，为此必须寻找到"远景"与当前职业的交叉点。

职业规划的方向选择也应该是动态的。萨特说人的存在先于本质，谁也不可能在职业生涯之初就规划好一切，即使大的方向确定了，具体路径的选择也应视情况做出调整。为此应珍惜当前机会，用心做出阶段性的成果，然后嚼出味道来，好让自己在感受和归纳中找出下一步的职业着陆点。人生作为一个过程，要在匆匆的职业生涯中寻找一条适合自己走的路。

至于职业选择或转型的依据，佟天佑首推兴趣和性格：要想快乐工作，先从兴趣入手，而且与性格接近的话，感受自然是畅快多了，就如同一粒种子，在适合的土地上才能生长、开花和结果一样。在这里，某些"先天"的东西，包括志趣爱好个性上的取向、潜力和弱点，都不应当被忽略。

已被麻省理工学院录取为博士生的复旦大学软件学院学生毛燕东也谈到，做软件这样一个专业，思维上必须有连贯性，很多时候必须熬夜去做，如果没有兴趣或不够聪明，不能享受做软件的过程，是很难做好软件的。无锡迈思奇公司总经理杨大川说，他们招聘员工时并不在意是什么学校毕业的，"关键看对软件有没有兴趣"。

不过，虽说"方向比努力重要"，但这丝毫不能成为忽视努力的理由。自助者天助之。除非即刻付诸行动并勇于承担艰苦工作，否则任何方向选择都只不过是心愿而已，甚或只会增加年轻人的空想和懒惰心理。须知世界上唯一公平的资源是时间，努力则是利用这一资源的唯一途径。事实上，不仅职业方向的目标是在百折不挠的努力中抵达的，甚至方向选择本身也是在不断的努力中得以修正和完成的。

（二）"后英雄时代"软件精英的几种职业能力

业界有 1988 年是"中国软件元年"的说法。这一年，一个叫求伯君的年轻人在深圳蔡屋围酒店 501 房间编写出了中国首款字处理软件——WPS。与此同时，金山、用友、王码电脑等公司也纷纷创立；也是这一年，国家科委开始实施火炬计划，软件园建设提上日程；还是这一年，邓小平提出了"科学技术是第一生产力"的著名论断，第一次全国软件工作会议在北京召开……伴随着改革开放的春风，中国软件产业在 1988 年前后迎来了最初的繁荣。

时隔 20 年后的 2008 年，由金山公司发起组织了"中国软件 20 年，知识英雄再聚首"高峰论坛，参加者中几乎囊括了中国软件第一代程序员中所有人们耳熟能详的名字：求伯君、雷军、王永民、吴晓军、王江民、周志农、朱崇君、鲍岳桥、简晶、王志东、李儒雄……当年的"软件英雄"悉数到齐。

但当人们尽情回味那个激情燃烧的岁月时，却发现这一"软件英雄"时代已离我们而去。事实上，今日的程序员已经很难再在庞大的软件工程中展示出个人的符号，软件产业也因此进入了"后英雄时代"。置身这样一个时代，软件人的职业能力中需要扬弃哪些东西，充实哪些东西，提升哪些东西，是软件精英们不可不关注的问题。

1. 青睐循规蹈矩的人

"在信息时代的软件工厂里,我们已经不需要个人英雄了,我们需要的是一个团队的整体的稳定发挥。尽管英雄精神的传统和美德不能丢,但今天的软件企业老板更青睐循规蹈矩的人,期望自己的员工有着良好的职业规范和协作精神,能够按规范和流程做事。"印度NIIT(无锡)服务外包软件学院校长助理郑虎强接受采访时说。

因为工作关系,郑虎强经常往来于班加罗尔与无锡之间。他说自己到印度去,最大的体会是"印度程序员好用,说怎么做就怎么做,而中国程序员做事往往不规范。"

迈达博尔运营总监罗杰也认为,印度对欧美市场的软件外包做得好,除了语言和历史等因素,很大程度得益于他们的纪律和协作观念。印度软件人员在工作上"很少个人英雄主义",公司给他安排什么任务基本上不会提出异议,"不会冒出这样那样的想法,强调我觉得怎么怎么样",定下的事就按规范做。以至于有文章称印度软件外包是"用纪律征服世界"的。相比之下,中国人"可能个人英雄主义多了点,协作和纪律方面的事多了点",工作上比较不容易拧成一股绳儿。

这当然不是说眼下不需要编程高手、软件天才了。清华紫光软件集团专务副总裁管桦分析:软件人才大致可分两类,一类是软件高手,以编出更好的程序为乐,这类人属于"天生做软件的"。但在软件产业化流程中,"企业需要的是大量的通用人才",尤其是软件外包行业,"是要规范性的人才,要求你用规范化的东西来编制你的软件,不需要天马行空的那种"。即便软件天才,进入这样的流程也要首先遵守规范才行。客户期望的是自己需要的软件而非程序员得意的软件,是能够解决实际问题的方案而非一份供欣赏的艺术品。"艺术品的实用价值通常是不高的。"

"循规蹈矩"不只是软件外包的要求,还是所有大型软件开发的要求。微软亚洲研究院张高博士称"大型软件开发的复杂性不亚于制造一艘航空母舰",没有周密的组织、良好的协作和严格的标准根本不可能完成。20多年来,从个人电脑中的简单软件到建立在网络之上的分布式系统软件，软件开发的工程量成指数增长，"比如 Windows 系统有几千人在一起开发"。如此复杂的软件，好比构造最复杂的海上作战平台航母，每一道程序，每一个模块的设计，都会影响到全局，都需要严密的衔接和协作。如果不是循规蹈矩严格按规范做，"怎么能保证几千人在不断的修改过程中保持全局是稳定的，最后提交给用户一个非常优秀的软件"？

服务性软件的开发同样如此。编写"用起来顺手，维护起来方便"的软件，通常也不是"天马行空"型程序员的强项。大连软件园于恒庄说，软件的问题通常不是技术是不是领先的问题，而是符合不符合主流标准，和其他的应用有没有接口，能不能被市场认可的问题。"你可能确实开发了一个很先进的技术，但你不是主流标准，不被市场认可的话，就白做了。"

从这个意义上或许可以说，软件行业不需要每个人都是创新型人才，需要的是更多能够按规范不折不扣去完成的执行者。

在郑虎强看来，标准和规范还包含着对错误的纠正。人有脾气有情感有弱点，会自行其是自我欣赏，做出来的东西难免出错。统计表明，软件开发平均每千行代码会产生 100～150 个错误，错误率超过 10%，由此潜伏的巨大隐患很可能给用户带来严重损失甚至生命威胁。北京奥运会门票销售系统两次崩溃，欧洲阿丽亚娜 5 型火箭发射失败，巴拿马中心医院导致多名患者丧生的医疗事故，都是软件缺陷导致的。据称在大部分软件企业中，稳定程序所花费的时间甚至超过代码开发的时间，比如微软用 6 个月开发的代码，却要用 8 个月去测试稳定程序。

一个人已难免出错，把很多人的东西集成在一起成为稳定系统就更难了，搞得不好团队的效率会受到致命的打击。"我们可以想一下，不同的人，用不同的方法、不同的工具、不同的平台去做开发做测试，会导致一个什么样的问题？"IBM 软件部 Rational 中国区技术总监宁德军说道。为此就需要规矩，需要了解和遵守职业规矩的人。

2. 重提"螺丝钉精神"？

论及"后英雄时代"企业人才观时，有篇讨论营销的文章说了句雷人的话："一个营销英雄辈出的企业是注定要完蛋的。"

理由是：营销英雄是过去那个时代的产物，现如今营销的专业分工越来越细，企业的基本营销单元已经从过去的大区、省，下沉到地市、县，甚至乡镇，市场经济初期那种"跑马占地"式的营销策略随之成为了历史。在这样一种环境里，"单个业务员已经不能产生销量，只有高度分工协作才能产生销量"，营销英雄时代的"终结"也就成了顺理成章的事了。

软件产业同样如此。被誉为"中国程序员第一人"的求伯君就坦言，现在的软件产业和他当年开发 WPS 时已经完全不一样，"过去有好的创意，个人就可以实现它，做出一个软件，马上就可以成功。现在的产品越来越大，一个人单枪匹马很难完成了，更多地需要团队配合完成，对资金的需求也越来越高。结论是："软件英雄"的时代"终结"了。

这种情况也出现在"以硬件为翅膀，以软件为思想"的互联网行业上。20 世纪 90 年代后期曾涌现出一批"个人网站牛仔"式的互联网英雄，他们中的高春晖、华军、孙嘉等都有很高的知名度，他们的个人主页鼎盛期的日访问量甚至达到三四万人次，高春晖的个人网站还入选了 1998 年"中国 Internet 发展状况统计报告"。可没多长时间，这些宣称"在全世界面前展示真我的风采"的个人网站就纷纷关闭或接受"招安"，一个个被淹没在了商业资本编织的网站之中，以至于早在本世纪初就有人发出了"网站个人英雄时代终结"的感慨。

这种"后英雄时代"的人才理念已为企业广泛接受。于恒庄说早些时候的外企招聘，像三菱，三井等大的日本企业，都是要名牌大学的学生，"二类学校都不招"。因为他们最初到中国做市场，靠少数人打拼即可。现在不一样了。多数软件企业变成了一个靠大批量人力来服务的机构，"公司规模大了之后，需要一个团队协同作战，再单打独斗不行了"。所以招聘的人才要搞梯队——既要有精英，又要有中层的管理者，还要有大量的基层员工。人员素质也更多地强调团队精神，"个人应该融入组织里面，需要你做哪个零件就做好那个零件，不能老是觉得自己什么都能做，什么都要去做"。并且，"只有甘心于这个位置，才能得到提升的机会"。

CSIP教育训练部主任杜广斌谈及此问题时主张重提雷锋的"螺丝钉精神"，认为软件员工能不能把自己看做软件工程中的一颗螺丝钉，在自己的岗位上把技术细节钻得更深更精，"这反映了工程化生产和单兵作战的区别"。印度为什么软件外包做得那么大？就是员工甘愿成为螺丝钉，把自己这摊活做好做细。软件巨型化和工程化的一大趋势就是分工越来越细化，因为细化了才便于大兵团作战，也才便于管理和降低成本。

强调职业规范和螺丝钉精神，当然不意味着这个时代不再需要软件高手，更不意味着不再需要创新精神。况且循规蹈矩和螺丝钉精神，与创新精神也不是对立的东西——谁敢断言创新型人才就一定不循规蹈矩，兢兢业业一丝不苟的人一定不能创新？事实上，遵守规范并不会磨灭人们创新的才能和梦想，创新型人才亦不应只是具有叛逆精神和怀疑品质。无论哪一种人才，都应首先懂得什么能够做什么不能够做。

现实中，我们没理由要求循规蹈矩的人都成为创新型人才，却有理由要求创新型人才在软件工程中遵守职业规范，否则就是不理解今天的软件产业。在这里，循规蹈矩和螺丝钉精神是所有人都应当具备的基本素质。有位家长说得好：对于孩子，可以不期待他成为一个具有创新精神的人，却必须期望他有踏实的作风，有责任心有爱心。"一句话，还是先成为一个循规蹈矩的人再谈其他吧！"

3. "沟通是哲学意义上的一种技巧"

这是NIIT无锡服务外包软件学院校长助理郑虎强的一个理念。他说职场上的每一个人都离不开沟通，职场上常看到的一种情况是缺少沟通，"你给他布置完一件工作以后就没有下文了，你不问他不说，相互不走动了。你不知道他是不是理解了你的意图，遇没遇到什么情况。他也不懂得来跟你汇报，一切都等着你去问他，结果造成了很多问题，误了很多事。"在郑虎强看来，职场上的沟通不只是一种工具，一种思想，"它还是哲学意义上的一种技巧"。尤其那些大的软件工程，沟通不好是很难进行下去的。"有那么句话，'所有问题中的80%都是沟通问题'，我非常认同这句话。"郑虎强说。

职场上的沟通除了公司内部的沟通外，还有与客户的沟通。湖南大学软件学院王如龙教授认为，无论是软件学院的学生还是职场上的软件工程师，都应"不惜花大把的时间提升自己沟通的能力"，因为不会沟通就无从了解用户需求，也就找不到市场。"我们常说做软件的瓶颈是对用户需求的获取，那么获取用户需求的途径又是什么? 是沟通! "

作为一种职业素质，沟通能力对于个人发展的作用越来越受到重视。《世界是平的》作者托马斯·弗里德曼提出："19世纪的国家不学会沟通无法生存，20世纪的企业不学会沟通无法生存，21世纪的青年不学会沟通无法生存。"李开复告诫：沟通与合作能力是新世纪对人才的基本要求。他说自己认识的一个雇员，"刚到公司不久，就结识了公司中几乎每一个有能力的人，并和其中的许多人成为了非常要好的朋友"。继而很快发现他的这种能力对公司非常有用，比如需要在公司内部选用职员，或与公司其他部门协调工作时，他的详细信息和人际关系网"可以发挥非常大的作用"。

在技术研发方面，沟通和说服的能力也至关重要。比如一个部门要把开发的技术变成公司的产品，首先要说服公司的决策层，为此必须细心准备产品建议书，并通过精彩的演讲和现场展示让领导者相信这一技术的市场价值。李开复提醒员工："沉默不一定是金。"机遇稍纵即逝，如果不能主动让别人了解你的能力与才干，你也许会永远与心仪的工作无缘。要想把握转瞬即逝的机会，就必须学会说服他人，向别人推销自己、展示自己的观点。他还说自己认识一些从事"企业架构设计师(Enterprise Architect)"工作的朋友，这种高薪的职位其实就是"能说会道的工程师"。20世纪九十年代初的汉字输入领域是"万码奔腾"，很多输入法自生自灭，最后脱颖而出的仅有五笔字型等少数几种输入法。五笔字型发明人王永民说，除技术原因外，加强沟通与宣传是重要原因,"我的口才好,我能说服领导'这是个好东西',因而获得了支持"。

进入"后英雄时代",沟通能力的作用更加凸显。因为团队的作用和需要整合的范围空前拓展了,跨领域的项目越来越多,每个人必须主动跨领域合作,而不是等老板来分配工作。这对软件人员的沟通能力提出了更高的要求。如果一个人孤僻自傲,不能与人融洽地沟通协作,即便是个天才他的价值也将大打折扣。"在信息随手可得的今天,重要的不是你有多少信息,而是你是否能合适地用易于理解的方式表达这些信息,用说故事的方法来取得共鸣。"李开复说。

北京交通大学查建中教授对职场上大学生的沟通能力表示担忧。北京燕山石化是家有两万多职工的大型企业,公司人力资源部长毕业于清华大学,在一次交谈中,查建中问对方你作为一个大企业的人力资源部长,对高校培养的人才有什么看法,最大的问题是什么?"本来我还以为他会说理论脱离实际或动手能力差什么的,没有。他第一句话说的是缺少沟通能力和团队合作能力"。他们那个公司的研究院有一千多工程师,"很多都是名校毕业的,常常因为没法合作出不来东西,这多可怕"!

大连软件园于恒庄说不少"海归"去他们那儿应聘,他工作过的学校里面也有"海归"和国内一些博士,但是"他们中的有些人沟通能力非常非常差",主要是不会站在对方角度想问题,做什么事情总要以自己为中心,碰了壁还不知道问题出在哪里,反倒用另外一种眼光看这个事情,觉得"为什么老是针对我呀,是不是对我有意见"?这给工作造成了很多麻烦,也给他们的生活带来很多困难和不快。

软件学院的教学应当以此为鉴,把沟通能力的培养放在重要位置。湖南大学王如龙教授甚至称在软件学院里学做软件工程师,应是"30%的时间学习专业知识,70%的时间增加沟通能力"。如果大学毕业的时候不能在三分钟之内描述清楚一个软件项目,大学的学习就是失败的,因为项目管理中一个很重要的能力是沟通,说都说不清楚如何沟通?这样的学习还不是失败的?这就如同,"如果你大学四年还不能清晰描述出同寝室同学的优点特点,对方哪些地方是值得你学习的,那我就说你大学四年白学了"。他还说:可以不知道一个人的缺点,但是不可以不知道这个人的优点。"当你感觉学习的人和事越来越多时，说明你在成长；当你感觉责怪的人和事越来越少时，说明你在成熟！"职场上不懂得尊重人了解人学习人，想做好软件工程"几乎是不可能的"。

沟通首先是个认识问题，态度问题，而非技巧问题。特别是在今天的职场上打拼，必须真切了解并从内心里认同团队的价值，同事的价值，客户的价值，从中增强自己的沟通意识，确立自己的沟通原则。心理学研究认为，人与人之间的沟通包括意识和潜意识两个层面，其中意识层面只占1%，潜意识层面占到了99%。这意味着，有效的沟通主要发生在潜意识层面，更多地表现为一种情感的交流。

在这个意义上，职场沟通的首要原则应当是"诚"——真诚、坦诚、诚信、诚心、诚意。缺少了"诚"就形成不了情感共鸣，心灵共振，这种情况下任何沟通都不过是表面文章。俗话说希望别人怎样对待自己，自己就怎样对待别人。与同事沟通，要欣赏对方的长处，包容对方的短处，承担对方的难处；与客户沟通，要设身处地为对方着想，尊重对方看法，寻求共同利益点。即使谈不拢，你也应认真倾听别人的意见，设法缩小彼此意见的差距，以语言、表情和耐心向对方证明你是以真诚的态度对待他的。

沟通技巧则要视对象、环境和自身所处位置而定，没有一定之规。书上概括或介绍的种种技巧，譬如职场上如何与上级沟通，如何与下属沟通，如何在同级间平行沟通，如何与客户沟通，等等，只能作为参考。很多情况下，直言不讳、简明扼要或许比所谓"大师"教你的种种拐弯抹角的"沟通技巧"更为有效。但有一点可以肯定，沟通能力不是天生的，而是在学习工作中培养和训练出来的，只要态度真诚并善于学习，良好的沟通能力并非高不可攀的东西。

4. "不怕没有专业知识就怕没有领域知识"

谈及软件学院毕业生就业问题时，曾经担任软件公司副总经理的湖南大学软件学院王如龙教授说：这些学生真正到企业来做，"我们不怕他没有专业知识"。因为既然读完了大学，说明基础知识已经掌握了，大不了再到培训机构学上几个月，就能够很好地掌握开发手段了。"我们真正担心的是他的领域知识不够。"因为今天的软件早已不只是计算机本身的东西了，它已成为一种渗透服务于各行各业的工程了。有的学生不了解这个变化，还以为来软件学院就是学习编程序的，结果"真正到了企业以后就不行了，他的领域知识没有积累起来"。

重庆大学老校长吴中福分析认为："重庆有些软件企业老是上不去，根本问题出在人才的复合型知识结构上。一些软件公司招了很多会编程的人，看起来专业都对口，可这些人会编软件，却不一定接得了工程，做得出产品。"

毕业于北京邮电大学软件学院的余平，已是我国围棋远程教育的"先驱"，他开设"网络教室"向全国的儿童和成年人传授围棋技艺，并在搜狐网站上开设"围棋江湖"博客。他在电话采访里说，"光学软件是没有用的，一定要和专业领域的知识结合起来"。他说自己有围棋方面的知识和兴趣，又是软件专业毕业生，介入围棋研究和远程教育就有优势了：网上有很多棋谱，他把它们收集起来，然后通过软件来分析它，从中总结出规律性的东西，再针对教学对象设计专门的围棋教学软件，这样把软件技术和围棋专业知识结合起来，就有用武之地了。"我在北京，我教的学生里有台湾的孩子，上海的孩子，一上网就可以和他们见面，再加上网络电话，你人在哪里都可以讲，声音也很清晰。"

清华紫光管桦说他接触过不少国外的软件工程师，包括韩国的、日本的到我们这边工作的，"都是从其他行业转过来的，有行业背景的"。所以，软件高级人才"首先得是应用行业的行家"，也就是复合型人才。他反问道：那些只懂软件的人做什么合适呢？"反正做应用性的，或者是嵌入式软件是不行的"。比如要做纺织、化工或是机械制造生产线管理软件，"首先得是这个行业的行家，编出来的软件系统才能在这个企业里面应用"。

美国电子数据系统公司(EDS)研究院有个预测："未来的CIO不再是Chief Information Officer(首席信息官)，而是 Chief Integration Officer(首席集成官)。"

因为信息技术发展的趋势就是与各学科、各产业融合。李开复批评了"专业就是职业，把专业学好就有金饭碗"的观点，说 21 世纪对软件人才的要求已经由传统的专才转向了跨领域、跨专业的综合性人才。"假设在传统学科分类体系看来，人们已经创建的知识门类有 1 000 种，那么将这 1 000 种知识门类俩俩结合我们就可以得到 1 000 000 种潜在的可能性，其中每一种都有可能开创一个崭新的学术领域，引发一次技术或生产力的变革。"

事实上，领域知识的重要性已经引起了众多程序员的关注。在一个软件开发交流社区（JavaEye）上，"论业务领域知识比掌握技术更重要"的帖子被评为"精华帖"，跟帖者众多。有人分析，软件技术的文档化程度高，这种知识好获取，可替代性强。而业务知识的获取就没这么容易了。随着技术越来越平台化和工具化，做同样的事情所需要的技术知识会越来越少，所需要的业务知识则越来越多。如果不熟悉领域知识，不了解业务逻辑，不能作有效的领域需求分析，如何能建立一个好的模型，又如何能实现领域内软件复用？

作为培养高级软件工程人才的教育机构，软件学院对专业技术与领域知识的结合尤为关注。用西北工业大学软件学院院长朱怡安的话说就是实施"X+ 软件工程"，致力于培养复合型人才。9 年间各学院着力开拓"复合交叉的特色专业"，已初步形成了自己的特色。

（三）先做人后做事

"先做人、后做事、偶尔作作秀。"这是被称为中国"打工皇帝"的唐骏在其自传《我的成功可以复制》中的一句话，也算是他对"做事"与"做人"关系给出的一个答案。而2010年中期发生的唐骏"学历门"事件，相信不仅会让唐骏，也会让许许多多的人对这一关系生出更多的感悟，作出更多的思考。追求成功没有错，但成功不是硬道理——如果为了"成功"不择手段的话。

上网点击一下就可以知道，围绕做事与做人的关系，包括人才学、管理学、心理学等等的著述在内，人们给出的回答可谓五花八门。除了"先做人，后做事"外，还有诸如"先做事，再做人"，"多谈些做事，少谈些做人"，"做事即做人"，"站着做人，跪着做事"，"低调做人，高调做事"，"良心做人，尽心做事"，"做人如水，做事如山"，"做人要有心眼，做事要有手腕"……不一而足。至于教你如何"做人"的图书更是汗牛充栋。

现实生活中，软件精英们没有不想做成一番事业的，此即为"做事"。可事都是人做的，事在人为嘛，这又不能不思考"做人"了。所以，做事与做人的关系，也是软件精英职业生涯中一个绕不开的话题。

1. "人才一定是先做人再做事"

"先做人，后做事"称得上是中国传统文化中一个核心理念。孔子就留下了"子欲为事，先为人圣"的著名古训。儒家经典《大学》中"心正而后身修，身修而后家齐，家齐而后国治，国治而后天下平"的论述更是为人们所熟知。

西方也有相同的理念。哈佛大学著名行为学家皮鲁克斯的一句名言就是："做人是做事的开始，做事是做人的结果。把握不住这两点的人，永远都是边缘人！"

说来说去总之都是一个意思：一个人若想在事业上有所成就，先得从做人开始。

黄健铭对此深表赞同。他说管理学上有"招聘到对的人就成功了一半"的说法，中国绝对有人才，中国人的聪明才智绝对不输给其他国家的人，剩下的问题仅仅在于，"我们能不能找出对的人来做对的事"？

什么样的人是"对的人"？黄健铭给出的第一个标准便是先做人再做事的人："人才一定是先做人再做事。"企业选人用人，得先看他的人品，人品不行，功利心太强，眼里只有钱，对公司不忠诚，工作很浮躁，不愿意在技术上扎根积累，"他就是再怎么聪明你也不能把他放在一个比较高的位置上，那对公司和个人都不是好事情"。这当然不是说对公司"从一而终"者才算忠诚、人品好。"我常跟员工讲，也许AUTODESK是你的第一家公司，但我相信可能不是你最后一家公司，因为一个人的一生中总是会换几家公司的。但是我希望你们离开这家公司的时候，是外面争着要的人才，这就表示我们做得很好，你也做得很好了。"

优秀的软件工程师都有自己的梦想，但必须有这样一种态度，就是把个人梦想和公司发展结合在一起。不管你从什么地方来也不管你以后到什么地方去，最重要的一定是你的态度，是你对这个产业有很大的热情，有很好的敬业精神，觉得这辈子不做这件事情那人生就太没意义了。"当你开始有这个感觉的时候，也就是你开始迈向成功的时候。"黄健铭说。

通观古今中外文化，"做人"第一位的无疑是道德层面的问题。治国者说"国家用人，当以德为本，才艺为末"（康熙）；哲学家说"这个世界唯有两样东西能让我们的心灵感到深深地震撼，一是我们头顶上灿烂的星空，一是我们内心崇高的道德法则"（康德）；管理学亦主张"成功之道，在以德而不以术，以道而不以谋，以礼而不以权"。

文思创新软件公司总监张靖说：软件人才的培养一定要"先修德后修功"，无论软件学院还是别的什么培训机构，都得开设"软件工程师职业道德"这门课程。做软件"最值钱的就是人"，可以到软件外包企业看一看，办公室是不值钱的，电脑也是不值钱的，真正值钱的其实就是坐在电脑前的程序员。而好的程序员首先应该有良好的人品。

张靖说很多学生原以为只要编程做得好，就能找到一家好公司，"殊不知公司未必这么看"。很多情况下，"它更多需求的可能是那些非技术性的素质"，包括忠诚、奉献、吃苦精神，等等，还有遵守公司纪律和保密原则。中软国际高级副总裁唐振明也说，"所谓软件人才培育中'最后一公里'的问题其实更多的是一些软技能"，譬如职业道德水准和性格，而非人们通常所说的技术上的差距。技术上的差距"其实没有人们说得那么大"。

这情形诚如比尔·盖茨所说："我把人品排在人所有素质的第一位，超过了智慧、创新、情商、激情等，我认为如果一个人的人品有了问题，这个人就不值得一个公司去考虑雇用他。"微软中国研究院前院长李开复也告诫，不讲职业道德的人即使技术水平再优秀也不能聘用他。"一位应聘者在面试时曾对我说，如果他能加入微软公司，他就可以把他在前一家公司所做的发明成果带过来。对这样的人，无论他的技术水平如何，我都不会雇用他。他既然可以在加入微软时损害先前公司的利益，那他也一定会在加入微软后损害微软公司的利益。"

西北工业大学软件学院院长朱怡安总结出了"一二三"的培养目标。"一"是立德，"二"是两个促进（促进人才培养和软件产业发展结合，促进理论知识和动手能力结合），"三"是培养三种能力（工程能力、外语能力、创新创业能力）。三个目标中立德是首位的，软件学院的学生必须"立德第一"，品德要好，要乐于吃苦，要有奉献社会的精神，这是"对具有国际化工程型人才最基本的人格要求"。

大连软件园副总裁于恒庄反思中国这些年的教育，认为一个最大的问题"就是德育这块没有跟上"。他说企业并不要求全才，但企业员工起码应是一个有基本的道德素质的人，进来后可以较快较顺利地接受良好的企业文化，认可这个企业的核心价值，然后扎扎实实干下去，一步一步晋升。"我所看到的一些外企的高管，有的并没有多么高的学历，甚至连本科生都不是，他能进到五百强做到那么高的位置，有人会觉得奇怪，其实成功的背后是他的优良品质，而不是靠所谓的天赋或者专业。"

于恒庄还以学生作弊为例说，这也不都怨学生，因为中国的学校缺少诚信教育所需的环境氛围。在个别学校里，作弊"甚至是从老师开始的"。

"做人"和"做事"是个统一的过程，不可能截然分开。所谓"做事即做人"，也只有在做事中才能学会做人。从某种意义上可以说，一个专注于做事的人，不想别的只想努力认真地做好你应该做的事情的人，离"做人"的境界已经不远了。

况且，从职业生涯上说，做人也是为了做事，企业招聘你的目的是要你来"做事"的，而不会是要你来"做人"的。离开做事谈做人，成天考虑如何做人，如何积累"人脉"，如何左右逢源让人赏识，会扼杀人的真诚、个性和能力，使"做人"蜕变成一种逢迎和自保之术，一种庸俗的人才观和社会文化。如此"做人"，与软件精英的目标就南辕北辙了。

2. "商道即人道"

做事与做人关系中，若论叫得最响的说法，除了"先做人后做事"，大概就要数"商道即人道"了。

就字面上看，两种说法并无不同，但实际还是有差别的："先做人后做事"涵盖了所有的人，包括普通程序员；"商道即人道"则首先或更多地指向创业者和管理者，指向企业高管和商界领袖。

"商道即人道"的提出者就是清代著名商人胡雪岩。胡雪岩从一个出身贫寒的钱庄小伙计成为名动天下的"红顶商人"，凭借的首先是为人之道。在胡雪岩看来，"经商无非是讲个信义"。他在其"五字商训"中写道：人生天地间，何以为人？人者，"仁"也；商人，"商仁"也。为商者，懂取舍，有所为，有所不为，是为大商人。

19世纪初的朝鲜巨商林尚沃被韩国人誉为"天下第一商"，他以"财上平如水，人中直似衡"为自己的座右铭，意思是说真正的商人应视钱财如水一样平淡，做人如秤一样公正刚直。此话经由韩国小说《商道》流传到中国，引起了不小的反响，该书在中国发行仅一周就登上了北京王府井书店文学类畅销书排行榜第一名，时任SK电讯中国区总裁兼首席执行官的刘允称其为"商界人人必读的书"。

"财上平如水，人中直似衡"的经商信条，让人直观联想到中国"大商无算"的经营文化。林尚沃精通中文，能成为朝鲜巨商主要得益于到中国做人参生意，《商道》中引证的大量中国经、诗等方面的哲理和历史典故，展示了主人公经商的文化背景，林尚沃亦因此而被国人称为"韩国版胡雪岩"。而林尚沃靠自己高尚的人格成功后又回报社会，实现"达则兼济天下"的理想，自己则选择隐居生活，这是兼有儒家和道家思想的境界了。

胡雪岩和林尚沃的成功都说明，"商道"最终归于"为人之道"。一个人若不在人格上成为大写的"人"，是难以成就"大商"的。正所谓"胸怀有多大，舞台就有多大"，成大气候的企业家必须靠人格取信天下赢得客户，包括赢得竞争对手的尊重。欺诈手段终不能长久，"摊贩式"生意也不可能做大。《商道》作者崔仁浩就警告世人："不道德的财产家，终究会为其所聚敛的财产而毁灭。"

在采访的专家和企业高管中，不少人都谈到，越是高级人员越要有职业道德，越是大企业越应靠有大德的人掌舵，"小企业做事，大企业做人"，说的就是这个道理。一般说来，"百年老店"式的大企业必定会造就自己的优秀文化，而优秀文化必然有优秀人格作依托。

重庆正大软件公司总裁王万钧在谈及对日软件外包时说，虽然这种业务可以通过网络沟通与传输文件，"但日本人发包，一定要到中国来看看项目经理，当面考察这个人是不是有责任心，是不是讲诚信"。因为在日本人看来，管理者的素质才是软件外包最重要的条件。

迈达博尔咨询公司罗杰说企业管人有三种方式：第一种是人管人，第二种是制度管人，第三种是企业文化管人。每一种方式都有自己的作用，但最高境界是企业文化管人，"在微软亚研院，在IBM研究中心，你可以体会到什么叫做企业文化管人"。文化管人看上去很松散，但大家都有一个核心价值，知道自己要干什么，努力的方向在哪里。这样的企业工作氛围最好，最能调动起员工的主动性和创造性。企业要达到这样的境界，企业领导首先得有与之匹配的文化底蕴和做人的境界。

企业领导的高尚人格，还是吸引优秀人才的基本条件。而在美国著名商业畅销书作者、曾在包括星巴克和麦肯锡等世界知名公司任过高管的吉姆·柯林斯看来，经商其实就是投资于人。他在《从优秀到卓越》一书中写道：任何卓越公司的最终飞跃，靠的不是市场，不是技术，不是竞争，也不是产品。"有一件事比其他任何事情都举足轻重：那就是招聘并留住好的员工。"

胡雪岩论及"商人"应为"商仁"时也强调："仁人爱人，爱人者得人，得人者方能得天下也。"

可见"商道"是要靠"人道"弘扬的。一个简单不过的道理是：肯于修身律己的管理者才能得到他人发自内心的尊重，发现和留住好的员工，也才能有效地组织起自己的团队，调动下属的主动性、创造性。反之，如果自身不正又心胸狭窄，只知一味用手中的权力命令下属，工作起来一定阻力重重，且久必生乱。汉代黄石公所著《素书》中有句名言："释己而教人者逆，正己而化人者顺。逆者难从，顺者易行。难从则乱，易行则理。"说的就是这个道理。这一点对于软件这样的知识型产业尤为重要。

同样，企业也是有道德境界有人格特征的，因而"商道即人道"不只指向企业员工尤其是企业高管和领导，还指向企业本身，指向企业整体的价值目标和行为。这一点突出地表现在企业的社会责任上。如同著名经济学家成思危所说，资本不能是无道德的，财富不能是非伦理的。为富可以不仁的经济理论和商业实践，为追逐利润最大化而放纵污染、矿难、毒奶粉、使用童工、拖欠工资、"血汗工厂"……国家和民众都不能容忍。[1]

为此，国际社会于20世纪末制定了首个全球性的企业社会责任标准（SA8000），明确规定了企业应当承担的社会经济、文化、教育、环境等方面的责任，包括企业要为员工提供符合人权的劳动环境，生产方式上要符合环保要求等。目前《财富》和

---

[1] 参见《成思危称中国不能接受资本无道德论》《中国经济周刊》2007年1月29日。

《福布斯》对企业排名时都加上了"社会责任"标准。中国 2005 年新修订的《公司法》第 5 条也首次规定了公司要承担社会责任。

若仅仅从"经济人"原则分析，最低工资法、反垄断法、环境法等都未必说得通，但这些却是企业的社会责任所必需的。毕竟，人类的道德原则和价值观念，是比市场规律更高的正义，而企业也不只是"经济人"，它还是"社会人"。况且，按照管理学大师彼得·德鲁克的观点，"一个健康的企业和一个病态的社会是很难共存的"。换句话说，如果社会是病态的，企业也不可能健康发展，走得长远。

这也意味着，即使从企业自身的发展考虑，也应当为社会尽责。目前，企业道德行为和社会责任的高下已成为企业竞争力的重要因素。软件精英特别是企业高管对此应有清醒的认识和深切的体察。

3. 让优秀成为性格和习惯

2009 年 4 月的一天，杨芙清院士与软件学院的几位院长在北京香山饭店进餐，身为中国软件界泰斗的杨院士主动承担起点菜任务来，她逐一询问在座的喜好，谁吃辣谁不吃辣，点完后又"汇报"都点了些什么菜，各有什么样的营养和保健价值，最后还告知菜中有两道微辣的，"兼顾一下吃辣的与不吃辣的口味"，大家都自发鼓起掌来。

事后与 76 岁的杨院士谈及此事，她笑称自己"习惯了"，并说"做软件就是做服务的"，不想着怎么为别人服务就做不好软件。

这让人想起了古希腊哲学家亚里士多德的一句话：优秀是一种习惯。他说："我们每一个人都是由自己一再重复的行为所铸造的。因而优秀不是一种行为，而是一种习惯。"

洛克菲勒任美国标准石油公司董事长期间，公司的宣传口号是"每桶 4 美元的标准石油"。他的公司里有位叫阿基勃特的基层推销员，无论住店、购物、付账，甚至给朋友写信，只要有签名的机会，都不忘写上"每桶 4 美元的标准石油"，他因此被同事戏称为"每桶4美元"。4年后的一天，听说了此事的洛克菲勒大感惊讶地说："竟有职员如此努力宣扬公司的声誉，我要见见他。"于是邀请阿基勃特共进晚餐，并开始着意培养他。又过了5年，洛克菲勒卸职，他没有将第二任董事长的职位交给自己的儿子，而是交给了阿基勃特。

这就是"习惯"的力量了。一个"每桶4美元"的签名人人都可以做到，可事实却是，偌大的公司里只有阿基勃特一个人坚持着去做了。一个人当优秀成为习惯时，离成功也就不远了。

这正应了心理学大师威廉·詹姆士的那句话："播下一个行动，收获一种习惯；播下一种习惯，收获一种性格；播下一种性格，收获一种命运。"

软件学院毕业的学生谁不知道软件是服务性产业，做软件要站在用户立场上着想？可真正做到的又有多少？微软亚洲研究院张高博士说：我们很多程序员往往追求技术上的完美，搞"非常酷"的东西，而不是很在意用户的感受和软件细节上的设计，这样做出来的往往是"自己爱用户晕"的软件。他说自己到了微软之后有一个很大的转变，那就是真正体验到做软件应该是从用户出发的，"这是我最大的一个转变"。这当中起作用的主要不是认识问题，而是态度和习惯问题。

根据行为心理学的研究，一个人行为中的95%都是习惯性的，非习惯性的行为只有5%。由此我们不难理解这样一句话："习惯优秀才是真正的优秀"。职场竞争中，一两个哪怕是顶尖的优秀行为终究敌不过优秀的行为习惯。偶尔为之的优秀行为几乎每个人都有过，但让优秀成为一种"习惯"却远非所有人都做得到。

行动收获习惯。习惯的优秀是在一个一个"行动"中塑造和养成的，有研究表明，同样的行动（譬如写日记）重复3个月以上，就会形成较稳定的习惯。为此必须在每一个行动中"管住自己"，在一次次的重复中把优秀行为固定下来，形成习惯。

习惯形成性格。习惯和性格是联系在一起的，优秀的习惯其实也是一种优秀的性格。想成为软件精英的人应当明白，现实生活中人与人智力上的差异并不是特别大，能否成才很大程度上要看性格是不是优秀。

按照东软集团招聘员工的标准,有三种人是坚决不能要的:不乐观,没有积极心态的不能要;学习能力不强的人不能要;不能与他人合作的人不能要。此可谓"性格决定命运"了。

优秀的性格甚或是职业经理人获得成功的核心因素。拿机遇来说,很多情况下机遇对人们是平等的,但能抓住机遇者却往往只有少数人,而能否抓住机遇很大程度上取决于人的性格,譬如是不是热情,是不是坚韧,是不是敏捷,是不是勇于争取,等等。

为此,想成为职场精英者还必须改变自身性格中的弱点,让自己变得厚道、阳光、开朗、负责,变得让人喜欢。很多人以为性格不能改变,这是不对的,因为性格其实也是一种习惯,而习惯并非不可改变。

4. "情商"不只是职业阶梯

据说有位记者刁难一位企业家:"听说您大学时某门课重考了很多次还没有通过。"企业家回答:"我羡慕聪明的人,那些聪明的人可以成为科学家、工程师、律师,等等,而我们这些愚笨的可怜虫只能管理他们。"

企业家的话尽管有些刻薄,但他还是说出了一个道理:职业生涯上的成功只靠智商是不够的,还得有情商才行。智商反映一个人是不是聪明,情商则标志着一个人是不是热忱、坚韧、达观,富有同情心和责任心。

"智商决定录用,情商决定提升。"这是当今美国职场上一句流行语。哈佛大学心理学家丹尼尔·戈尔曼教授的一项研究表明,情商对一个人在职场的表现有着非常重要的影响。他对全世界121家公司与组织的181个职位进行过分析,发现能胜任这些职位的人员所表现出来的个人素质中,67%属于情商的范畴。换句话说,一个人的情商和智商对他在工作上成功的贡献比例为2:1。

戈尔曼特别指出，对企业领导来说，情绪方面的因素更为重要，而且职位愈高，情商对工作表现的影响就愈大。处于有挑战性的高难度工作岗位的企业领导人，特别是知名企业的领导人，通常都具有高于常人的情商，有研究称高级管理者中情商对于事业成败的影响力是智商的九倍。这意味着，在企业高级管理层中，"情绪智力"（情商）而不是"理性智力"（智商）才标志着谁是真正的领导者。

被誉为"世界经理人的经理人"的通用电气前总裁韦尔奇，管理上有许多被人称道的细节，譬如他能叫出1 000多位通用电气管理人员的名字；亲自接见所有申请担任通用电气500个高级职位的人；常常手写"便条"并亲自封好后给基层经理人甚至普遍员工，让下属备受激励。这当中主要表现出来的便是情商了。在世界上令人钦佩的公司中，很少有哪家公司的老板能这样做。

即便你是一个普通员工，情商也是必不可少的素质。一个简单不过的道理是，做事情需要一股子《士兵突击》中反复渲染的"不抛弃，不放弃"的劲头，可问题在于，这个"许三多都明白的道理"，你能不能做得到呢？有句格言说"道德可以弥补智力的缺陷，而智力不能弥补道德的缺陷"。这个判断应同样适用于情商与智商的关系。

这也就难怪，为什么那些知名公司都特别注重对员工情商的考察和培养。微软招聘员工有时会在网上出一些考题，这些考题主要是考情商，偶然会有几个脑筋急转弯的题目来考一下智商，但90%以上是考情商的题。"有的人情商很低，他肯定不适合这种公司的企业文化，进去了也不适应，不是没有学习的激情，就是领悟力比较低，手足无措。"罗杰说。

软件学院也重视学生情商的培养。北大软微学院院长陈钟说自己特别欣赏那些有自主精神、自立意识的学生，就是"靠自己不靠父母"。这些学生里头不少人家庭条件并不差，有的还相当优越，但他们会说"我都上了研究生了，我不能靠父母了"。他们学习上很努力，生活上有主见，职业规划上有清晰的思路，学校招研究生喜欢这样的学生，"面试的时候会非常认真地去考察"。有的学生考试分数可能很高，但如果缺少这些素质，"你还未必能进得来"。

不过，若把情商仅仅看做职业发展的阶梯，可就太过功利和褊狭了。情商集中表现为一种对工作对事业的执著和热情，正是这种执著和热情，及由此获得的一个一个的经历、体验、挫折、成功，才让人生丰富和精彩起来，也才让人真正享受到生活的意义和价值。

湖南大学软件学院王如龙教授提出了"享受项目"的理念：软件人的生命是由一个又一个项目来完成的，"项目造就人生，人生享受项目"。为此应当把项目作为一门艺术去管理，把参与每一个项目看成一个机会而不仅是一项工作，投入全部的热情把一个一个的项目做好，人生的精彩和享受就在其中了。

黄健铭强调，"开发程序解决问题的过程是一种享受，我现在四十几岁了还在写程序"。这世上没有不辛苦的工作，关键是怎样把工作转化为一种享受。写程序做软件有很大的挑战性，每天都有不同的问题等你解决。"可能在半夜两三点的时候突然解决了一个问题，于是就傻傻地看着屏幕一直笑。我在美国读书的时候经常这样，我太太还以为我读书把脑子读坏了。这就是成就感。在很痛苦的过程中把某个问题解决了，这是件非常快乐的事情。"

可见情商不只是职业发展的阶梯，它还是软件精英发展自己的潜能，提升自己"幸福指数"的需要。孔子说"知之者不如好之者，好之者不如乐之者"；马斯洛说"自我实现"是人之最高层次的需求；比尔·盖茨说"在你最感兴趣的事物上，隐藏着你人生的秘密"；马克思说人的类本质是"自由自觉的活动"，无不包含着这层道理。

在这个意义上，软件精英的职业生涯，软件精英的发展和幸福，需靠对工作的执著、兴趣和热情才能点燃。

附 录

37所国家示范性软件学院名录

北京大学软件与微电子学院	北京市大兴工业开发区金苑路 24 号	（102600）
清华大学软件学院	北京市海淀区清华大学	（100084）
北京交通大学软件学院	北京市海淀区西直门外上园村 3 号	（100044）
北京航空航天大学软件学院	北京市海淀区学院路 37 号	（100191）
北京理工大学软件学院	北京市海淀区中关村南大街 5 号	（100081）
北京工业大学软件学院	北京市朝阳区平乐园 100 号	（100124）
北京邮电大学软件学院	北京市昌平区北七家镇北京邮电大学宏福校区	（102209）
复旦大学软件学院	上海市张衡路 825 号	（201203）
上海交通大学软件学院	上海市东川路 800 号	（200240）
同济大学软件学院	上海市曹安公路 4800 号同济大学嘉定校区培训楼	（201804）
华东师范大学软件学院	上海市中山北路 3663 号	（200062）
西安交通大学软件学院	陕西省西安市咸宁西路 28 号	（710049）
西安电子科技大学软件学院	陕西省西安市太白南路 2 号	（710071）
西北工业大学软件与微电子学院	陕西省西安市友谊西路 127 号	（710072）
哈尔滨工业大学软件学院	黑龙江省哈尔滨市西大直街 92 号	（150001）

吉林大学软件学院	吉林省长春市前进大街 2699 号	（130012）
东北大学软件学院	辽宁省沈阳市和平区文化路 3 号巷 11 号	（110004）
南开大学软件学院	天津市南开区卫津路 94 号	（300457）
天津大学软件学院	天津市南开区卫津路 92 号	（300072）
大连理工大学软件学院	辽宁省大连市经济技术开发区 8 号路	（116600）
山东大学软件学院	山东省济南市高新区舜华路 1500 号	（250100）
中国科学技术大学软件学院	安徽省合肥市徽州大道 1129 号	（230051）
南京大学软件学院	江苏省南京市鼓楼区汉口路 22 号	（210093）
东南大学软件学院	江苏省南京市江宁区东南大学	（211189）
浙江大学软件学院	浙江省宁波市江南路 1689 号	（315103）
武汉大学国际软件学院	湖北省武汉市武汉大学	（430079）
华中科技大学软件学院	湖北省武汉市珞喻路 1037 号	（430074）
湖南大学软件学院	湖南省长沙市岳麓区麓山南路	（410082）
中南大学软件学院	湖南省长沙市韶山南路 22 号	（410075）
国防科学技术大学软件学院	湖南省长沙市国防科技大学	（410073）
四川大学软件学院	四川省成都市一环路南一段 24 号	（610065）
电子科技大学软件学院	四川省成都市高新西区西源大道 2006 号	（611713）
重庆大学软件学院	重庆市沙坪坝区沙正街 174 号	（400044）
云南大学软件学院	云南省昆明市经济技术开发区云南大学洋浦校区	（650091）
厦门大学软件学院	福建省厦门市思明区思明南路 422 号	（361005）
中山大学软件学院	广东省广州市广州大学城外环东路 132 号	（510006）
华南理工大学软件学院	广东省广州市广州大学城华南理工大学	（510006）

后　记

　　从 20 世纪 80 年代开始，我便从事 IT 媒体记者的工作，这个经历让我有幸近距离见证了中国软件产业发展的长过程，亦对"软件精英"的话题倍感亲切。回想十几年前与中国第一代软件精英的交往，包括对求伯君、雷军、王永民、吴晓军、王志东等众多吒咤风云的"知识英雄"们的采访，至今历历在目，激情燃烧。因此，当教育部示范性软件学院办公室就本书的写作找到我时，尽管我深知爬格子"是一种很给自己过不去的劳累活，一提笔就感觉年岁陡增"（余秋雨），且前不久还在《超越中国制造》（中信出版社 2008 年版）的写作中再次体验了一把这种感觉，并发誓不再"接活"，可最终还是没能经得住诱惑。

　　接手本书还有一个动力，那就是对中国高等教育改革的兴趣。这个话题与软件精英的成长和职业生涯纠葛在一起，严肃而又生动。还记得 2006 年 3 月"两会"期间，中共中央总书记和国务院总理"两次高调谈论改革"，引起了社会舆论的强烈反响，被解读为中央高层针对自 2004 年起社会上关于改革问题争论的表态和回应。学界普遍认为，2004 年以来的这次争论，是继 1982 年到 1984 年间的第一次大争论、1989 年到 1992 年间的第二次大争论之后的"第三次改革争论"。值得关注的是，"第三次改革争论"虽发端于经济领域（主要针对国企产权改革，标志性事件为"郎顾之争"），但促使这场争论升温的，却是此后公众广泛参与的社会民生领域——医疗、教育、住房、分配等——问题的大讨论。教育改革便是其中最突出最受关注的问题之一，其社会关注度至今不衰，有增无减。

而软件作为知识产业，恰恰是对教育依赖性最强，从而也是对教育改革要求最强烈最迫切的一个领域。正因如此，本世纪初由北大、清华等重点高校兴办的、以"教育特区"姿态问世的37所国家示范性软件学院，便有了作为高等教育改革试验田的标本价值。马克思有言：一步实际运动比一打纲领更重要。对于进入新世纪以来便备受争议、频遭批判的中国高等教育而言，目前最重要的也许不是高声责难，而是改革的实际行动。在这个意义上，"国家示范性软件学院"问世9年间已经和正在进行的改革，包括成就和经验，问题和阻力，也就值得世人关注，包括用"著作"的形式透析和探究了。

作为一名读书爱好者，我深知此类书要为读者接受，内容的真实性，立场的公正性，文字的可读性都不可少——而这些绝非单纯的"写作技巧"所能达到。这当中一个最重要的前提，当是把握尽可能翔实的资料，收集尽可能多的看法意见，汲取尽可能丰厚的思想营养。这就离不开采访和对话了。歌德说读一本好书如同和一位高尚的人对话，我的体验则是要想写出一本好书必须与众多的当事人、明白人、思想者对话。

为此，在本书成稿之时，我首先想说的，便是对采访对象的感谢。细细数来，一年多时间里共采访了128人，其中教师67人（含大学校长和软件学院院长）、学生20人（在校生和毕业生各10人）、学生家长2人、企业及研究机构32人、政府官员7人。仅整理出来的录音就达50余万字。

这些受访者中有4位院士，40多位大学校长和软件学院院长，还有部、厅级高官，知名教授学者，著名企业家，以及多位软件精英和企业负责人。他们能够挤出时间接受采访，无私提供第一手资料，坦诚讲述自己的体验和观点，已经让我由衷地喜悦和感动了。让我格外感动的还有他们的人格力量。与这些教授专家和软件精英们交流，感受到的不仅是其开阔的视野和富于启发性的理念，还有他们做事的执著与热忱，做人的谦和与真诚。这方面的一些实例已融入书中，读者想必会感受得到。

我还要真诚感谢这样一些受访者：由于篇幅的限制和叙述逻辑的取舍，这些受访者在书中甚至连名字都没能出现，但他们介绍的每一个人和事，阐述的每一个见解和观点，对我的写作都是宝贵的支撑和启发。举个例子：大连东软信息学院品牌与战略发展部部长吴建宁是我的老朋友，一位热情豪爽的年轻人。2008年我写《超越中国制造》时就多次得到过他的帮助，书稿中却没有一处提到他。2009年6月写作本书时又采访了他，并说我正在搜集程序员职业生涯方面的资料。他说自己在跨国公司的朋友可能会有此类案例，回去帮我查一查。当时以为他只是说说而已，没想到不久就接到了他的电话，说已经与IBM一位叫王燕青的HR经理联系过了，后者掌握着不少此类资料并愿意接受采访。这让我格外感动。遗憾的是，本书正文中仍未有一处提及他。

教育部示范性软件学院建设工作办公室为本书写作提供了不少帮助。骆丽竹、郭薇、陈焱三位年轻热情的女教师先后配合过我的工作，体贴周到地协助我联络采访、查找资料等。她们都有自己分内的工作，我的事让她们多了一份责任，牺牲了许多宝贵时间。办公室的胡海青博士生则在资料的采集与核实方面鼎力相助，并负责本书的"附录"编写工作，在此深表谢意。

感谢高等教育出版社对本书的提携及付出的心血。参与几轮审稿的几位编辑专业能力与责任心都很强，指正的问题从提法、实例、数据，到会议名称和引文规范，增强了本书的严谨性，让我受益匪浅。他们辛勤和高质量的劳动为本书增色不少。

最后，还要感谢家人的支持，特别是我的先生——解放军南京政治学院教授阎增武的支持。3年中我接手了两本书，"爬格子之苦"的压力也传导给了他和全家人。他起初反对我接这本书，但在我"一意孤行"后转而支持了我，甘做助手帮我提炼观点、润色文字，他的参与为本书增添了理论的和历史的厚度。支持我的家人中还应包括我的小外孙刘昆越，因为这期间最让我赏心的事情，莫过于边写作边看着这个漂亮活泼的小家伙一天天地长大。2007年动手写作《超越中国制造》时他还刚出生，本书截稿时已长成两岁9个月、能背几十首唐诗和儿歌，还能像模像样秀几脚足球的英俊"小伙"了。

高丽华

2010年8月1日于南京